제국주의와 민족주의를 넘어서

식민주의와 문화 총서 10

제국주의와 민족주의를 넘어서

일제하 아시아 문학의 협력과 저항

김재용·오오무라 마쓰오 편저

도서출판 역락

아시아에서 서구의 식민지가 되지 않았을 뿐더러 오히려 아시아 나라들을 식민지화한 일본이 내건 구호는 역설적으로 '아시아인을 위한 아시아'였다. 유럽의 제국들이 아시아 나라들을 침략하고 있을 때 아시아의 선두 주자로 나선 일본이 아시아의 다른 나라들과 연대하여 유럽의 제국주의에 맞서 싸운다고 하면서 시작된 아시아 담론은 이후 간판을 바꾸면서 지속되었다. 하지만 역사에서 잘 알려져 있는 것처럼 이러한 아시아 담론은 아시아 제국을 '연대'의 대상으로 보는 것이 아니고 '지도'의 대상으로 보는 극단적인 타자화였다. 근대 초기의 '탈아입구(脫亞入歐)'이든 태평양전쟁기의 '탈구입아(脫歐入亞)'이든 간판의 변천에도 불구하고 변하지 않은 것은 아시아의 여러 나라를 지도해야 한다는 일본의 사명감이었다. 먼저 깨인 일본이 다른 아시아 나라를 보호하고 지도해야 한다는 생각은 결국 타이완을 비롯한 조선, 중국 등의 동북아시아 나라뿐만 아니라 베트남을 비롯한 동남아 국가들의 점령이라는 비극적인 결과로 이어졌다.

일본의 아시아 점령은 정도와 양상의 차이에도 불구하고 엄청난 상처를 남겼다. 일본 제국주의에 점령당한 아시아 제국은 일제에 대한 협력과 저항의 양분화로 심한 내부적 갈등을 겪었고 이는 이후 아시아를 하나로 바라보고 새로운 공동체를 상상하는 데 결정적 걸림돌로 작용하였다. 상처가 제대로 치유되지 않았기 때문이다. 점령자였던 일본은 물론이고 점령당한 아시아 각국 모두가 이를 정면으로 바라보고 치유하기보다는 세월의 망각에 힘입어 덮어두려고 하였던 것이다. 하지만 치유는 망각이 아니라 정직한 성찰에서 나오는 것이다. 일본 제국주의는 왜 아시아 각국을 보호하고 지도한다는 이름으로 점령을 하였으며, 피점령국안에서는 어떤 논리로, 어떤 방식으로, 이에 협력했는가. 또한 이 점령과 피점령의 과정에서 일어난 폭력에 맞서 싸웠던 이들—아시아 다른 나라들 내의 저항뿐만 아니라 제국주의 일본 안에서의 저항—에 대해서도 재구성해야 한다. 이러한 과정을 거칠 때 비로소 우리는 새롭게 아시아의 연대를 이야기할 수 있는 것이다. 이러한 절차가 없는 아시아의 연대는 멋있는 구호와는 달리 새로운 폭력으로 전화될 수 있는 가능성을 내장하고 있기 때문에 대단히 위험한 것일 수 있다.

이러한 문제의식하에서는 민족주의를 제국주의의 파생물 정도로 보고 동일화하려는 항간의 입장에는 동의할 수 없다. 하지만 제국주의에 대한 저항이 민족주의에 갇히지 않도록 경계하는 것은 필요하다. 민족주의는 그 해방적인 성격에도 불구하고 또 다른 위험을 내장하고 있기 때문이다. 민족주의가 아닌 방식으로 식민주의에 맞섰던 이들의 노력을 애써 발견하려고 했던 것은 이러한 문제의식의 소산이다. '비민족주의적 반식민주의'라고 부를 수 있는 이러한 접근에 대한 해명이 앞으로 더욱 요망된다.

아시아의 지식인들이 이러한 일을 해야 한다고 공통으로 인식하였기에 문학을 공부하던 오오무라 마쓰오와 김재용은 2004년 봄에 해마다 이 문제를 다루는 '식민주의와 문학' 심포지움을 열기로 결정하였다. 오오무라 마쓰오는 일본 내에서 일본 식민지하의 아시아 지역의 문학을 공부하는 학자들의 연락을 맡았고, 김재용은 한국을 비롯한 타이완, 중국, 인도네시아 등의 학자들의 연락을 맡았다. 2005년 첫 회의가 열렸고 이후 해마다 회의를 거듭하여 올해는 다섯 번째를 맞이하였다. 특히 민족문학연구소는 이러한 문제의식에 공감을 느껴 해마다 열리는 이 회의의 주최자로 나서기로 하였다. 실제로 매회의 회의 과정에서 민족문학연구소의 연구원들의 참여는 다른 어느 곳에서도 얻을 수 없는 역동성을 발하였다. 그동안 네 번에 걸친 회의에서 나온 논문들 중 일부를 모아 책을 내는 것은 이러한 문제의식을 널리 공유하기 위한 것이다. 이 회의는 앞으로도 계속 이어질 것이다.

　이 회의는 여러분들의 적극적인 참여 없이는 불가능한 기획이었다. 우선 네 번에 걸친 회의에 참여하여 좋은 논문을 발표하고 토론을 해주신 분들, 특히 멀리서 비행기를 타고 참석하신 분들의 연대감은 이 회의의 기둥이다. 그리고 회의의 취지에 공감하여 매번 장소를 제공한 연세대학교 영문과의 김준환 교수의 힘도 결코 적지 않았다. 그리고 회의를 할 때마다 온갖 잡다한 일을 마다하지 않았던 모순영 간사가 없었다면 아마 이 회의는 벌써 끝났을지도 모른다. 모든 분들의 노력이 새로운 아시아를 구상함에 있어 좋은 거름이 될 것으로 확신한다.

2009년 제5회 식민주의와 문학 심포지움을 준비하면서
김재용 · 오오무라 마쓰오

차 례

제2부   **타이완**

제1부

한   국

식민주의와 언어

중일 전쟁 이후 일제의 언어 정책과 한국문학인의 대응

김재용

1. 동아시아 비교문학의 필요성

일본 제국주의는 동아시아 문학에 깊은 상처를 남겼다. 식민지 지배를 직접 받은 지역은 물론이고 간접적으로 점령을 당하였던 지역에서도 그 흔적은 결코 적지 않았다. 그 범위는 조선, 대만, '만주국'의 동북아는 물론이고 인도네시아를 비롯한 동남아 지역에까지 미쳤다. 그럼에도 불구하고 이들 지역에서 이루어진 이 시기 문학에 대한 연구는 국경을 넘어서지 못하고 국민국가 내에서 고립적으로 진행되었다. 각 국민국가 내부에서는 이 시기 문학에 대한 연구가 이루어지고 있지만 국경을 넘어서 동아시아 지역 전체 차원에서의 비교연구는 그다지 활발하지 않았다. 동아시아의 평화공존과 미래 지향적인 소통을 생각할 때 이러한 연구 정황은 결코 바람직하다고 할 수 없을 것이다. 이러한 상황을 타개하기 위해서는 각 국민국가 내에서 이 시기 문학에 대한 심화된 연구가 진행되어야 할 것이고 나아가 이를 토대로 상호 간의 비교연구가 이루어져야 할 것이다.

일제 지배하의 동아시아 지역의 문학어를 중심으로 한 문학계의 비교는 그 중의 하나일 것이다. 1937년 중일 전쟁 이후 대만에서는 일본어 이외의 언어 및 문자생활이 금지되었다. 양규(楊逵)를 비롯한 많은 대만의 문학인들은 일본어로 창작을 하였다. 이 점은 일본어와 조선어 창작이 동시에 이루어졌던 조선의 경우와는 일정한 차이가 나는 대목이다. 이러한 차이가 빚어내는 긴장을 대만의 작가 용영종(龍瑛宗)과 조선의 작가 김사량(金史良)의 교류1)에서 발견할 수 있다. 일제의 식민지 출신의 문학인이라는 공통점으로 하여 서로 역지사지(易地思之)할 수 있었던 이들은 이러한 기반 위에서 공통의 울분을 갖고 창작하였고 그렇기 때문에 서로 편지 교환을 하면서 위로하고 고무하기도 하였다. 이들을 묶어주는 것은 일제의 식민지 출신 작가로서 일본어로 작품을 발표하고 있다는 점이었다. 하지만 이들 사이에는 일정한 차이가 존재하였다. 김사량은 일본어로 창작을 하는 한편 조선어로도 창작을 하는 상황이었기 때문에 일본어로만 창작을 해야 했던 용영종과는 처지가 달랐던 것이다. 따라서 김사량이 일본에서 일본어로 창작을 하는 동기와 용영종이 일본어로 창작을 하는 동기는 약간 달랐던 것으로 보인다. 김사량은 조선의 진상을 조선 외부에 호소하겠다는 의지를 갖고 있는 반면, 용영종의 일본어 사용은 일본어 사용 이외에는 달리 작품을 쓸 수 없는 상황에서 비롯된 것이다.

일본의 점령지였던 '만주국'에서 활동하던 작가들은 일본어로 작품을 쓸 것을 강하게 요구받지 않았다. 이마무라 에이지(今村榮治) 등의 경우처럼 스스로 일본어로 창작을 한 경우가 있기는 하였지만 이는 예외적인 상황이었다. 그렇기 때문에 중국 작가들은 한어로 작품활동을 하였고 이를 일본인들이 번역하였다. 당시 만주국 문단에서 일본인들이 중국인 작가의 한어 작품을 항상 오오우치 타가오(大內隆雄)의 번역을 통하여 읽었

---

1) 이 두 작가가 주고받은 편지의 교류에 대해서는 下村作次郎의 『文學で讀む臺灣』, 田畑書店, 1994)을 참고.

다는 널리 알려진 사실2)에서 이러한 언어적 현실을 확인할 수 있다. 당시 일본은 만주사변 이후 국제사회로부터 강한 눈총을 받는 처지였다. 만주사변을 조사하러 온 릿튼 조사단과 그 보고서에 항의하는 차원에서 국제연맹을 탈퇴한 정도로 국제사회로부터 압력을 받고 있던 일제로서는 '오족협화(五族協和)'라는 틀을 강조하였고 이로 인해 일본어를 일방적으로 강요할 수 있는 상황이 아니었던 것이다. 그 동기가 무엇이든 일제는 '만주국'에서 과거의 구식민주의적 방식에서 탈피하여 신식민주의적 방식을 창안하지 않으면 안 되는 상황이었다.

이러한 조건 속에서 조선인 작가들은 언어적 자율성을 확보할 수 있었다. 1936년 '내선일체(內鮮一體)'가 강요되기 시작할 무렵 억압적인 분위기를 피하여 만주로 건너간 염상섭(廉想涉)이 후에 '만주국'에서는 내가 조선인이요라고 말할 수 있었다고 하는 것이 바로 이러한 정황에서 나온 것이다. 조선에서는 항상 일본 국민으로서의 정체성만을 요구받았고 이는 더욱 가속화되는 상황이었는데 '만주국'에 건너갔을 때 거기에서는 스스로 조선인임을 내세워도 별다른 문제가 없는 것이다. '오족협화'를 활용하면서 조선인으로서의 자기 정체성을 어느 정도 확보할 수 있었던 것이다. 이런 점은 특히 언어에서 더욱 두드러졌다. 중일 전쟁 이후 조선에서는 작가들의 일본어 사용이 강요되었지만 '만주국'에서는 언어적 통제를 받을 필요가 없었던 것이다. 조선어로 창작을 하는 것 자체가 문제가 되는 것이 아니었다. 조선의 작가들이 조선어로 작품을 쓰려고 했을 때 조선어이기 때문에 필요이상의 검열을 받았던 상황과는 근본적으로 차이가 났다. '만주국'을 실제 통제하였던 관동군에서도 조선 작가들이 조선어를 사용하는 것 자체를 문제삼을 수 있는 상황이 아니었다. 스스로 '오족협화'를 주장했기 때문에 조선인 작가들에게 일본어 사용을 요

---

2) 大內隆雄의 이러한 역할에 대해서는 岡田英樹의 글, 「中國文學の飜譯者大內隆雄」(『文學にみる '滿洲國の 位相』, 硏文出版, 2000)을 참고.

구했을 때 스스로 모순을 떠안는 결과가 나오기 때문이다. 염상섭이 '만
주국'에서 활동하고 있는 조선인 작가들의 작품집인『싹트는 大地』의 서
문에서, 그리고 안수길(安壽吉)의 작품집『북원(北原)』의 서문에서 조선인
작가들이 조선어로 글을 쓰는 것에 자부심을 느끼고 또한 '오족협화'를
주장하는 '만주국'이 그 표방과는 다르게 조선인 작가들의 문학을 외면
하는 것을 통렬하게 비판하고 있는 것은 바로 이런 정황에서 이해될 수
있는 것이다. '만주국'의 조선인 작가들은 관동군 사령부의 검열을 직접
적으로 받아야 했다. 실제 염상섭이 1939년 말 그가 근무하던 조선어 신
문「만선일보(滿鮮日報)」를 떠나 안동(安東)으로 간 것도 일제 관동군 사령
부의 지나친 간섭 때문이었다. 하지만 작품의 내용과 달리 형식인 언어
적 차원에서는 그 어떤 억압도 받지 않았던 것이다. 이 점이 당시 국내
에서 활동하던 조선인 작가들과 다른 점이라 할 수 있다.

　일본 식민주의하의 조선의 문학을 일제가 직·간접으로 지배하고 있
었던 대만과 '만주국'과 비교하여 보면 앞으로 더 많은 연구의 지평이
열릴 수 있는 가능성이 있을 것으로 기대된다. 그런 점에서 한국을 비롯
한 동아시아에서 문학을 연구하는 사람들의 협동 작업이 더욱 긴요하다.
이러한 취지에서 필자는 중일 전쟁 이후 일제의 식민주의적 언어정책과
한국문학인의 대응을 다루고자 한다.

　이 글은 우선 시기를 식민지 지배 전체가 아니고 중일 전쟁 이후로 한
정한다. 그렇게 하는 것은 일본의 식민주의적 지배가 가장 극심하였던
시기가 중일 전쟁 이후의 총동원 시기이기 때문이기도 하지만 그보다 이
시기의 일본 제국주의 지배는 중국 관내 지역을 넘어서 '대동아공영권'
의 이름하에 동남아 지역에까지 이르고 있기 때문에 비교연구가 한층 더
요망되는 지점이라 할 수 있기 때문이다. 중일 전쟁 이전에도 한국의 작
가들이 식민주의적 지배로 인하여 고통을 받았지만 중일 전쟁 이후에는
그 이전과 비교가 되지 않을 정도로 혹독한 어려움을 겪어야 했다. 그리

하여 이 시기에는 한국작가들의 식민주의에 대한 저항과 협력이 양극화되었기에 한층 심층적인 연구가 요구된다. 또한 중일 전쟁 이전에도 대만, 조선 그리고 '만주국'이 일제의 지배하에 있었기 때문에 비교연구가 가능하고 또 연구해야 하지만 동남아를 비롯한 동아시아 지역 전체에 걸친 비교연구는 역시 중일 전쟁 이후에 이르러서 가능한 것이기 때문에 이 시기를 중점으로 다루고자 한다.

　식민주의적 언어정책과 이에 대한 한국 작가들의 대응을 다루는 이 글에서, 언어문제를 주된 대상으로 삼은 것은, 이 시기에 이르러 한국 작가들의 언어문제가 문학 창작에서 심각한 주제로 떠올랐기 때문이다. 일제는 식민지 지배 이후 한국의 작가들이 조선어로 창작을 하는 것에 대해서 간섭하지 않았다. 장혁주(張赫宙)의 경우처럼 조선의 작가들이 스스로 일본어로 창작하는 경우가 있기는 하지만 대부분의 작가들은 조선어로 작품을 창작하는 데 그 어떠한 방해도 받지 않았다. 하지만 중일 전쟁 이후 한국 작가들은 일본어로 창작할 것을 강요받기 시작하였다. 중일 전쟁을 앞두고 일제는 '내선일체' 이데올로기를 유포하기 시작하였으며 그 일환으로 조선어 대신에 일본어를 사용할 것을 강요하였다. 특히 작가들에게는 일반인들보다 한층 그 압력이 거세었다. 그리하여 이 시기 이후부터는 작가들에게 어떤 언어로 창작할 것인가 하는 문제가 작품의 세계와 관련하여 절대적인 중요성을 갖는 것으로 되어버렸다. 그렇기 때문에 이 시기 작가들의 문학적 창작을 고려할 때 언어의 문제는 절대적으로 중요하다. 따라서 이 글에서는 식민주의적 언어정책에 대한 한국 작가들의 다층적인 대응양상을 다루고자 한다.

2. 일본어 창작에 관한 논쟁

일제의 식민주의적 언어 정책에 대한 한국 작가들의 다층적 대응양상을 검토하기 위해서는 중일 전쟁 이후 조선 문학계 내에서 일본어 창작과 관련하여 작가들 내에서 어떤 논의가 있었는가 하는 점을 우선 탐구하여야 한다. 중일 전쟁 이후 한국의 작가들은 조선어와 일본어 두 가지의 언어로 창작을 하게 되었다. 일제의 강요에 의해서 조성된 이 국면에서 한국작가들은 조선어로만 창작하는 작가, 일본어로만 창작하는 작가 그리고 조선어와 일본어로 동시에 창작하는 작가로 나누어졌다. 당시의 문학적 현실이 이러함에도 불구하고 그 동안 한국문학 연구는 일본어로 된 창작에 대해서는 깊이 연구하지 못하였다. 그것은 이들 작품을 어떻게 볼 것인가 하는 시각이 제대로 구비되어 있지 못하였기 때문이다. 이러한 연구 상황이 쉽게 개선되지 않았던 것은 일본어로 창작된 작품은 한국문학의 범주에 들 수 없다는 인식과 또한 그것이 일본어로 쓰여졌기 때문에 친일작품이라는 인식이 덧붙여 있기 때문이었다. 이러한 이유로 하여 일제말 일본어로 창작된 작품은 그 동안 연구의 대상에서 제외되었다. 하지만 최근에 와서 이러한 기존의 시각에 거리를 두면서 이들 작품을 적극적으로 해석하여야 할 필요성이 제기되기 시작하였다. 가장 주된 이유는 일본어로 창작된 작품들의 내용을 분석한 결과 이들 작품들이 모두 식민주의에 협력한 것이 아니라는 점이다. 일본 식민주의에 협력한 작가들이 일본어로 창작을 한 경우에는 예외없이 친일작품이지만 일제 식민주의에 협력하지 않고 저항한 작가들이 일본어로 창작한 작품들은 결코 친일문학이 아니기 때문이다. 일본어 작품의 이러한 복합적인 성격에 대한 인식이 나오기 시작하면서 이들 작품에 대한 연구가 이전과는 다르게 비교적 활발하게 이루어지기 시작하였다.

중일 전쟁 이후 벌어진 이러한 복잡한 정황 속에서 이루어진 한국문학

가들의 고민과 대응을 파악하기 위해서는 우선 일본어 창작과 관련된 당
시 문학가들의 고뇌어린 사유를 점검할 필요가 있다. '내선일체'가 거론
되기 시작하는 1936년 말 이후로 조선인 작가들은 언어의 위기를 예민
하게 느끼기 시작하였고 이후 이와 관련된 논의들이 봇물처럼 쏟아지기
시작하였으며 이는 해방직후까지 팽팽하게 지속되었다. 그렇기 때문에
우선 당사자들의 논의를 검토하여야 한다.

　일본어 창작의 문제가 논쟁의 핵심으로 떠오르는 것은 중일 전쟁 이후
부터이다. 그 이전에도 일본어로 창작된 경우가 없는 것은 아니지만 그
것은 중일 전쟁 이후의 그것과는 현저하게 성격이 다른 것이다. 일본어
창작을 통하여 일본인 등 외부에 조선의 사정을 알리고 호소하려는 목적
으로 이루어진 것이라 일본 제국주의의 국책과는 무관한 것이었다. 하지
만 중일 전쟁 이후에는 '내선일체'의 황민화 차원에서 이루어진 것으로
철저하게 국가에 의해 주도되었다. 일본 식민주의에 협력하는 이들에게
는 이것은 위기가 아니고 새로운 기회였지만 식민주의에 직접·간접으
로 저항하는 이들에게는 심각한 문제였다. 중일 전쟁을 전후한 시기에
광범위하게 유포된 내선일체의 분위기 속에서 조선어의 위기를 예민하
게 느끼고 이를 작품화한 작가는 이태준(李泰俊)이다. 1938년 1월 『삼천
리 문학』에 발표한 단편소설 「패강냉(浿江冷)」에서 일본어로 작품을 쓰라
고 요구하는 평양부 의원인 김과 작가의 분신으로 여겨지는 현 사이의
대립이 적나라하게 그려져 있다. 현이 서울에서 평양을 내려간 것은 조
선어와 한문을 가르치면서 교사생활을 하던 친구 박이 한문 과목을 없애
라는 학교 당국의 방침 때문에 울적해 한다는 소식을 듣고 위로하기 위
한 것이었다. 그런데 그곳에서 다른 친구인 김을 만나면서 심사가 뒤틀
리기 시작한다. 현에게 이미 일본에 진출하여 일본어로 작품을 쓰고 있
는 작가(아마 장혁주를 염두에 둔 것으로 보인다)를 모범적인 예로 들면서 현
도 그렇게 방향전환을 하라고 요구한다. 조선어를 지켜야 한다고 생각하

고 있는 현은 조선어를 버리라고 권유하는 김의 행각을 참지 못하고 컵을
던지고 만다. 이 작품은 제3차 조선 교육령(敎育令)이 발표되는 1938년 3월
이전의 시점에 발표된 것이라는 점에서 자못 놀라운 바가 있다. 이태준
은 그러한 법령이 시행되기 전에 이미 이를 예감하였기에 저항하는 심정
으로 이러한 작품을 썼던 것으로 보인다. 시국의 흐름을 읽어내고 자기
식으로 대응하는 이태준의 날카로운 작가적 감각이 돋보이는 대목이다.

  이태준과 같은 작가의 이러한 경고에도 불구하고 조선어의 위기는 이
무렵에는 문학계의 본격적인 관심사의 대상이 되지 못하였던 것으로 보
인다. 문학계 내에서 이 문제가 심각한 화두로 대두하게 된 것은 무한
삼진의 함락과 이후 전개된 일본 작가들의 중국행에서부터이다. 1938년
11월 하야시 후사오(林房雄)를 위시한 일련의 일본의 '펜부대'가 중국전선
에 가는 도중 경성에 들러 조선인 작가들과 좌담회를 가졌는데 여기서
조선인 작가의 일본어 창작 문제가 튀어 나온 것이다. 다소 길지만 당시
의 문단 분위기를 짐작하기 위해 좌담의 일부를 옮긴다.

> 이태준 : 잠시 아키다 선생에게 여쭙겠습니다만 아까 조선어로 써도 국
>   어(일본어)로 써도 좋다고 하셨는데, 저희로서는 중요한 문제
>   이기 때문에 본론에서는 조금 벗어나지만 질문드리고 싶습니
>   다. 내지의 선배들께서는 저희 조선 작가들이 조선으로 쓰는
>   것을 진심으로 희망하고 계십니까 아니면 내지어(일본어 – 인
>   용자)로 쓰는 게 좋은가입니다.
> 아끼타 우자크(秋田雨雀) : 뭐지요, 잘 안들립니다만.
> 임   화 : 조선 사람은 내지어로 쓰는 게 좋은가 조선으로 쓰는 게 좋은
>   가입니다.
> 아끼타 우자크 : 우리 작가들의 요망, 그리고 대중들의 요망으로서 즉
>   대중을 대상으로 삼는 작가는 국어가 좋다고 생각합니다.
> 무라야마 토모요시(村山知義) : 그것은 말이죠, 조선문화를 조금이라도
>   많은 사람들에게 읽히기 위해서 요컨대 내지 사람들의 공감을

얻기 위해서는 조선어로 쓴 것은 내지사람들이 읽을 수 없기 때문에 반응이 없다고 생각하고요. 역시 조선쪽에서도 실제로는 내지어가 보급되어 있으니까 실제로 이해시키려 한다면 국어로 쓰는 것이 널리 읽히게 되리라 생각하기 때문에 국어가 좋겠네요.

아끼다 우자크 : 국어로 써서 널리 읽히고 일부분을 조선어로 번역하면 되겠지요.

정지용(鄭芝溶) : 양쪽으로 다 써도 좋다고 생각하는데

하야시 후사오 : 국어문제가 나왔는데 이것은 대단히 중요한 문제라 생각하는데 우리 입장에서는 조선의 제군에게 말씀드릴 것은 작품은 모두 국어로 써줬으면 하는 것입니다.

아끼다 우자크 : 그것을 번역하면 됩니다.

임 화(林和) : 그것은 커다란 문제입니다.

무라야마 토모요시 : 조선어로는 표현할 수 있지만 국어로는 표현할 수 없는 조선어의 특수한 것이라면 즉 뜻을 국어로 나타낼 수는 있어도 부족한 점이 있다면 대단히 유감이지만, 그렇지 않는 한 거의 이 정도가 되면 우선은 국어로 써도 지장이 없을 것 같으니까 조선어로 쓰지 않으면 안된다는 법은 없을 것 같군요

이태준 : 사물을 표현하는 경우에 국어로는 정확하게 그 내용을 표현할 수 없는 것처럼 생각되기 때문이 아닌가 하는데요. 그것은 우리 독자의 문화를 표현하는 경우에 그 맛은 조선글이 아니면 표현하기 어려운 점이 있습니다. 그것을 국어로 표현하면 그 내용이 내지화 돼버릴 것 같은 기분이 드는 것이죠. 정말로 그렇습니다.

하야시 후사오 : 그것은 번역을 하면 됩니다.

무라야마 토모요시 : 양악으로 일본 카부키의 연주를 합니다. 현재의 음악으로 세계적으로 특수성을 지닌 것이 존재하지 않으면 안되고 조선의 고전적인 예술은 어디까지나 존재해야 한다. 이런 것은 정부로서도 보존해야 합니다.

임 화 : 그런 박물관적인 것이 아니고 말입니다.

유진오(兪鎭午) : 문제가 큽니다만, 국어로 지장이 없는 것은 써도 되지

만, 쓸 수 없는 것이 있습니다. 번역적이고 내지사람들이 기뻐
하며 아주 의미가 있는 것은 우리도 될 수 있으면 그렇게 하겠
습니다만 조선글이 아니면 쓸 수 없는 것은 어쩔 수 없습니다.

무라야마 토모요시 : 그것은 물론 그런 입장도 있을 수 있겠지만 좀 더
크게 보는 것이 좋습니다. 조선어로 쓰는 편이 낫다고 처음부
터 마음을 굳히지 말고 보다 많은 사람에게 읽힌다는 점에 눈
을 돌리는 것이 좋을 듯싶은데요.

임   화 : 시를 지을 경우, 그 말에 담긴 감정 즉 문자 말입니다. 그것이
번역된 것으로는 의의가 없다는 것입니다. 번역시는 아무래도
가슴에 와 닿지 않기 때문에 이것은 순예술적인 면에서 보아
도 문화적으로 양해해야 한다고 생각합니다.[3]

　조선어가 사라질 수 있다는 위기의식을 느끼고 이를 작품을 통해 경고
한 바 있는 이태준으로서는 조선총독부경무국도서과장까지도 참석한 이
경성일보(京城日報) 주최의 좌담회에서 이 문제를 무심히 지나갈 수 없는
것이었다. 묘한 긴장과 첨예한 대립이 느껴지는 당시의 분위기를 전하기
위해 다소 길게 인용한 이 대목에서 우리가 우선 확인할 수 있는 것은
일본 작가와 조선 작가의 대립이다. 식민지적 무의식에 사로잡혀 있는
일본 작가들은, 정도의 차이는 있지만, 식민주의적 발상에 입각하여 발
언을 하고 있다. 조선 작가들이 일본어로 글을 쓰는 것이 갖는 고통에
대해서 거의 느끼지 못하고 있는 것이다. 다음으로 확인할 수 있는 것은
조선 작가들 내부에 존재하는 차이이다. 이태준, 임화 등 식민주의에 저
항하는 작가들의 경우 일본어로 글을 쓸 수 없는 이유를 강조하게 되는
데 반해 유진오 등 이후 식민주의에 협력하는 작가들은 일본어로 글을
쓰는 것을 충분히 용인할 수 있는 입장을 보여주고 있다.

　좌담이 있은 후 얼마 지나지 않아 조선의 문학가들 사이에 일본어 창

---

3) 『경성일보』, 1938년 12월 6일자.

작을 둘러싼 논쟁이 벌어졌다. 한효(韓曉)는 경성일보에 발표한「국문문
학문제」(1939. 7. 13~19)에서 조선의 작가들은 조선어로 작품 창작을 해야
지 일본어로 해서는 안된다는 주장을 강하게 하였다. 이에 대해 일본의
식민주의에 협력하던 작가 김용제(金龍濟)는 경성일보에 발표한「문학의
진실성과 보편성」(1939. 7. 26~8. 1)에서 조선의 작가들도 이제 일본어로
창작을 해야 한다는 주장을 함으로써 한효의 논지에 대해 반박하였다.
일본어는 이미 동양의 국제어이고 또한 문화어이기 때문에 이를 사용하
여야 된다는 것이다. 예의 좌담에도 참석하여 조선어로 글을 써야 할 이
유를 강조하기도 했던 임화는「말을 의식한다」(1939. 8. 16~20)에서 날 때
부터 사용하던 자연스러운 말, 즉 생활의 구체적 경험이 묻어 있는 것만
이 문학어가 될 수 있기 때문에 일본어로 창작을 할 수 없다고 주장하였
다. 문학어로서의 조선어의 문제를 양자 다 보지 못한다고 동시에 비판
하고 있는 임화의 견해는 궁극적으로 조선어의 역사적 성격을 견지한다
는 점에서 식민주의적 언어정책에 대해서 비판하고 있는 것이라고 할 수
있다.

일본어 창작 문제는 당시 조선 문학계 내부에서 격렬한 논쟁의 초점이
되었던 문제였기 때문에 지상논쟁에서 끝나지 않고 이후 지속적으로 이
어졌다. 당시 문학계 내부의 이러한 심리와 분위기를 바탕으로 이루어진
작품이 김사량의「천마(天馬)」이다. 김사량은 1940년 6월에 일본어로 발
표한 소설「천마」에서 조선어로 작품을 써야 한다고 주장하는 평론가 이
명식과 일본어로만 글을 써야 한다고 주장하는 평론가 현룡(玄龍) 사이의
대립을 여실하게 그리고 있다. 조선어는 더 이상 필요없다고 하면서 모
든 조선의 작가들이 일본어로 글을 써야 한다고 주장하던 현룡과 조선인
의 8할이 문맹이고 또한 글을 아는 사람의 9할이 일본어를 모르는 마당
에 조선어가 아닌 일본어로 글을 써야 한다고 주장하는 것은 현실과 맞
지 않는 것이라고 주장하는 이명식(李明植)의 대립은 결국 이명식이 현룡

에게 컵을 던지고 상해죄로 잡혀 가는 것으로 마무리된다. 현룡은 앞선 좌담에 참가하여 식민주의에 대한 협력을 노골적으로 드러내기도 했던 김문집을 원형으로 한 것이라면, 이명식은 작가 김사량의 분신에 해당되는 인물이라고 할 수 있다. 실제로 김사량은 이명식이 작품에서 했던 요지의 발언을 자신의 산문 「조선문화통신(朝鮮文化通信)」⁴⁾에서 그대로 하고 있을 정도이다.

김사량은 원칙적으로 조선의 작가들은 조선어로 창작을 해야 하지만 일본어로 창작을 해야 하는 절실한 이유가 있을 때에는 일본어로 창작을 하는 것을 허락해야 한다고 동시에 주장하고 있다는 점에서 「패강냉(貝江冷)」의 이태준이나, 좌담회에 참석하여 문학어로서의 조선어 없이는 창작을 할 수 없다고 주장한 임화나, 조선어로만 글을 써야 조선문학이 될 수 있다고 주장한 한효 등과도 다른 것이다. 김사량은 소설 속의 인물 이명식의 입을 통해서도 자신은 쇼비니시트가 아니기 때문에 일본어로 글을 쓰는 것에 대해서도 인정하다고 하였고 자신의 산문 「조선문화통신」에서도 이와 유사한 입장을 보여주었다. 이처럼 당시 언어 문제를 바라보는 작가들의 관점은 협력이 아니고 저항하는 작가들 내부에서도 달랐다.

그리하여 이 시기 이후 식민주의에 협력하지 않는 조선인 작가들 사이에도 언어와 관련된 문제에 있어 분명히 다른 입장이 존재하였다. 첫째는 이태준처럼 검열을 의식하더라도 끝까지 작가는 조선어로 계속 글을 써야 한다고 주장하는 경우이다. 둘째는 김사량의 경우처럼 조선의 진상을 호소하기 위해서 일본어로 작품을 써야 할 필요성이 있을 때에는 일본어로 창작하는 것이 가능하다는 주장이다. 마지막으로는 한효의 경우처럼 조선어로 창작을 하여야만 되고 그렇지 못할 때에는 침묵을 지켜야 한다는 논리이다. 이러한 입장들 사이에 조정과 토론이 더 없는 상태에

---

4) 文藝春秋社가 발간한 『現地報告』 1940년 9월호에 발표.

서 작가들은 일제말의 터널을 통과하였기 때문에 해방이 된 후에도 이 문제가 토론의 과제로 남게 되었다.

1945년 12월 남북의 문학가들이 한 자리에 모여 조선문학가동맹을 건설하기 위한 논의를 하던 무렵 이루어진 좌담회[5]에서 이태준을 위시한 작가들은 기존의 자신의 입장을 다시 한번 되풀이하고 있다. 이태준은 "나는 붓을 꺾고 침묵을 지킨 분보담은 우리 민족에게 해독을 끼치지 않을 정도로는 조선어를 한마디라도 더 써서 퍼뜨린 편이 나았다고 생각합니다"라고 말하여 일본어로 창작활동을 한 작가나 침묵을 하였던 작가를 동시에 비판하였다. 김사량은 "우리말로 쓰는 것보다도 좀 더 자유스러이 쓸 수 있지 않을까, 탄압이 덜할까 생각하고 일어로 썼다느니보다 조선의 진상 우리의 생활감정 이런 것을 리얼하게 던지고 호소한다는 높은 기개와 정열 밑에서 붓을 들었던 것이오만 지금 와서 반성해볼 때 그 내용은 여하 간에 역시 하나의 오류를 범하지 않았나 생각하고 있는 것을 솔직히 고백하는 바입니다"라고 말하였다. 김사량과 마찬가지의 정황에 놓여 있었던 한설야(韓雪野)도 "일본어로 쓴 소설의 내용에 있어서는 아무런 양심의 가책이 안될지라도 일본어로 붓을 들었다는 사실에 대해서는 자기 반성을 하지 않으면 안되리라고 생각합니다"라고 김사량과 비슷한 취지의 이야기를 하였다. 한효는 "붓을 꺾고 아무 것도 안 쓴 작가는 그들에게 무언의 반항을 한 것이라고 생각합니다. 그들은 우리들에게 결코 쓰지 말라고 강압한 것이 아니고 얼마든지 쓰되 반듯이 그들의 침략전쟁을 합리화하는 내용의 작품을 쓰라고 강요했으니깐요. 그러므로 아무것도 쓰지 않았다고 하는 것은 그것이 곧 하나의 반항이었다고 볼 수 있겠지요"라고 하여 조선어로도 일본어로도 창작하기 곤란했을 때 침묵을 지킨 것을 자랑스럽게 이야기하였다. 한효와 마찬가지의 정황에 놓여 있었

---

5) 「문학자의 자기비판」, 『인민예술』, 1946. 10.

던 이원조(李源朝)는 "조선어로 붓을 들 여지가 없어지고 조선말로는 활약할 수가 없어서 일본어로 붓을 든 사람도 있으니까 일어로 붓을 들었다고 전부 그를 일본에 협력했다고는 말할 수 없을 줄로 생각합니다. 검열을 통과하는데도 일어를 쓰는 것이 유리하지 않을까 하고 쓴 사람도 있고 일어로 쓰느니보다는 안쓰는 것이 낫다고 해서 안들었던 분도 있는데 나로서는 차라리 붓을 안들었던 것이 옳았다고 봅니다."라고 자신의 입장을 밝히고 있다. 조선어로 창작할 경우 대면하게 되는 곤경과 일본어로 창작할 때의 굴욕을 피하기 위해서는 침묵을 해야 한다고 주장하는 것이다.

해방 후의 이 좌담회를 전체적으로 훑어 볼 때 분명한 것은 일제말에 견지하였던 입장을 거의 그대로 고수하고 있다는 점이다. 약간의 타협을 했으라도 조선어를 지켜야 한다고 믿었던 이태준과 이기영(李箕永), 필요한 경우 일본어로 창작을 할 수 있다고 믿었던 김사량과 한설야, 조선어의 난관과 일본어의 굴욕을 피하여 침묵을 하였던 한효와 이원조 이들은 일제말에 자신의 입장을 해방 후에도 그대로 이어나가고 있다는 점이다. 물론 두 번째에 해당하는 김사량과 한설야의 경우 부분적으로 자신의 일본어 창작을 비판하고 있지만 이것은 어디까지나 절대적인 차원에서 말한 것이지 당시 다른 문인들과의 비교에서는 결코 그렇지 않은 것이다. 이는 이태준이 조선어 창작을 고수한 것을 절대화하면서 일본어로 창작을 한 것을 "민족적으로 여간 중대한 반동"이라고 비난하는 듯한 논조로 이야기하고 이원조와 한효가 자신들이 침묵한 것을 옹호하면서 다른 작가들의 방식을 비난하자 김사량이 그 자리에서 바로 반박하는 것에서 확인할 수 있다.6)

---

6) "절대적인 구렁이에 빠졌으면서도 희망은 꼭 있다고 생각한 분들이 붓을 꺾은 후 그나마 문화인직 양심과 작가적 정열을 이다다 썼는가요? 여기서 문제는 전개된다고 생각합니다. 쉽사리 갈라놓자면 문화를 사랑하고 지키는 문학자와 또 그래도 싸우려고 한 문

이처럼 복잡하게 얽혀있어 한두 마디로 규정하기 어려운 당시의 식민지 조선에서 문학언어의 현실을 제대로 읽어내기 위해서는 당시 일제의 식민주의적 언어정책과 이것에 바탕을 둔 당시의 언어적 문학적 현실을 재구성할 필요가 있다.

3. 일제의 식민주의적 언어정책

당시 한국 작가들의 문학적 대응은 일차적으로 언어정책을 비롯한 당시 일제의 식민주의적 지배 정책과의 길항 속에서 나온 것이기 때문에 당시의 언어 정책과의 깊은 상관성 속에서 해당 작가와 작품을 읽어야만 그 대응의 의미를 제대로 읽어낼 수 있다. 이에 대한 전체적인 이해가 없을 때 자칫 과녁을 빗나가기 쉽기 때문이다.

중일 전쟁 이후 일본제국주의의 언어정책 중 문학에 깊은 영향을 준 것은 역시 1938년 3월에 발표된 제3차 조선교육령이다. 조선어를 필수 과목에서 선택과목으로 바꾸어버린 이 결정은 조선어 습득을 방해하고 궁극적으로 일본어를 상용할 것을 지향하는 것이기 때문에 조선의 문학계에 직접·간접으로 큰 영향을 미쳤다. 일제가 이러한 정책을 펼친 가장 큰 동인은 지원병 제도의 도입이었다. 당시 지원병이 되기 위해서는 보통학교를 졸업하여야 하는데 보통학교에서 일본어보다 조선어를 더 많이 배워서는 제대로 된 병사를 길러낼 수 없다는 판단이다. 일본 출신

학자 이 두 갈래 그러나 일언으로 말하자면 문화인이란 최저의 저항선에서 이보퇴각 일보전진하면서도 싸우는 것이 임무라고 생각합니다. 무엇을 어떻게 썼느냐가 논의될 문제이지만 좀 힘들어지니까 또 옷, 밥이 나오는 일도 아니니까 쑥 들어가 팔짱을 끼고 앉았던 것이 드높은 문화인의 정신이었다고 생각하는데 나는 반대입니다. 모두 앞날의 광명은 믿었던 처지로 만약 붓을 표면에서는 꺾었으나 그래도 골방 속으로 책상을 가지고 들어가 그냥 끊임없이 창작의 붓을 들었던 이가 있다면 우리는 그 앞에 모자를 벗지 않을 수 없습니다."라고 하여 일본어로 창작한 것을 비판하는 사람들에게 반비판하였다.

병사들과 군대생활을 함께 하고 작전을 함께 할 때 일본어 소통이 되지 않으면 큰 장애가 오기 때문이다.

일제의 식민주의 언어 정책 중에서 조선의 문학계에 가장 큰 영향을 준 것은 1942년 5월의 '국어전해운동(國語全解運動)'[7]이다. 문학계에 미친 영향만을 고려할 때 이것은 앞의 조선교육령과는 비교가 되지 않을 정도로 직접적이기 때문에 이에 대해서는 상세한 논구가 필요하다. 또한 이것은 그 동안 우리 학계에서 제대로 조명된 바 없기 때문에 다소 길지만 당시의 내용과 여파에 대해 논할 필요가 있다. 조선총독부는 1942년 5월 5일 '국어전해운동'의 구체적 실시 요강으로 '국어보급운동요강'을 발표하였다. 이 요강은 첫째로는 국어상용에 대한 정신적 지도, 둘째로는 국어를 해득하는 사람들이 해야 할 일, 셋째로는 국어를 해득하지 못하는 사람들을 위해 해야 할 일로 세분되어 있고 나아가 문화방면에 대한 방책도 들어 있다. 문화방면의 방책으로는 '문학, 영화, 연극, 음악방면에 대해서 적극적으로 국어사용을 권장할 것, 라디오 제2방송에 국어를 보다 많이 삽입할 것 그리고 조선어 신문 잡지에 국어를 더욱 많이 집어넣을 것을 구체적으로 명시하고 있다.[8] 이 요강의 주요 내용은 학생들이 학교 바깥에서도 일일일어습득운동을 펼칠 것, 애국반 등 마을 단위에서 국어강습회를 조직할 것, 모든 국민학교에 국어강습회를 조직할 것, 국어를 잘 하는 집에 대해서는 '국어의 집'이라 하여 표창을 할 것 등의 세부시행조치들을 담고 있다. 이 조치는 그 동안 학교를 중심으로 학교 내부에서만 이루어지던 일본어 강습을 학교 바깥의 사회에까지 확장하여 일본어 보급을 확산시키고자 한 것이었다.

'국어전해운동'이 이 시기에 나온 것은 우연이 아니다. 1942년 5월에 일제는 조선에서 징병제를 시행할 것이라고 발표하였기 때문이다. 1944

---

7) 여기서 말하는 국어는 일본어를 가리킨다.
8) 조선총독부, 『조선』(1942년 10월호), 39~40면.

넌부터 징병제(徵兵制)를 실시하기로 하면서 일본어 습득이 중요한 문제
가 되었다. 일제는 태평양 전쟁을 치르게 되면서 많은 군사인력이 필요
하였고 일본인만으로는 모자라기 때문에 식민지 출신의 조선인들을 징
병할 필요성을 느끼게 되었다. 그 동안 시행한 지원병 제도로만으로는
불충분하다고 판단하였던 것이다. 그런데 오랫동안 군부 내에서 검토해
오던 징병제를 실시하기로 발표하면서 가장 우려했던 것 중의 하나가 바
로 언어 문제였다. 조선인들이 일본 제국의 군인으로 되기 위해서는 일
본어를 해야 하는데 당시 조선의 일반 민중들의 일본어 보급률은 현저하
게 낮았기 때문에 이 문제를 해결하지 않고서는 징병제의 성공을 기할
수 없었던 것이다. 따라서 일본 제국주의는 조선의 모든 사람들이 일본
어로 사용할 수 있도록 만들기 위하여 이른바 '국어전해운동'을 실시하
기로 하였던 것이다.[9]

　일본어를 전 국민이 상용하는 것을 더욱 적극적으로 추진하기 위하여
만들어진 이 조치는 당시의 문학계에 직접적으로 영향을 주게 된다. 일본
어와 조선어로 번갈아 가면서 나오게 되어 있던 『국민문학(國民文學)』 잡지
가 갑자기 일본어로만 된 잡지로 바뀌게 된 것도 바로 이 '국어전해운동'
때문이었다. 『국민문학』은 1941년 11월 창간될 무렵에만 하여도 1월, 4
월, 7월, 10월 네 번은 일본어로, 나머지 8번은 조선어로 발간될 것으로
예정되었고 실제 1942년 5・6호 합본으로 나오기 전까지만 해도 이러한
약속이 지켜졌다. 그런데 1942년 5월 '국어전해운동'이 시작되면서 모든
호가 다 일본어로 나오게 되었다. 이후 『국민문학』은 일제말까지 줄곧

---

9) '국어전해운동'이 발표된 후 각 잡지에는 조선총독부 관계자들이 직접 이에 관한 글을
　　쓰고 있다. 『춘추』 1942년 6월호에는 총독부 정보과에 근무하고 있던 重光兌鉉이 「국어
　　보급운동의 趣意」라는 글을 발표하였고, 『신시대』 1942년 6월호에는 총독부 소속으로
　　보이는 星野相河가 「국어상용의 요소」란 글을 발표하였다. 그리고 총독부잡지인 『조선』
　　1942년 10월호에는 총독부 경무국 소속인 廣瀨績이 「국어보급의 신단계」를 발표하였다.
　　이러한 일련의 움직임은 조선총독부가 '국어전해운동'을 널리 선전하기 위하여 치밀하
　　게 분담하여 조직한 것으로 보인다.

일본어 작품만 실리게 되었다. 당시 조선의 작가들의 주된 작품발표 무대였던 『국민문학』의 위상을 고려할 때 이러한 조치는 파격적인 것이라 할 수 있다. 『국민문학』이 그 이전에 나왔던 『문장(文章)』과 『인문평론(人文評論)』을 폐간하고 그 대신으로 나온 것임을 고려할 때 이 잡지가 일본어로 된 작품만 싣는다고 하는 것은 당시 조선의 작가들에게는 일본어 창작에 대한 식민지 당국의 요구를 실감케 하는 결정적 계기였을 것이다. 이제 조선어로 작품을 쓸 경우 유일한 문학 전문지라고 할 수 있는 『국민문학』에는 작품을 실을 수 없다는 것이고 그렇기 때문에 이 잡지에 작품을 싣고자 한다면 당연히 일본어로 작품을 써야 한다는 무언의 압력이었다. 조선총독부는 조선의 작가들이 일본어로 작품을 써야 한다는 것을 개별적으로 압력을 가한 것이 아니고 이렇게 유일한 문학지인 『국민문학』을 일본어 전용으로 하라고 압력을 넣어 관철함으로써 그러한 효과를 달성하였던 것으로 보인다. '국어보급운동요강'에서 문학 방면에 국어를 적극적으로 사용할 것을 권장하는 것의 일환으로 이렇게 『국민문학』의 일본어화가 선택되었던 것으로 보인다.

  하지만 조선총독부에 의해서 주도된 '국어전해운동'은 내부적으로 심각한 모순적 상황을 겪어야 했다. 당시 조선에서 일본어의 보급률이 10% 밖에 되지 않는 당시 상황에서 일본어를 상용하게 한다는 것은 결코 쉽지 않은 일이다. 구체적 조치들, 특히 각종 일본어 강습소를 통한 일본어 보급이 현실에서 잘 이루어진다 하더라도 보급률이 급성장하는 것은 아니었다. 당시 징병제가 1944년에 실시된다고 예정되어 있었지만 그때까지 일본어 보급률이 급작스럽게 높아질 가능성은 없는 것이다. 형편이 이러한데 전황은 오히려 1943년을 넘어서면서 일본에 불리하게 진행되어갔다. 전황이 나빠지면서 일본은 더 많은 조선의 사람들을 전쟁과 후방에 동원해야 하는데 정작 동원되어야 할 사람들이 일본어를 모르고 있는 상태에서 일본어만을 고집할 수도 없는 것이었다. 더 많은 조선의 사람들을 동원하기 위해서는 그들에게 선전을 하고 그들과 교섭을 해야 하는데 정작 그들은 일본어를 모르고 있는 것이다. 따라서 일본어 보급보다 더욱 중요한 전쟁 동원을 위해서 조선어로 선전해야 할 필요성이 대두되었고 그리하여 다시 조선어 사용을 인정하고 이를 활용하는 길을 모색하게 되었던 것이다. 이러한 딜레마를 가장 잘 보여주는 것이 조선어 방송이었던 제2라디오 방송을 없앴다가 다시 복구시키는 조치였다. 조선 사람들에게 전쟁의 동원을 선전해야 하는데 조선어 방송이 아닌 일본어 방송만으로는 그들에게 다가가기 곤란하였던 것이다. 그리하여 일본 제국주의는 1943년 11월 10일 경성 제2방송국을 재개하고 조선어 방송을 다시 내보내게 되었다. 이런 상황은 비단 방송에만 한정된 것은 아니었다. 당시 잡지에서도 그대로 드러나게 된다. 조선총독부는 '국어전해운동'을 실시하면서 문화 잡지 방면에서 『국민문학』을 본보기로 일본어화하였고 이는 잡지의 독자들이 일본어를 능숙하게 해독할 수 있는 사람들이기 때문에 일본어로 간행되어도 달리 문제가 될 것이 없었기 때문이다. 따라서 해방될 때까지 『국민문학』은 일본어로만 발간되었던 것이다. 하지만 당시 전문 지식인들만이 아니고 일반 지식인과 민중들을 독자로 하는 잡지들은 『국민문학』처럼 할 수는 없었다. 『조광(朝光)』, 『춘추(春秋)』, 『신시대(新時代)』와 같은 종합 잡지들을 부분적으로 일본어로 된 글을 싣기는 하였지만 잡지 전체로 보면 한글로 된 글이 대부분이었다. 그렇게 할 수밖에 없었던 것은 이 잡지의 독자들 중에는 일본어를 해독할 수 없는 사람들이 많이 포함되어 있기 때문이다. 이들을 전쟁에 동원하여 활용하기 위해서라도 이들 잡지는 부분적으로는 일본어로 된 글이 실리지만 전체적으로는 조선어가 주를 이루게 되었던 것이다. 즉 한글로 된 글을 많이 실었던 것은 잡지를 만드는 사람들의 반식민주의적 의지에 의한 것이라기보다는 조선총독부의 대중동원의 책략에서 비롯되었다고 보아야 훨씬 그 진실에 다가갈 수 있을 것이다. 이러한 점은 당시 지식인 독

자가 아니고 일반 사람들을 대상으로 한 잡지를 보면 더욱 확연하게 알 수 있다. 농민들을 대상으로 한 잡지 『半島の光』은 잡지 제호가 주는 인상과는 다르게 전쟁 종료시기까지 일체 한글로 편집되었다. 이 잡지의 마지막 면에 아동들을 위한 한 면 정도의 일본어 강습면이 있기는 하지만 그것은 잡지 전체의 구성에서 거의 무시해도 좋을 정도이다. 이 잡지가 이렇게 전쟁말기까지 한글로만 나올 수 있었던 것은 이 잡지의 독자였던 농민들이 일본어로 된 글을 읽을 수 없기 때문이다. 농민들을 후방 증산에 동원하기 위해서는 그들이 모르는 일본어로 선전하여도 헛수고일 뿐이고 그들이 아는 한글로 하는 것이 실효를 얻기 때문이었다. 한글로 된 글로 전쟁 동원이 많이 나오는 것도 바로 이러한 이유 때문이다. 이러한 양상은 대중들을 상대로 하는 잡지 『야담』에도 그대로 적용된다.

4. 한국문학가들의 대응양상

일제의 식민주의적 언어정책의 복합성을 고려하면서 당시 조선의 작가들이 보여주었던 대응방식을 검토하여 보자. 앞서도 언급하였던 것처럼 당시 조선의 비협력 작가들은 세 가지로 나누어졌다. 첫째는 일본의 검열을 부분적으로 감안하더라도 조선어로 끝까지 써야 한다는 이태준 이기영의 입장, 둘째는 검열의 문제라든가 외부세계에 조선의 진상을 호소해야 한다는 문제 등으로 하여 일본어 창작도 가능하다는 김사량, 한설야의 입장, 셋째는 조선어 글쓰기의 곤혹과 일본어 글쓰기의 굴욕을 피해가기 위해서는 침묵을 해야 한다는 이원조와 한효의 입장으로 나누어졌다. 침묵을 한 작가의 경우 그 이상의 분석이 필요없지만 일본어로 창작을 할 필요성을 이야기한 경우와 부분적 타협이 있다 하더라도 조선어로 창작을 해야 한다는 경우는 더욱 정교한 분석이 필요하다. 이들 경우에 그들의 전략이 당시 일본의 식민주의 정책을 고려할 때 얼마나 효과적인 것이었는가를 구체적으로 검토하는 일이기도 하다.

우선 조선어와 일본어 두 언어로 창작을 했던 경우를 살펴보자. 한설야와 김사량은 각각 다른 동기로 일본어로 창작을 했다. 한설야가 일본어로 창작한 동기는 검열이 주된 원인이었던 것으로 보인다. 이 점은 일제말 그의 일본어와 조선어 창작 양상에서 확인할 수 있다. 한설야는 1939년 이후 조선어와 일본어 두 가지로 작품 활동을 하였다. 그런데 그는 이 두 가지 언어를 사용할 때 나름대로 분명한 목표를 가지고 있었던 것으로 보인다. 일본어로 된 작품은 조선어로 된 작품보다 검열을 통과하기 쉽다는 점을 이용하여 한설야는 당시 일본어 작품에서는 훨씬 심각한 주제를 다루고 있는 것이다. 그가 일본어로 발표한 작품 「피(血)」(『국민문학』, 1942. 1), 「그림자(影)」(『국민문학』, 1942. 11)는 '내선통혼(內鮮通婚)'의 문제를 다루고 있는데 이것은 당시로서는 가장 민감한 주제 중의 하나였다. 특히 이 두 작품에서 공통적으로 '내선통혼'이 여러 가지 이유로 하여 좌절되는 것으로 되어 있기 때문에 더욱 그러하다. 그렇기 때문에 이들 작품들은 일본어가 아닌 조선어로 발표되기는 쉽지 않았을 것임에 틀림없다. 그렇기 때문에 일제의 검열이 덜한 일본어로 작품을 발표하였던 것으로 보인다. 실제 이들 작품은 일본어로 되었기 때문에 간신히 검열의 문을 통과할 수 있었는데 당시 문학계 특히 협력을 하는 작가들 사이에는 이러한 작품이 발표된 것에 대해 불쾌감을 공개적으로 드러내었을 정도이다.

당시 일본어로 작품을 발표하는 전략과 아울러 한설야가 개발한 방법은 조선어 작품이 실리고 있던 『야담』 잡지를 활용하는 것이다. 앞서 언급한 것처럼 이 잡지는 본격적인 문학 잡지가 아니고 대중적인 통속 잡지였기 때문에 태평양 전쟁 이후에도 계속하여 조선어로 만들어졌다. 일제 총독부는 대중들을 국가총동원체제에 끌어들이기 위하여 일본어를 모르는 일반 민중들을 대상으로 하는 잡지에서는 조선어로 글을 쓰는 것을 묵인하였다. 그렇기 때문에 『야담』 잡지는 계속하여 조선어로 편집될 수 있었던 것이다. 그 동안 이 잡지에 전혀 관심을 갖고 있지 않았던 한설야로서는 이 억압적인 조건 속에서 자신의 뜻을 드러내기 위해서는 이 잡지를 충분히 활용하는 것이 긴요하다고 판단하여 연거푸 두 편의 단편을 발표한다. 중국에서 오래 동안 살던 조선인이 결국 자기의 고국으로 돌아온다는 것을 담은 「젖」(『야담』, 1942. 11)과 자신의 종족적(민족적) 정체성을 지키기 위하여 자결한 중국의 향비 이야기를 다룬 「향비애사(香妃哀史)」(『야담』, 1943. 2)이다. 이 두 작품은 앞서 발표한 일본어로 된 두 편의 작품과 다르게 일본인이 등장하지 않을 뿐만 아니라 고국의 중요성도 간접적으로 환기되고 있을 뿐이다. 「젖」에서는 향수를 통하여, 「향비애사」에서는 남편에 대한 애정을 통하여 드러나고 있는 정도이다. 따라서 일본인과 조선인의 결혼이 이루어질 수 없다는 것, 당시 당국의 시책에 정면으로 반대되는 주제를 다룬 「피」나 「그림자」와는 비교가 되지 않을 정도로 우회적인 작품이다.

이런 점들을 고려할 때 한설야가 일본어로 글을 쓴 것은 일본의 검열을 의식하고 이를 넘어서고자 했던 것이 분명하다. 그런 점에서 한설야는 당시 일본의 식민주의적 언어 정책을 제대로 파악하고 이를 우회적으로 활용하는 유격술을 발휘하였던 것으로 판단된다. 물론 한설야에게서도 조선의 진상을 알려야 한다는 동기가 전혀 없었던 것은 아니겠지만 중요한 것은 검열의 문제였던 것으로 보인다.

김사량은 한설야와는 다른 동기로 일본어로 창작을 하였던 것으로 보인다. 검열의 문제이기보다는 조선의 진상을 외부에 호소해야 한다는 것이 김사량의 일본어 창작의 동기였다. 이 점은 김사량이 동일한 작품을 일본어와 조선어로 동시에 발표하는 데서 확인할 수 있다. 소설 「유치장에서 만난 사나이」(『문장』, 1941. 2)는 조선어로 조선에서 발표한 작품이고

이것과 동일한 내용의 작품인 「Q伯爵」(김사량 제2 소설집인 『고향(故鄕)』에
수록)은 일본에서 일본어로 발표된 작품이다. 또한 단편소설 「지기미」(『삼
천리』, 1941. 4)는 조선어로 조선에서 발표한 작품이고 이것과 동일한 내용
의 작품인 「蟲」(『新潮』, 1941. 7)은 일본에서 일본어로 발표된 작품이다. 이
러한 것은 비단 소설에 한하지 않고 수필에도 해당한다. 수필 「밀항」은
일본어와 조선어 두 개의 언어로 발표되었다. 이러한 현상은 이 시기 다
른 작가들에서는 찾아 볼 수 없는 특이한 현상으로 김사량의 일본어 창
작 동기를 밝히는 관건이 되는 작품이라 할 수 있다. 김사량은 조선어로
된 「밀항」을 『문장(文章)』지 1939년 10월에 발표한다. 이어서 같은 글을
당시 일본에서 나오던 일본잡지 『문예수도(文藝首都)』 1940년 8월호에 일
본어로 발표한다. 동일한 작품을 이렇게 두 개의 지역에서 두 개의 언어
로 발표하는 것은 각각 다른 독자층을 염두에 두고 이들 모두에게 알려
야 할 필요성을 느꼈기 때문인 것으로 보인다. 일본어로 일본의 매체에
발표할 경우 그것은 일본의 독자들을 염두에 둔 것이고, 조선어로 조선
의 매체에 발표할 경우 그것은 조선의 독자를 염두에 둔 것이라고 할 수
있다. 조선의 독자에게만 알리는 것이 불충분하다고 생각하고 같은 내용
을 일본에도 전하기 위하여 일본어로 창작하여 일본에서 발표하였던 것
이다. 이러한 것은 김사량의 일본어 창작동기가 일본어를 해독할 수 있
는 조선 이외의 독자들에게 조선의 진상을 호소하려고 하는 것에서 출발
했음을 확인할 수 있다. 물론 일본어로 창작할 때와 조선어로 창작할 때
의 검열상의 차이가 일정하게 작용한 것은 사실이지만[10] 이것은 부차적
이다.

　한설야의 경우 검열을 피하는 것이 일본어 창작의 동기라면, 김사량의
경우에는 검열의 아닌 다른 필요성, 조선의 진상을 호소해야 한다는 절

---

10) 「밀항」을 다룬 일본어로 된 작품과 조선어로 된 작품 사이에는 부분적으로 차이가 난
　　다. 일본어로 된 경우 검열의 흔적이 덜 한 것으로 보인다.

실성이 일본어 창작의 동기였던 것이다. 한설야는 지식인들이 보는 잡지는 일본어로, 일반 대중들이 보는 잡지는 조선어로 작품을 쓰도록 하는 것 그리고 일본으로 발표될 경우 조선어로 발표될 경우보다 검열의 정도가 약하다는 일본 당국의 언어정책을 거꾸로 이용하여 민감한 주제의 작품은 일본어로, 덜 민감한 작품은 조선어로 발표하여 자신이 지향하고자 하는 것을 드러내는 실효를 거두었다. 김사량은 일제 당국이 일본어로 창작해야 한다는 것을 역이용하여 조선어로 이미 발표된 작품을 일본어로도 발표하여 일본 독자들에게 조선의 진상을 이야기하는 효과를 거두었다. 한설야와 김사량은 당시 일제의 식민주의적 언어 정책을 충분히 파악하고 이를 충분히 활용하면서 대응했던 것으로 보인다.

일제의 검열에 의해 부분적으로 굴절이 있다 하더라도 끝까지 조선어로 작품을 써야 한다고 생각하는 작가였던 이태준과 이기영은 보기에 따라서는 일제에 협력한 것으로 볼 수도 있다. 이태준의 경우 「별은 창마다」를 비롯하여 일제말의 작품들 속에서 부분적으로 신체제에 호응하는 듯한 인상을 주는 대목이 발견되기 때문이다.[11] 하지만 이태준은 개인을 강조하면서 세계를 해석만 하던 기존의 관조적인 자신의 입장에서 집단을 강조하면서 세계를 개조하는 실천적 입장으로 바뀌면서 자신의 이러한 생각을 강조하기 위하여 작품을 썼고 그 과정에서 전체를 강조하는 일제 당국의 신체제론과 부합되는 결과를 부분적으로 야기한 것으로 보아야 할 것이다. 그런 점이 존재하기 때문에 검열관은 조선어로 된 이 작품들을 내보낼 수 있었던 것으로 보인다.

이기영의 경우 생산소설적 측면을 강하게 띤 일제말의 작품들 『생명

---

11) 이태준의 경우 일제말에 일본어로 된 작품 「제1호 선박의 삽화」라는 작품을 발표하였기 때문에 일관된 자신의 입장을 견지못하였다고 볼 수도 있다. 하지만 일본어 작품이 이 한편에 지나지 않는다는 것 그리고 이 한 편의 일본어 작품이 실제 이태준 자신에 의해 직접 창작된 것인가에 대한 의문 등으로 하여 이태준 자신의 일관된 입장은 지속되었다고 보는 것이 좋을 것 같다.

선(生命線)』(1942), 『동천홍(東天紅)』(1942), 『광산촌(鑛山村)』(1943), 『처녀지(處女地)』(1944)를 일제에 협력한 것으로 볼 수도 있을 것이다. 이기영은 프로문학, 그 중에서도 농민문학을 주로 창작하여 왔기 때문에 인간이 자연을 개조하여 생산력을 높이는 문제에 대하여 깊은 관심을 가지고 있었고 이것의 연장선에서 생산소설을 여러 편 창작하였다. 이 생산소설에서 그는 자신의 기본 입장을 계속 드러내기 위하여 작품을 썼고 그 과정에서 생산증산을 강조하던 일제 당국의 신체제론과 부분적으로 부합되는 결과를 빚어낸 것으로 보아야 할 것이다.

이 두 작가의 경우 '내선일체의 황민화'라든가, '대동아공영권의 전쟁동원'을 선동하는 작품들을 창작하지 않았다는 점에서 협력이라고 할 수 없을 것이다. 오히려 이들은 조선어로 작품을 썼기 때문에 일본어로 작품을 쓰는 경우와 달리 일제의 검열을 더욱 심하게 직접적으로 받아야 하는 상황이기 때문에 자신의 생각을 그대로 이야기할 수 없고 그러기 때문에 자신의 생각을 굴절시켜 표현할 수밖에 없는 처지가 아니었는가 하는 것으로 보는 것이 타당할 것 같다. 그 과정에서 부분적으로 일제의 시책이 튀어나오는 것으로 보아야 옳을 것이다.

중일 전쟁 이후 일제의 식민주의적 언어정책과 이에 대한 한국 작가들의 대응양상을 살펴보았다. 향후 대만, 중국의 동북지역, 그리고 관내지역의 문학과의 비교 연구가 이루어지면 한층 그 의미가 뚜렷이 드러날 수 있을 것으로 보인다.

일제말 친일시의 계보

박수연

1. 사실 수리와 협력

중일 전쟁(1937년 7월)의 발발 이후 조선의 문단은 강력한 전시동원체제에 의해 유인되었다. 미나미(南次郎) 총독은 부임(1936년 8월) 후 한층 교묘해진 식민지 정책을 실시하였는데, 그 하나는 불령선인(不逞鮮人)을 발본색원하여 일제에 대한 저항을 근절시키려는 것이었고 다른 하나는 내선일체를 표방하면서 동화정책을 실시하여 조선민족을 순응적으로 개조하려는 것이었다. 이 시기에 일어난 중일 전쟁은 그 정책을 뒷받침으로 삼고 조선을 병참기지로 활용하면서 전개되었다. 조선과 만주를 배후기지로 활용한 중일 전쟁의 초기 전황은 일본에 유리하게 전개되었지만, 일본이 동북아의 패자로 자리잡을 정도로 중국이 몰락한 것은 아니었다. 중국은 국공합작을 선언했고 중국민중들은 광범위한 저항을 전개했다. 이 정황이야말로 만주국의 이시하라 간지(石原莞爾)가 대중국 회유책으로써 동아연맹론을 주장하도록 한 요인이었다. 이런 사정은 그러나 1938년 10월의 무한 삼진 함락을 거치면서, 특히 조선 문인들에게, 큰 변화를 가져왔다. 중일 전쟁 발발 후 내심 일본의 패배를 기대했던 문인들은 일본의 승리를 사실로서 인정해야 했다. 그것을 표현한 대표적인 글은 백철의 「시대적 우연의 수리−사실에 대한 정신의 태도」[1]이다. 봉건주의에 대한 근대주의의 승리로 중일 전쟁을 파악해야 한다는 백철의 주장은 1938년 10월을 경유하던 당시 조선 문인들의 일반적인 생각이었다. 대동민우회라는 전향자 단체가 있기는 했어도 당시까지의 친일이 일제의 강요에 의해 이루어진 것이었다면, 이때부터 문인들은 자발적으로 친일의 길에 나서기 시작했다. 미나미 총독에 의해 주장된 내선일체론, 일본 『만엽집』을 기원으로 하는 서정성, 서구적 근대에 대비되는 동아시아론이 조선 문인들의 내재적 논리로 작동하기 시작한 것도 이 무렵부터이다. 이 결과, 1939년 4월 '황군위문작가단'이 구성되고 그 활동의 일환으로 김동환·박영희·임학수가 북지전선의 일본군 위문을 다녀왔으며, 같은 해 10월에는 조선문인협회가 결성되어 국민문학 건설과 내선일체의 구현을 기본 지침으로 해서 황민화운동 및 전시 동원체제에 복무하였다.

　이런 경과를 갖는 친일문학은 그러나 '친일'이라는 언어 하나로 단일하게 묶여 분류될 수 있는 것이 아니다. 문인들이 친일의 길로 나선 것은 1937년의 중일 전쟁, 1940년의 신체제, 1941년 말의 대동아전쟁이라는 일제말의 세 가지 소시기에 연동된다. 1937년부터 1942년까지의 5년 동안에 이루어진 친일로의 전향은 그 짧은 기간 만큼이나 급박한 정세적 변동에 의해 집중적으로 이루어진다. 그런데도 문인들이 각각 친일의 명분을 달리 갖고 있었다는 점이야말로 주목을 요하는 부분이다. 크게 보아서 내선일체론, 대동아공영론, 전쟁찬양론으로 분류되는 친일문학의 논리는 모든 문인들에게 공통적으로 나타나는데, 그럼에도 불구하고 친일로 전향한 시기가 다른 것은 그 전향의 계기가 다르다는 사실을 의미

---

1) 『조선일보』, 1938. 12. 5.

한다. 이점이 분명히 전제되어야 하는데, 문인들의 이 차이점이야말로 친일의 논리가 각각의 문인들에게 내재적인 것이었음을 알게 해주는 요인이기 때문이다. 내선일체론, 대동아공영론, 전쟁찬양론은 물론 서로 교직되는 관계인데, 이 관계들의 실현 속에서도 친일의 개시와 강조점은 문인들에 따라 차별성이 있다.

내선일체론은 주로 국민주의자들에 의해 친일의 논리로 강조된 요인이다. 1920년대의 국민문학파에 뿌리를 두고 상실된 국민국가를 일본과의 통합을 통해 민족 자치의 형식으로 해결하려 했던 국민주의자들은 그것의 근거를 내선일체에서 찾았다. 친일의 가장 앞선 논리가 바로 이것이라는 점에서, 그리고 이 유형에 속하는 문인들 대부분이 한국 근대문학의 선구자들이라는 점에서 근대적 국민주의자들의 친일은 왜곡된 근대지향성의 한 파행을 보여준다.

서정적 시정신을 강조하는 문인들에게는 어떠한 사상이나 관념도 문학을 위해서는 고려의 대상이 될 수 없는 것이었다. 이렇다는 것은 미를 위해서라면 저항인가 순응·협력인가 하는 문제는 부차적인 것으로 처리되었다는 사실을 뜻한다. 시의 경우, 국민주의자들이나 프로문학 진영의 문인들에 비해 이들이 현저한 미적 성취를 보여주는 이유가 여기에 있다. 시는 그 사상 내용의 갈래를 떠나서 언어적인 완성도를 보여야 한다는 김종한의 주장2)이 이와 관련된다. 이들에 이르러 일제말의 친일 협력시는 이념 이전의 미적 언어로 읽힐 수 있는 근거를 마련한다.

프로문인 중 전향파에 속하는 시인들은 동아연맹론이나 동아협동체론에 연동되면서 전체주의적 세계상의 정립을 강조했다. 동아연맹론은 민족적 자율성을 보장하면서 국가 연합을 모색하는 전체주의 이론이다. 당시의 역사적 정세 속에서 전체주의는 근대 자본주의 체제를 극복하고 세

---

2) 김종한, 「시문학의 정도 - 참된 '시단의 신세대'에게」, 『문장』, 1939. 10, 199면.

계사적 신질서를 구성할 수 있다고 믿어진 정치체제였다. 프로문학 진영의 지식인들에게 전체주의가 긍정된 것은 개인주의적이고 자유주의적인 서구적 근대를 극복하는 역사적 대안으로서 동양주의가 내재화되었기 때문이었다. 이 동양주의란 황도정신에 입각한 동아신질서론을 뜻한다. 여기에는 천황을 기점으로 하는 팔굉일우의 이념이 작동하고 있었지만, 친일문인들에게 이 사실은 전체주의라는 시대적 맥락 속에서 외면되었다. 그 이유는, 일본 국가 체제 특유의 신민의 논리[3]가 니시다 기타로(西田幾多郎)가 정리하는 것과 같은 바의 '화엄적 일즉다(一卽多)'의 논리와 결합된 채 움직이고 있었기 때문이다.

대략 위와 같은 세 갈래로 분류되는 일제말 친일 협력시를 미적 이념에 따라 명명해본다면, 첫째 '국민문학파와 국민주의', 둘째 '순수 서정파와 언어미학주의', 셋째 '프로문학파와 전체주의'라고 할 수 있다. 이 글에서 살펴볼 대표적인 문인들로는 첫째의 경우에는 이광수, 주요한, 김동환, 김억이, 둘째의 경우에는 서정주, 김종한이, 셋째의 경우에는 김용제가 해당된다. 이들 각 진영이 친일문학을 개시하는 시점과 이념에서 차별성을 보여주는 이유는 이들의 문학이 단순히 '친일문학'이라는 이름으로 동일하게 묶일 수 있는 것이 아니라는 점에 있다. 이들 각각은 자신들의 문학 이념을 시대적 정세 속에서 실현해간 것이라고 할 수 있다. 이들의 각각의 이념을 구체적으로 살펴보기로 하자.

---

3) 천황의 통치 대상으로서의 신하의 측면과 근대적 주체로서의 시민의 측면이 이종결합된 것으로서의 '신민'에 대해서는 윤건차, 하종문·이애숙 역, 『일본 그 국가·민족·국민』, 일월서각, 1997 참조.

2. 국민, 미학, 전체의 이념

1) 시국과 미적 표현의 갈래

김동환은 「전쟁과 애국시인 - 조국과 조선시인의 관련 (1)~(4)」(『매일신보』, 1941. 11. 21~24)에서 조선 시가의 과제를 다음과 같은 말로 설명한다.

> 우리도 혹은 그 양 건설적이고 명랑하기만 한 시가를 써서 좋흘 날이
> 올 것이다. 그것이 正常狀態인줄로 안다. 그러나 지금은 전시요 또한 시가
> 상에 있어 새로히 내지인의 사상감정을 본바더 느끼며 지내려하는 국민
> 적 자각의 첫 계제에 바로 들어선 터이다.
> 爲先 그 고백으로 그 선언으로 또 일체의 과거를 청산하는 뜻으로 또
> 우리는 누구나 일본제국에 대한 충성이 이러타하는 맹서의 뜻으로 「戰爭
> 詩歌」와 「兩民族相和」의 노래를 한끗 만히 부르자 함이다. 이것이 初入의
> 길이요 정통의 길인줄 믿는다. 그리고 난 뒤 내일날 전쟁이 끝난 뒤 우리
> 는 얼마든지 '詩美의 世界'에 정상적으로 드러갈 수 있을 줄 안다.[4]

이를테면, 시는 1941년 말의 시기에 조선이라는 공간에서는 미적 성취를 유예시켜도 괜찮은 것이 된다. 그 이유는 시국이 전시 상황이라는 점, 내선일체의 자각이 급선무라는 점에 있다. 시를 희생해서라도 시국적 주제에 호응해야 한다는 것이 이 주장의 요점이다. 이 진술은 그런데 당시 대정익찬회가 주최한 '익찬시가의 밤'에서 낭송된 일본 시가에 대한 감상과 함께 맥락화되어야 한다. 같은 글에서 김동환은 예의 '익찬시가의 밤'에서 낭송된 일본시가 고향 정회의 감정이나 본능적 욕망을 노래한다는 사실을 지적한다. 이런 시가가 전시에 열린 익찬의 밤에 선택된다는 사실은 의외의 현상이기는 하되 일본의 자각된 국민의식 속에서는 문제될 것이 없다고 김동환은 말한다. 그렇지만, 조선인들에게 그런

4) 인용은 시집 『해당화』, 대동이사, 1942, 432~433면.

시는 불필요한 복고적 정서를 야기함으로써 '신국민시단건설'의 과제로
부터 시인들을 멀어지게 할 것이라고 그는 덧붙인다. 따라서 조선에서는
전쟁시와 제국에 대한 충성의 시를 강조해야 한다는 것이다. 이런 구분
을 가능케 하는 근거는 요컨대 자각된 일본국민의식의 소지 여부이다.
이때 일본국민의식이란 대동아공영의 첩로에서 길잡이를 하게 될 역사
의식일 뿐만 아니라 일즉다(一卽多)라는 천황중심적 사상의 실제적 표현
이기도 했다.

　김동환은 한국근대문학의 1세대로서 근대 국민주의자의 역할을 담당
했으며, 이광수, 주요한과 함께 『삼인시가집』(삼천리사, 1929)을 발행하면
서 이른바 국민문학파와 관계 맺고, 출판자본가로서 『삼천리』를 운영하
다가 종국에는 친일의 길로 나아갔다. 그와 마찬가지로 한국근대문학의
길을 개척하고 민요나 시조 같은 전통적 시가 형태를 발굴, 보급하는 데
힘썼으며 일제 말기에 친일의 길로 나섰던 시인으로는 주요한과 김억이
있다. 이들은 조선적 근대문학을 내재적으로 형성하기 이전에 일본 근대
문학의 충격을 흡수한 존재들이다. 이렇다는 것은 이들에게 문학의 존재
방식에 있어서의 문학 외적 요인을 중시하도록 하는 경향을 형성시켰다
고 여겨진다.

　이에 비해 1930년대를 경유하면서 등단하기 시작한 문인들에게는 새
로운 문학적 세대로서의 감각이 중요했다. 이것이 선배세대와의 일종의
대립 의식으로 나타난 것은 당연했는데, 김종한은 그것을 미학적인 것과
시국적인 것으로 나누어 표현했다. "시에 있어서는 내용이 형태에 내속
(內屬)하는 것이므로 언어 자체의 미를 떠나서는 여하한 시상(詩想)도 사상
도 공허한 개념에 불과한 것"[5]이라는 진술과 함께 다음을 읽어보자.

　　드디어 싱가포올도 함락했습니다. 그날의 국민으로서의 감격을 솔직히

---

5) 김종한, 「시문학의 정도-참된 '시단의 신세대'에게」, 『문장』, 1939. 10, 199면.

작품한다는 것은 작가로서 당연한 일일 것입니다. 그러나 또한 싱가포올의 함락을 노래하기 때문에 고사기, 만엽에서 비롯된 유구하고 찬연한 일본시사에 예술적인 오점을 남기는 시인이 있다면 그의 공죄는 상쇄(相殺)될 것입니다.

싱가포올의 함락에 그지없이 감격하면서도 돌아앉아 일본국민의 정감과 사유에 혈액적인 전통과 역사를 가지는 매화를 노래하는 시인이 있다면 그의 작가적 태도에도 행동 이유를 허용하는 것이 대국민으로서의 건설적인 금도(襟度)가 아닐가 생각합니다.[6]

김종한이 강조하는 것은 산문화할 수 있는 주제와 그것을 언어화하는 미적 과정이 별개로 이해되어야 한다는 사실이다. 이 분리는 시에 있어서의 순간성의 포에지를 부각시키기 위한 것이다. 이에 대해서는 김종한이 『문장』지에 작품을 발표한 이후 처음으로 자신의 시론을 밝힌 「나의 작시 설계도」[7]에서도 피력한 바 있다. 그것은, "시인은 그의 인상을 그의 **최고의 순간**에서 다만 배열하면 된다. 그가 배열한 것에는 스사로 조화가 있으리로다."(강조는 김종한)라는 구절이다. 이런 논지는 김종한의 시적 생애를 통해 일관되게 주장되고 있는데, 이것은 김동환이 「전쟁과 애국시인」에서 시국에 전념하기 위해 '시의 미학'을 훗날로 유예시키는 태도와 직접적으로 대비되는 것이다. 김종한은 시의 미학을 강조하기 위해 시의 본질과 속성을 나눈다. 이때 본질이란 시의 미적 완전성 자체이고 속성이란 정황에 따라 시에 부여되는 외적 요소를 말한다.[8] 이 속성에 그저 충실한 것만으로는 시가 될 수 없다는 것이 그의 생각이었다. 요컨대 김종한에게는 시의 완성을 위해서는 시국적인 것은 그다지 고려할 필요가 없는 것이었다고 할 수도 있겠다. 이것은 그러나 중요한 역설을 포함할 수밖에 없다. 미를 위해 당위적 현실을 희생하는 일이 그것이다. 일

---

6) 「일지의 윤리」, 『국민문학』, 1942. 3, 30면.
7) 김종한, 「나의 작시 설계도」, 『문장』, 1939. 9.
8) 김종한, 「일지의윤리」, 『국민문학』, 1942. 3, 32면.

제말 전시기를 살아간 시인들 중 김종한과 유사한 위치에 있는 시인으로
는 서정주가 있다. 그가 힘주어 말하는 것 또한 "취재야 아무데서 하여
도 좋은 것"이며 "시는 무엇보담도 언어해조"9)라는 사실이다. 이 둘의
문학적 출발점은 다르지만10) 이 시기에 이르러 보여준 문학적 지향점이
동일하다는 점이야말로 언어적 형식미를 강조하는 문학론의 내재적 경
향이 갖고 있는 역설을 보여주는 것이다.

동일한 시기를 살아간 시인들 중 전향파도 한 흐름을 형성한다. 김용
제로 대표될 전향시인들이 그들이다. 김용제는 중일 전쟁이 일본의 승리
로 방향을 잡는 경과 속에서 친일시를 쓰기 시작했다. 더구나 1938년 11
월에는 프랑스의 인민전선이 무너지고 사회주의의 종주국 소련에 대한
기대가 한풀 꺾인 시국을 전향문인들은 경험하고 있었다. 이때 전향파
문인들은 어떤 생각을 할 수 있었을까?

> 오늘날에는 모든 부분에서 국가적인 통제가 행해지고 있다. 우리는 그
> '통제'라는 관념의 진의를 해명한 다음 '문화 통제'라는 말을 고찰해보지
> 않으면 안 된다. 나의 생각으로는 '통제'는 기본적으로 '강제'는 아니며,
> 그것은 일종의 새로운 국가 이념의 구성이며 조직이라고 믿고 있는데, 그
> 것이 없는 한 참된 의미의 '통제'는 이루어지지 않는다고 생각한다.
> 모든 '통제' 정신은 보다 나은 '창조'를 향한 전제이다. 그것은 정치적
> 인 요구와 주관적인 자발성이 완전히 통일되는 국가적인 높은 정신을 의
> 미하는 것이며, 그렇게 되지 않으면 안 된다. 그것은 하나의 강력한 행위
> 의 세계이고, 또는 이상과 희망의 길이지만 그래서 고난의 길이기도 하다
> 는 것을 나는 알고 있다.11)

---

9) 서정주, 「시의 이야기─주로 국민시가에 대하여」, 『친일문학작품선 2』, 실천문학사, 1986,
   291면.
10) 김종한은 본격적으로 등단하기 이전에 다수의 민요시와 시론을 썼으며 서정주는 초기에
    보들레르와 생철학의 영향하에서 '생명파'로 분류되는 시를 썼다.
11) 金龍齊, 「朝鮮文化運動の當面任務─その理論·構成·實踐に關する覺書」, 『東洋之光』,
    1939. 6, 78면.

요컨대 새 시대의 문화원리는 국가주의적 통제를 지렛대 삼아서 창조를 지향하는 것이다. 이 창조가 반서구 일본중심의 아시아주의에서 대동아공영론으로 나아가는 과정에 속한다는 사실과 함께 김용제의 협력론이 국가적 전체주의를 옹호하는 탈자본주의론으로 상상된다는 점도 주목해야 한다. 이것은 사회주의자들의 전향과 친일을 살펴보는 데 있어서 중요한 비중을 두고 다루어져야 할 부분이다. 이를테면 계획화된 조직적 사회구조를 건설함에 있어서 문화 영역에 대한 통제는 필수불가결한 것이며 이를 '강제'와 같은 것으로 오해해서는 안된다는 논리는 그 사회에 속한 인민들의 자발적 동의로 포장된 채로 '하나가 전체이며 전체가 하나라'는 당대 특유의 사고와 결정적으로 연결된다. 이를 위해 문학적 행위가 적절한 통제 아래 이루어져야 한다는 말은 위의 김종한의 생각과 분명하게 대비되는 부분이다. 김종한에게 국민문학이란 '정지용의 예'도 포함할 수 있는 것이었다. "그러나 나는 정지용씨가 만일에 꿋꿋내 전쟁시를 쓰지 안코 말앗대도 그를 국민적인 시인의 한 사람으로 대우하기에 주저하지 안흘 것이다"[12]라는 진술은 김용제가 국가적 통제에 대한 문화의 자발적 수용으로써 창조의 길에 나설 수 있다고 주장하는 것과 크게 대비되는 것이다.

일제말 전시기에 펼쳐진 협력문학에 있어서 이상의 세 가지 관점이 비록 대동아공영권의 건설이라는 유사한 이데올로기에 동일하게 기여했다고 해도 그 이데올로기[13]를 내재화하는 계기와 과정에 따라 분석적으로 나누어서 살펴볼 필요성은 그래서 제기된다. 이 관점들의 차이는 문학적 차이이기도 하고 그 문학을 형성시킨 요인들의 차이이기도 하다. 이 차

---

12) 김종한, 「조선시단의 진로-특히 국민시와 관련하야」, 『매일신보』, 1942. 11. 13.
13) 이들 이외에 대표적인 협력시인을 들라면 임학수, 노천명, 모윤숙 정도가 있다. 이들을 어느 유파에 소속시킬 수 있는가 하는 점에 대해서는 더 많은 연구가 필요할 듯하다. 노천명과 모윤숙의 경우는 여성시라는 별도 항목으로 고찰하는 것이 타당할 것이고 임학수의 경우는 개별적으로 다루어져도 무방할 것이다.

이를 가시화하는 것은 이들이 속한 문학 유파나 이들이 문학의 본질에 대해 보여준 사유를 고찰하면서 가능할 텐데, 이를 통해 식민주의 이데올로기가 관철되는 다양한 방식을 살펴볼 수도 있을 것이다.

2) 협력의 세 가지 갈래

일제말 전시기의 협력문학에 있어서 시 영역의 분화를 위에서 살펴본 것처럼 나누어본다면 대략 세 가지 정도로 구분된다. 다시 한 번 진술해보면, 첫째, '국민문학파와 국민주의', 둘째, '순수서정파와 언어미학주의', 셋째, '프로문학파와 전체주의'가 그것이다. 첫째의 경우에는 이광수, 주요한, 김동환, 김억이, 둘째의 경우에는 서정주, 김종한이, 셋째의 경우에는 김용제가 해당된다고 할 수 있다. 이들이 친일시를 창작하게 되는 정황적 계기도 동시에 고려되어야 한다. 그것은 첫째, 1937년 중일 전쟁이 개시되고 1938년 일본의 승리로 전황이 전개되면서 역사적 패배주의와 함께 친일문학이 전개되는 경우, 둘째, 남경의 왕정위 정부가 1940년 3월에 들어서고 6월에 파리가 함락되면서 주장된 신체제론과 함께 친일문학이 전개되는 경우, 셋째, 1941년 12월 8일의 진주만 공격과 함께 개시된 태평양 전쟁 초기에 일본의 승리를 경험하고 근대초극론을 수용하면서 친일문학이 전개되는 경우이다.

위의 시인들이 언제부터 친일시를 쓰기 시작했는가 하는 점에 대해서는 우선 그들이 작품을 발표했던 시기를 고려하면서 판단할 수밖에 없다. 국민문학파에 속한 시인들은 거의 모두 첫 번째 시기에 친일작품을 발표한다. 백철의 「시대적 우연의 수리－사실에 대한 정신의 태도」(『조선일보』, 1938. 12, 2~7면)에 전형적으로 드러나 있는 역사적 패배주의는 그러나 반봉건주의로서의 근대주의라는 외피를 쓰고 있었다. 요컨대 근대 국민국가 형성의 첩로를 이들은 친일에서 찾은 경우였다.

순수 서정파에 속하는 김종한과 서정주는 각각 다른 시기에 친일작품을 쓰기 시작했다. 김종한은 1940년 11월 「살구꽃처럼」(『문장』)을 발표했고, 서정주는 1942년 7월에 「시의 이야기−주로 국민시가에 대하여」(『매일신보』)를 발표했다. 시기만으로 본다면, 김종한은 위의 둘째 시기에 친일의 계기를 맞았고 서정주는 셋째 시기에 계기를 맞았다고 해야 한다. 그러나 사정은 그렇게 단순하지 않다. 우선, 시기적 차이가 있음에도 불구하고 이 둘의 친일시가는 형식상으로는 언어 미학에 충실하고 이념상으로는 전통 양식을 강조한다. 다음, 위의 역사적 계기 중에서 둘째 시기를 규정해주는 신체제론과 파리 함락은 셋째 시기로 확장되면서 연동된다. 차이가 있다면, 동아 신질서를 표방하고 신체제론에 영향을 주었던 코노에 내각이 토조 히데키의 군부 내각으로 바뀌면서 태평양 전쟁이 발발되었다는 점이다. 동아신질서론이 동아협동체론이나 동아연맹론과 연결되면서 도의적 동양을 강조하고 신체제론이 서구적 질서를 극복한 동양적 질서를 강조한다는 점을 염두에 둔다면, 실질적으로 이 시기에 문학인들의 관심을 끌었던 동양론 내지 황국론은 두 시기에 걸쳐 상통하는 것이라고 할 수 있다. 김종한과 서정주는 바로 동양적 전통을 강조하는 곳에서 연결된다.

프로문학파에 속하는 김용제는 첫 작품을 1939년 1월에 썼다. 그는, 그의 회고를 문면대로 믿는다면, 동아연맹론에 동조함으로써 조선 독립에 기여할 수 있다고 생각했던 인물인데, 그렇다고 하더라도 결과적으로는 일제의 정책적 지배에 활용당한 삶을 살았다. 김용제가 동아연맹론에 기울었던 것은 연맹의 이념이 근대적 국민국가를 초월한 국가연합이라는 새로운 세계상을 가지고 있었기 때문이다. 맑스주의자였던 김용제는 이를테면 탈근대적 세계에 대한 맹신에 휘둘려 현실적 힘의 역학관계를 제대로 파악하지 못한 경우였다.

이 세 가지 경향의 친일시인들을 살펴보는 것은 당시 일제의 식민주의적 지배가 관철되는 다층적 양상을 살펴보는 것과 같을 것이다. 한 부류는 문학을 문학 외적 요인에 저당잡힌 채 식민주의를 실천했고 다른 부류는 언어적 미의 이념을 앞세워 친일 행위를 희석했다. 또 다른 부류는 탈근대적 실천의 한 방법으로 일제의 식민주의적 통치를 지지했다. 그 양상들의 구체적인 모습을 보자.

① 국민문학파와 국민주의

국민문학파와 국민주의를 하나의 계보로 살펴볼 수 있는 이유는, 여기에 속하는 문인들이 대부분 중일 전쟁 이후에 친일로 전향한 민족 자치론자들로서, 상실한 국가 대신에 민족적 에스니시티(ethnicity)를 추구하고 이를 통해 민족 미학이라는 의사(pseudo) 국가를 상상한 사람들이기 때문이다. 이들은 그 에스니시티의 실현물로 시조와 민요를 상정했다. 문학적 전통으로서 고전적 시가 장르를 논의하는 것과는 다른 차원의 문제의식이 여기에는 개입되어야 한다. 현실의 국가와 민족적 정신은 엄연히 다른 것이기 때문이다. 그런데도 미적 에스니시티로써 국가의 부재에 따른 상처를 덮으려고 할 때 현실은 사라지고 미적 상상의 영역만이 남는다. 이렇다는 의미에서 국민주의자들은 일제말에 이르러 현실을 방기하고 미적 상상의 세계에 안주했던 존재들이라고 할 만하다.

조선적 전통으로서의 민요를 강조한 시인들로는 주요한, 김억, 김동환을 꼽을 수 있다. 민요 시인들이 조선 민족의 표상으로 드러내고 구축했던 세계는 무엇이었을까? 에스니시티란 권력 배분에 있어서 소수파를 점한 사람들의 사회적·문화적 특징을 일컫는다. 근대 대의제 국가는 언제나 다수파의 이데올로기로 영토 전체를 지배하는 권력을 정당화한다. 그러나 이 정당화는 동시에 배제와 억압을 동반하는 폭력적 과정이기도 하다. 이때 국가에 의해 주체로 호출된 다수파의 외부에는 그 다수파적 국민의식의 자기동일성으로부터 벗어나는 존재들이 있게 마련이다. 이들을 동일성의 그물에 포착되지 않는 소수파, 혹은 동일성의 그물로부터 끝없이 미끌어지는 소수파라고 할수 있다. 에스니시티는 이 소수파의 집단적 귀속 의식을 지적하기 위해 사용된 용어이다. 그런데 이 소수파가 국가의 공식적 담론구조에서 배제되고 억압된다고 해서 이들이 다수파의 권력에 대한 저항과 파괴의 역능으로 충만한 존재가 될 수는 없다. 월러스틴에 따르면 이 에스니시티는 오히려 세계체제를 존속시키는 기능을 담당한다. 하나의 에스니시티에 속한 존재는 그 그룹에 가장 적절한 사회적 위치를 인정하고 주장하면서 동시에 그 그룹이 자본의 운동 속에서 맡고 있는 역할을 강화하기 때문이다.[14] 결국 소수파의 에스니시티란 다수파의 권력에 대응하여 그 다수파와 자신을 서로 소외시키는 방식으로 스스로를 규정하는 또 다른 자기 동일성의 논리에 머무는 것이다. 일제말기의 역사적 경험이 그렇다. 당시 국민주의자들의 조선주의는 민족적 에스니시티와는 또 다른 동양적(← 일본적) 에스니시티로 대대적으로 전환한다. 내선일체론의 담론 구조 속에서 일본과 조선은 동질체가 되고, 이것이 미영 제국주의로 대표되는 서양인에 대항하는 인종주의로 전화하는 것이다. 이것 또한 서구 제국주의에 억압되는 타자인 동양이 대동아공영론의 일환으로 상상되고, 그것을 박해받는 존재의 에스니시티로 연동시킨 결과였다. 이때 조선심에 주목했던 문인들은 어떤 반응을 보여야 했을까?

세계체제의 권력구조에 대응시켜 말한다면, 일제말 인종주의 담론의 '동양'과 '황국정신'보다 앞서서 그것을 예비했던 것은 '조선'과 '조선심'이다. 주요한은 「노래를 지으시려는 이에게」[15]에서 그의 민요시 창작이 일본 및 서구 여러 나라들의 근대 문학 초기에 나타난 각국의 민요시 창

---

14) I. 월러스틴, 성백용 역, 『사회과학으로부터의 탈피 : 19세기 패러다임의 한계』, 창작과
     비평사, 1994, 117면 참조.
15) 『조선문단』, 1924. 12.

작에서 영향받은 것임을 밝히고 있다. 다른 나라들의 근대문학의 출발이 민요시였기 때문에 자신 또한 민요시로서 한국 근대시의 출발을 꾀했다는 그 논리16)는 민요를 통해 나타나는 조선 민족만의 문화적 정체성이 근대문학 형성의 필수불가결한 요인이라는 주장으로 확장된다. 이때 시조와 민요시로 표상되는 조선심은 하나의 에스니시티로서 조선 문인의 집단적 자기 귀속 문제로 연결된다. 동시에, 자기 귀속의 근거를 확보한 존재에게 그것의 유일성은 에스니시티가 갖는 배타적 동일성의 원인이기도 하다.

이때 민요시 창작의 중요한 구성성분을 이루는 것이 한글이라고 주장된다는 사실은 특별히 기억될 필요가 있다. 이 사실은 언어에 대한 그의 유별난 감각이 그냥 주어진 것이 아니라는 점을 알려주는데, 동시에 그 언어를 버렸을 때 어떤 세계가 준비되고 있는가 하는 점을 주요한은 일제 말기에 전형적으로 보여주고 있기 때문이다. 이를테면 그가, 시를 쓰기 위해 영혼이 필요하고 "영혼으로 산다면 주저할 것 없이 국어(일본어 : 인용자)의 표현으로 돌진해야"(「勝たねばならぬ」, 『국민문학』, 1943. 6)17) 한다고 말하는 것은 예의 조선심이 상상적 에스니시티로 주장되었다가 그것을 보상할 수 있는 또 다른 대상이 나타났을 때 벌어질 수 있는 일의 예가 된다. 그의 일본어 창작은 그의 이전의 모든 한글 창작과 조선적 내용이 하나의 허구에 지나지 않았으며 그 허구가 또 다른 허구로서 일본 정신의 추구로 나아가는 경험적 틀이었음을 역설적으로 증명하는 것이다.

김억의 「시형의 음률과 호흡」(『태서문예신보』, 1919. 1. 13)은 근대시의 내

---

16) 주요한은 같은 글에서 자신이 쓴 「불놀이」 등의 서구적 근대시에 대해, 문학적 선배도 없고 모범도 없는 근대문학 1세대가 유학경험을 통해 배운 외국시를 잠시 모방해본 것에 지나지 않는다고 평가절하한다.

17) 번역은 김규동 · 김병걸 편, 『친일문학작품선집 1』, 실천문학사, 1986.

적 논리로서의 자유시의 호흡률이 어떻게 형성되는가를 나름대로 논리
화해서 보여준 글이다. 개별적 예술의 개성론으로 연결되는 이 미적 탐
구를 김억은 개인과 개별 민족에 대한 유비를 통해 민족 개성론으로 비
약시킨다. 이때 예술은 민족 정신・정서를 민족의 육체와도 같은 삶의
형식으로 표현하는 것이다.18) 이 민족 정서가 훗날 "현대의 조선심의 고
민과 어쩔 수 없는 고뇌"19)로 연결되었을 때, '조선심의 고민과 고뇌'라
는 말로써 지시하는 것은 피식민지로서의 조선 현실에 대한 그것이어야
했을 것이다. 그러나 김억에게 현실적 인생의 고통은 시적 초월의 대상
일 뿐 구체적 극복의 대상은 아니었다. 삶의 고통은 "예술로 인하여 시
화(詩化)되고 미화(美化)되어 모든 고뇌를 달게"(「조선심을 배경삼아」) 함으로
써 해소될 것이었다. 이로써 그의 '조선심'이 현실의 그것이 아니라 자신
의 시 미학을 위해 논리적으로 요청된 것임을 알 수 있다. 이렇다는 것
은 그의 조선심 또한 국민문학파와 주요한의 그것처럼, 상실된 국가에
대한 상상을 통해 현실의 문제를 해소하려는 문학적 매개물이었음을 말
해주는 것이 된다.

　따라서 김억의 시를 개인적 취향의 결과라고만 볼 수는 없다. 그는 개
인의 시적 개성을 민족적 개성으로 아무런 매개 없이 확장시킴으로써 집
단과 개인의 관계가 맺어지는 방식을 암시한다. 더구나 김억은 조선심을
육체화하는 전형적 호흡률을 탐구함으로써 그의 문학적 과제에 답한 시
인이다. 이 경우 역설적인 사태가 벌어지는데, 집단을 향한 개인의 투신
속에서 개인의 전형적 상황으로 실현되어야 할 민족적 현실의 구체는 사
라지고 마는 것이다. 이때 남는 것은 오직 관념으로만 존재하는 민족적

---

18) 아직까지는 프랑스 상징주의 시의 소개 수준에서 논의되고 있는 이러한 시예술론이 민
　요시에 대한 관심으로 확장되는 것은 1920년대 중반을 지나면서부터이다. 대표적인 글
　은 「조선심을 배경삼아」, 『동아일보』, 1924. 1. 1, 「밟아질 조선 시단의 길」, 『동아일보』,
　1927. 1. 3.
19) 김억, 「밟아질 조선 시단의 길」, 『동아일보』, 1927. 1. 3.

고통이다. 김억의 시에서 개인적 서정이 관념적 애상으로만 축소되는 이
유도 여기에 있다. 개인이 집단에 의해 소멸되고 집단은 다시 관념형으
로 제기되어 현실적 구체를 소멸시킨 것이다. 문제는 그 관념성이 집단
의 이름으로 개인을 소멸시킨 논리적 과정의 결과라는 점이다.

　김억은 일제말의 글 「국가와 개인」[20]을 통해 멸사봉공이라는 시대 윤
리를 강조한다. 그의 국민문학파적 경향을 고려한다면, 그가 상상하는
국가가 어떤 것이었는지는 분명하다. 그것은 현실의 고통을 상쇄할 상상
적이고도 미적인 국가이다. 그의 '조선심'은 그 미적 국가의 의지처였으
며, 조선심에 근거한 그의 민요시는 현실 초월의 필요성을 충족시킬 수
있는 수단이었다. 미적 필요성에 의해 상상된 허구로서의 조선 민요는
그러므로 곧바로 다른 허구에 자리를 내줄 수밖에 없다. 일본 막말의 와
카를 양장형 시조로 번역해놓은 『애국백인일수』(한성도서주식회사, 1944)가
그것이다. 이 시집에서 조선의 시조는 일본 정신의 정수를 표현하는 미
적 언어로 변신하여 거듭난다. 현실적 고통을 대체하는 언어예술로 고통
을 초월하는 미적 상승을 상상했던 김억에게 실제의 현실국가가 어떤 형
식과 내용으로 이루어진 것인가의 문제는 고민할 필요가 없는 것이었을
지도 모른다. 그는 개인과 민족의 개성을 표현한다고 그 스스로 주장했
던 시의 호흡률을 일본적 정서와 무난히 결합시킴으로써 민족을 초월하
고 국가를 초월하는 길로 나아간다. "예술로 인하여 시화(詩化)되고 미화
(美化)되어 모든 고뇌를 달게"(「조선심을 배경삼아」)할 언어 앞에서 조선이나
일본이라는 귀속성은 문제될 것이 없었던 것이라고 할 수도 있다. 어느
것도 문제되지 않는 곳에서는 어느 것이나 주인이 되기 마련이다. 조선
땅에서 일본국이 자연스럽게 주장되는 문학이 나타날 수 있는 것은 이
때문이다.

---

20) 『매일신보』, 1940. 11. 30.

② 순수서정파의 언어미학

30년대 후반 일본의 사상적 경향은 탈서구 동양주의로 정리될 수 있을 것이다. 동양주의는 사회주의적 경향과 자유주의적 경향이 도달했던 하나의 소실점과도 같았다. 사노 마나부와 나베야마 사다치카의 전향 후, 일본의 좌익은 대거 동양주의의 조국(肇國)으로 투신했으며 자유주의는 서구사상에 의해 오염된 개인주의의 일환에 지나지 않는 것으로 비판되었다. 일본문부성이 『국체의 본의』(1937)를 출판하고 일본 내의 모든 사상적 경향에 통제를 가할 때, 그것은 국체 보존(國體保存)과 천황 귀일(天皇歸一)의 일본주의를 동양주의로 포장하여 강요하는 것과 동일한 맥락에 놓여 있었다. 이 과정에서 비판된 것은 프로문학뿐만이 아니었다. 모든 서구적 모더니즘 문학도 반서구 동양주의의 관점에서 비판되었다. 문인들이 돌아갈 곳은 일본적 서정의 세계였는데, 『사계』나 『일본낭만파』 등의 잡지는 이 '전통적 서정'의 경향을 드러낸 대표적인 잡지였다.

전통적 서정이 황국정신으로 직접 연결되던 시대적 분위기 속에서 조선문단이 택할 수 있었던 길은 무엇이었을까? 반서구 동양주의의 분위기와 관련하여 이 시기의 모든 동양주의를 일본 파시즘의 유령에 홀린 비주체적 행동으로 규정할 수는 없을 것이다. 오히려 동양주의는 동양인들에게는 운명적으로 선택될 수밖에 없는 삶의 조건이라고 보는 편이 타당하다. 30년대 후반의 조선문단이 조선문화론, 동양정신론, 고전론을 중심적 담론으로 설정해 나가는 과정은 따라서 '조선—동양'이라는 주체적 조건과 '일본—동양'이라는 외부적 조건의 상호규정적 결과라고 해야 할 것이다.

중일 전쟁 이후 조선의 문인들이 동양주의로 경사하면서 친일문학의 길로 나서기 시작했을 때, 이육사는 「조선문화는 세계문화의 일륜(一輪)」(『비판』, 1938. 11)을 발표했다. 이 글이 강조하는 것은, 순수한 동양과 서양은 없으며 이른바 시양의 위기는 곧 동양의 위기라는 사실이다. 이런 논리는 당시의 반서구적 동양주의에 대한 핵심적 비판을 담고 있는 것이었다.『문장』폐간호에 발표된 김기림의「'동양'에 관한 단장」역시 같은 맥락에서 읽을 수 있는 글이다. 더구나 김기림이 이 글을 발표할 당시의 시국은 동북아에서 일본의 승리자로서의 위치가 확정적이었고, 동아신질서론과 '근대초극론'이 영향력을 발휘하던 양상으로 전개되고 있었다. 이런 과정 속에서 이육사나 김기림이 동서의 균형을 강조하는 글을 쓰고 있다는 것은 그들이 일본중심의 동양주의에 비주체적으로 함몰되지 않고 세계사적 정황을 주체화하여 돌파하고 있음을 알려주기에 충분하다.

친일문학은 그러나 이육사나 김기림의 시국 대응과는 다른 동양주의로 함몰된 경우였다. 문인들은 서구적 근대에 대한 열등감을 극복시켜줄 수 있으리라 여겨지는 일본적 서정과 동양정신에 매료되었다. '근대초극론'으로 집중될 그 동양주의가 나아갈 곳은 서구제국주의에 반대하여 동양인을 해방시키리라고 선전되는 이데올로기의 전쟁이었다. 그리고 그 밑바탕에 '만엽의 정신'으로 대표되는 일본적 서정의 세계가 있었다. 앞서 살펴본『애국백인일수』가 바로 그 일본적 충군의식의 정수를 표현하고 있거니와, 그것을 서정적 언어미로 전환시켜 받아들인 시인들은 서정주와 김종한이다.

서정주의 친일문학이 그의 유럽적 모더니즘 경향 이후의 극적 전환을 통해 형성된 것이라는 사실을 이해하기 위해서는 일본의 시인 미요시 다쓰지(三好達治)를 미리 알아두어야 할 것이다. 그의 문학적 행로가 서정주와 유사하기 때문이다. 그는 어떤 인물인가? 그의 문학적 출발점에서 부각되는 것은 모더니스트로서의 그의 면모이다. 그는 초현실주의 계간지『시와 시론』에서 동인활동을 했고 역시 모더니즘 잡지『작품』의 성원으로 활동했다. 그러나 그는 일본 문단의 전향과정 속에서 일본파시즘에 연관된『일본낭만파』에 가담하면서 일본적 서정의 세계를 적극적으로 표현하기 시작했다. 그는 이른바 1942년 7월의 '지적 협력회의ー근대의

'초극'에 참여하여 '반서구주의적 일본 정신'을 강조하기도 하였다.21) 중일
전쟁이 발발한 직후 중국에 파견된 문인단의 일원으로 활동하기도 했던
그의 문학적 이력을 정리하면, 초현실주의적 모더니즘→ 서정주의→파시
즘미학→ 일본주의의 경로를 밟는다고 할 수 있다.

　두루 알다시피 미당의 문학적 출발점은 보들레르와 니체에게서 영향
받은 시세계이다. 그리스적 원시성의 시세계라고 훗날 그 스스로 정의하
고 있는 그 시세계22)가 자각적이었던 것은 아닌 듯하다. '생명파'라는 시
적 특징은 후대의 사람들이 붙여준 명칭이고 자신들도 그 명칭을 듣고
보니 그런 특징을 공통적으로 갖고 있더라고 그는 말하고 있는 것이
다.23) 그런데 이 시세계의 내부를 관통하는 것이 니체적 생철학이고 이
것이 유럽모더니즘의 사상적 근거이기도 하다는 사실을 고려한다면, 서
정주의 초기시와 유럽모더니즘 사이의 간극은 그다지 멀지 않다고 할 수
있다. 더구나 서정주의 『화사집』이 남도적 정한의 서정성으로 또 다른
축을 세워놓고 있기 때문에 이 시기는 전체적으로 보아 모더니즘과 농경
적 세계가 상호 틈입되어 있는 상태가 된다. 이것을 이중적 내면의 서정
성을 압축해서 보여준 후 서정주는 친일 파시즘의 길로 나아갔다. 이 변
화가 문학적 내면과 동떨어질 수 없는 것이라면, 결국 서정주와 유사한
내면의 구성을 보여주고 동시에 유사한 현실 행위를 구성한 시인을 찾아
서 파시즘적 내면이라고 규정할 수도 있겠다. 미요시 다쓰지와 서정주를
직접 대비시켜보는 이유는 이 때문이다. 미요시 다쓰지가 위와 같은 시
적 전환을 거치면서 태평양 전쟁을 치를 때 서정주 또한 동일한 현실과
변화를 피식민지 시인의 위치에서 경험한다.24)

---

21) 김윤식, 『한국근대문예비평사연구』, 일지사, 1984, 417면.
22) 서정주, 「고대 그리스적 육체성」, 『세대』, 1965. 9.
23) 실제로 『시인부락』 창간호의 후기에는 특정 유파를 지향한다는 식의 자기 선언 대신 다양
　한 목소리의 시인들이 모여들기를 희망하는 메시지가 서정주의 이름으로 기록되어 있다.
24) 종전 후 이 둘은 일본과 한국에서 유사한 평가를 받는데, 미요시 다쓰지가 일본적 서정

이 파시즘적 내면의 길에서 미당은 친일문학의 최종 종착지가 그랬듯이 조선과 일본의 운명공동체라는 환상에 사로잡히고, 그것은 일본이라는 새로운 국가의 획득으로 이어질 것이었다. 미당의 「시의 이야기—주로 국민시가에 대하여」(『매일신보』, 1942. 7, 13~17면)는 당시 그가 생각했던 문학의 요체를 보여주는 글이다. 일본에서 펼쳐진 근대의 초극론에 강하게 영향받고 직접적으로는 미요시 다쓰지(三好達治)의 「국민시에 대하여」의 형식과 내용을 뒤따르고 있는 이 글25)이 씌어진 때는 1942년 7월이다. "황국의 전적"이라는 용어를 사용한다거나 서구 제국의 문화와는 다른 동양의 정신문화를 논하면서 "동아공영권이란 또 좋은 술어가 생긴 것이라고 나는 내심 감복하고 있다."고 진술하는 것은 그대로 친일 문학의 논리로 해석되기에 부족함이 없다.26)

니체의 생철학과 농경사회적 정한의 세계에서 반서구제국주의의 대안으로 동양을 강조하는 세계로 나아가는 시인의 모습은 자못 극적이다. 이것이 교토학파의 근대초극론에 연결된 것이며 배타적 자기동일성의 동양적 실현이라는 사실은 널리 알려진 것이다. 이때 서정주의 내면은 어떠했을까. 유럽 모더니즘에서 순정 예술파를 거쳐 일본 정신과 파시즘의 세계로 나아가고, 전후에는 일본 서정성의 세계를 탐구한 미요시 다쓰지, 그리고 니체와 보들레르의 세계에서 동양정신을 거쳐 『삼국유사』와 신라 불교의 세계로 나아간 미당의 거리가 그리 크게 멀어 보이지는 않는다는 점이 긍정될 수 있다면, 이른바 서정적 내면과 친일 파시즘의 거리 또한 그리 멀지 않다고

을 표현하는 대표시인이라고 평가받을 때 미당은 신라정신을 발명하고 그것을 미적으로 표현하는 데 온 관심을 기울인다.

25) 이 사실을 최초로 밝혀놓은 사람은 최현식이다. 그의 글 「민족, 전통 그리고 미」, 『실천문학』, 2001 여름, 64면, 각주 3) 참조.

26) 그러나 이 문제는 다른 각도에서 접근될 수도 있다. 그것은 신라정신(← 전통)의 발견을 통해 영원성의 구체화라는 과제에 답한 미당의 심리적 조건을 탐사해보는 일이다. 이것은 별도의 미당론을 요구한다. 이에 대해서는 졸고, 「미당의 친일시—시적 영원성에 대하여」, 『탈식민주의를 넘어서』, 소명출판, 2006 참조.

할 수 있다. 거칠게 정리해서 자기 탐구의 내면적 언어세계가 미래적 희망을 상실한 채 더욱 고립을 부채질한 결과라고도 할 수 있는 이 친일 파시즘의 내면 미학은 그래서 해방의 정치를 잠재적으로 기획하는 정통적 모더니즘과 다르고 개별적 미학의 근대적 기획인 순수 서정과도 다르다.

김종한은 그의 문학적 이력을 민요시의 창작과 함께 시작하였다. 1935년부터 1938년까지 꾸준히 발표되는 민요 및 민요에 대한 평론은 전통 시가에 대한 그의 관심을 알려주기에 충분하다. 이것은 시인으로 등단한 이후의 그의 시적 이념에도 적지 않은 영향을 미쳤을 텐데, 이를 예증해주는 글은 다음과 같다.

> 신세대의 시인들은 시조나 정형시를 새삼스럽게 모방할 필요는 없는 것이지만, 다만 그러한 전통에서 출발하야 '조선말 시'에 대한 본질적인 비판을 가지지 못하고서는 예술적인 참의 신세대의 시는 창작할 수가 없다.
> __김종한, 「시문학의 정도 – 참된 '시단의 신세대'에게」, 『문장』, 1939. 10, 199면

전통의 깊이로부터 가능한 시비평과 시창작을 강조하는 이 진술은 그 자체로서는 아무런 시빗거리도 가지고 있지 않지만, 이것이 보편론의 차원에서 동양 황국론과 연결될 수 있음을 보여준 사람은 다름아닌 서정주이다. 그는 「시의 이야기」에서 시적 보편성을 삶의 전통적 요인과 연결시켜 놓았다. 그런데 이 보편적 요인을 강조하면서 시적 독창성이 부정된다는 사실도 주목해보아야 한다. 서정주가 같은 글에서 "우리는 다시 개성이라든가 독창이라든가 하는 말에 대치되는 말로서 '보편'이라든가 '일반성'이라든가 하는 말을 생각해보지 않을 수 없다. (…중략…) 자네들의 호흡을 항상 순조롭게 들려줄 수 있는 언어의 보편성, 시가의 보편성이란 어떤 것일까?"라고 말함으로써 부각시키는 것이 "동방 전통의 계승"이다. 그런데 시적 독창성을 시적 새로움과 연결시키고 그것의 위험

성을 이야기하는 것은 김종한도 마찬가지이다. "독창적인 것을 노려서는 안됩니다. 특히 현대에 있어서는. 그 까닭은 독창적인 것은 현대에 있어서는 매우 심한 경쟁의 목표이기 때문입니다"(「시문학의 정도」, 201면)라고 쓴 김종한은 독창적 시에 대한 예로 이상과 김기림을 들고 이들을 모방하는 신세대 시인들을 보면서 "한심(寒心)을 느끼지 않을 수가 없"(같은 곳)다고 쓴다. 그런데 "한심"이란 말은 어처구니없는 상태를 뜻하는 동시에, 같은 글의 뒷부분에서 진술하는 '한산시(寒山詩)' 서문의 한 구절을 떠올리도록 하는 작용을 한다. 인용된 곳은 "凡讀我詩者 心中須護淨"[27]으로 서문의 첫 대구이다. 김종한은 이 구절에 근대성을 가미한 것이 바로 '순수시'라고 쓴다. 요컨대 마음에 "엄격한 절도"를 부여하는 데서 순수시가 나온다는 것이다. 이 절도의 가치를 친일 담론의 동양 정신으로 치환하고 도의적 세계관으로 바꾸는 것도 어려운 일은 아니지만, 서정주와 김종한에게 그 세계관이 순수한 상태의 시적 사유로 이해되는 것도 어려운 일은 아니었다. 이들의 친일은 그러므로 언어미학의 독창성을 희생해서(개인을 희생해서!) 전체의 보편성을 강조하는(국가의 우선성을 인정하는!) 파시즘의 미학으로 자리잡는 것이라고 할 수 있다.

언어미학파의 친일시는 이렇게 자기 위안적 시론으로 나타난 것이라고 할 수 있다. 이것이 자기 위안적인 것은 이들이 주장하는 '보편성'이 실은 언어 창조의 개별성으로 보장받을 수 있는 시의 미학을 '전체성(←보편성)'의 개념으로 용해하고 있기 때문이다. 선택 가능한 여러 길 앞에서 무엇인가를 선택했을 때, 무릇 인간은 이성의 간교한 힘으로 그 선택을 합리화하기 마련이다. 중요한 것은 이 합리화가 논리적인 결함들을 보충하는 과정을 거쳐 일종의 신념으로 탈바꿈하게 된다는 사실이다. 객

---

27) 뜻은 "이제 내 시를 읽는 그대들이여 / 모름지기 마음 속을 깨끗이 하라"이다. 이 구절을 인용하는 문장은 다음과 같다. "순수시의 이론도 쉽게 말하면 한산시의 서문인 '凡讀我詩者 心中須護淨'에 근대성을 가미한 것에 불과할 것입니다"

관적 현실의 참모습을 외면하는 경우 그것이 신념으로 화할 때 선택된 것은 재론의 여지가 없는 진리로 나아가게 된다. 어떤 방어기제가 이때 작동할 것이다. 반성하지 않는 주체의 폭력이 그래서 나타나는 것이다. 이 합리화의 결과, 언어미학의 완성(시적 개성)과 문학장의 시공간적 전체성(보편성)이 상호 결합적인 것이 아니라 배타적인 것으로 이해되고 이때 우위에 서는 것을 서정주와 김종한은 후자로 꼽고 있는 것이다. 이 후자를 구체한 것이 서정주에게는 동양으로 김종한에게는 전통으로 나타난다. 그것이 정말로 보편적인 것인가에 대한 자기 검토와는 별개로 형성되기 때문에 동양적인 것의 보편성은 이로써 자기 위안이라는 사실을 넘어서 자기 미학의 참됨을 보장하는 투명한 기준으로 작용할 것이다.

③ 프로문학과 전체주의

마지막으로 프로문학과 전체주의가 있다. 대표적인 시인은 김용제이다. 그는 일본 나프의 맹원이었다. 1930년 5월에 「압록강」이란 시로 『신흥시인』을 통해 등단하고 식민지 출신의 프롤레타리아 시인으로 성가를 날리던 그는 1932년 6월 일본프롤레타리아 작가동맹과 일본프롤레타리아 연맹의 일제 검거 시에 투옥된다. 그가 출옥한 것은 1936년 3월이다. 이때는 일본공산당 간부를 비롯하여 일본의 좌파 지식인들이 대대적으로 전향을 감행했던 시기였다. 김용제는 그의 출옥 환영회에서 전향한 동료들을 대대적으로 비판함으로써 그의 신념을 지켜나갈 것을 선언하였다. 그러나 그는 출옥 후 조선인 예술단체였던 <조선 예술좌>의 고문으로 활동한 혐의 때문에 조선으로의 귀국을 강요받고 1937년 7월에 귀국한다. 귀국 후에도 진보적 리얼리즘을 강조했던 그가 친일로 전향한 것은 <동아연맹>과 관계를 맺은 후인 1938년 하반기였다고 추정된다.[28]

---

28) 오오무라(大村益夫)의 연보 정리에 의하면 그는 1938년 7월경에 <동아연맹>과 관세를 맺기 시작한 것으로 되어 있다. 大村益夫, 『愛する大陸よ-詩人 金龍濟 硏究』, 大和書

<동아연맹>은 만주사변의 주도자였던 이시하라 간지(石原莞爾)가 일본
의 총력적 체제를 구상하면서 일본의 특수성을 반영하여 만든 동북아 국
가 구상론이다. 만주국협화회의 변형물인 <동아연맹>은 중일 전쟁의 교
착상태를 해결하고 일본의 패권주의를 교묘하게 관철시키기 위해 고안
된 장치였다. 동아연맹협회에서 펴낸『동아연맹건설요강』(1940)은 당시의
시대적 요건에 대해 '전체주의적 세계관이 승리를 구가하는 중이며, 자
유주의를 청산하고 왕도에 기초한 동아 신질서를 구축할 때'라고 정리했
다. <동아연맹>론이 강조한 정치 체제는 민족의 자치를 보장하면서 국
가연합을 건설해야 한다는 것이었다. 일본 행정부의 <동아협동체>론과
함께 <동아연맹>론이 조선 사회주의자들에게 호감을 불러일으킨 것은
자유주의와 자본주의를 극복한 정치체제로서 각각의 민족국가의 정치적
독립을 보장하는 국가 연합이라는 강령 때문이었다. 김용제는 그가 근무
한『동양지광』사가 조선의 <동아연맹> 지부 사무실이었으며, 그의 친일
행위는 <동아연맹>을 통한 독립운동을 위장하기 위한 방책이었다고 훗
날 주장했다. 요컨대 사회주의자들의 전향에는 적지 않게 반자본주의적
인 의식이 작용하고 있었다고 할 수 있다.

이 전술적 친일이 사실인지에 대해서는 <동아연맹>론이 실질적 성과
를 가져온 것이 없기 때문에 김용제의 주장 그대로 믿기 힘든 면이 있다.
당시 사회주의자들은 <동아연맹>과 <동아협동체>의 논리를 따라 친일
의 길로 전향한 경우가 상당수 있다. 그러나 이 동북아 국가연합론이
<대동아공영>론으로 전개되면서 사회주의자들은 다시 역전향하는 경향
을 보여주었다.[29] 일제의 식민주의 이데올로기를 제대로 파악하기 시작했
기 때문일 것이다. 그 와중에도 김용제는 지속적으로 1945년 8월 15일까

房, 1992.
29) 홍종욱, 「중일 전쟁기(1937~1941) 사회주의자들의 전향과 그 논리」, 서울대학교대학원
국사학과 석사학위논문, 2000, 34면 참조.

지 친일시를 발표했다. 그가 발표한 최초의 친일시는 1939년 3월, 『동양지광』에 수록된 「아세아의 시」이다(김용제는 『아세아시집』(1942) 후기에서 「아세아의 시」 연작을 1939년 1월부터 쓰기 시작했다고 진술했다). 이로부터 시작된 그의 친일시집은 『아세아시집』(1942), 『서사시 어동정』(1943), 『보도시첩』(1944), 『아름다운 조선』(1945) 등 네 권이다.

　김용제는 이외에도 많은 친일산문을 발표했다. 대표적인 글은 「전쟁문학의 전망(戰爭文學の展望)」(『동양지광』, 1939. 3)과 「조선문화운동의 당면 임무(朝鮮文化運動の當面の任務)」(『동양지광』, 1939. 6), 「현실의 언어(現實の言葉)」(『동양지광』, 1942, 6)이다.

　「전쟁문학의 전망」은 당대를 "위대한 현실에 대한 문학자의 몸가짐과 마음가짐을 갖추는 일이 문학자의 명예로운 이름에 요구되는 시대"라고 규정한다. 문학은 그 위대한 현실을 반영하고 그로써 역사를 개혁하기 위한 첩로를 개척해야 한다고 그는 말한다. 그 현실의 중심에 중일 전쟁으로 압축되는 동북아 정세가 놓여 있는데, 전쟁문학은 문학의 '국가적 역할'을 도모하는 동시에 '예술적 가치'를 높이는 일을 통일시킬 것을 요구한다. 이런 문제설정 속에서 그가 중시하는 작품은 히노 아시헤이(火野葦平)의 『보리와 병정(麥と兵隊)』이다. 천황제 파시즘의 성전의식을 리얼하게 묘사한 작품으로 평가받은 바 있는 이 작품을 통해 알 수 있는 김용제의 의식구조를 한마디로 정리하면 파시즘에 대한 긍정이라고 할 수 있다.

　「조선 문화운동의 당면 임무」는 "강력한 국가적 문화"를 건설할 필요성을 제기하는 글이다. 그런데 그 과정에서 제기되는 것이 문화통제의 필요성이다.[30] 김용제는 내선일체 운동에 소극적인 조선의 문화인들을 비판하면서 보다 적극적인 통제적 문화운동을 통한 국가 사상의 전파에 힘쓸 것을 요구하고 있다. 그것의 실례로 김용제가 제시하는 것은 원고 검

---

30) 金龍濟, 「朝鮮文化運動の當面の任務－その理論・構成・實踐に關する覺書」, 『東洋之光』, 1939. 6, 78면.

열과 언론 검열에의 적극적 동참인데, 이런 통제론은 백철의 "통제적 통일적인 경향"론과 긴밀한 관계에 있다. 백철은 김용제가 편집한 잡지『동양지광』의 1939년 4월호에「시국과 문화문제의 행방(時局と文化問題の行き方)」을 발표하고 통제를 위주로 하는 정치에 문화가 보다 긴밀히 연결되어야 함을 주장하고 있다. 글의 선후관계로 본다면 김용제는 백철의 논의를 충실히 이어받아서 그것의 구체적 실례를 제시하고 있는 셈이다.[31]

한편 김용제는「현실의 언어」에서 백철이 정리한 '사실수리론'을 다시 제하면서 그것을 좀 더 압축해서 '사실의 세기=시의 세계'라는 말로 표현한다. 여기에도 현실 자체의 있는 그대로에 대한 인정이 필요하다는 주장이 개입되어 있다. 1942년 6월에 발표된 이 글이 더욱 가혹해진 전시 상황을 반영하고 있다는 사실 또한 주목해야 할 것이다. 김용제는 그 현실을 원리나 진리가 관통하는 장소로 이해하고 있는데, 이때 그 진리란 곧 서양의 패배와 동양의 부흥이라는 사실로서 이는 전도된 오리엔탈리즘의 시각에 의해 만들어진 대동아공영과 팔굉일우라는 천황제 파시즘의 이데올로기로 통하는 것이었다. 이것은 미래를 향한 이상주의의 공상으로부터 탈피하여 현실의 객관적 행정을 있는 그대로 수용해야 한다는「전쟁문학론」에서의 김용제의 주장이 일제 파시즘의 중국 정벌을 역사적 현실로 인정해야 한다는 백철의 사실 수리론으로부터 직접 영향 받고 있음을 알게 해주는 대목이다.

여기에도, 자신이 선택한 것에 대한 맹목이 작동한다고 할 수 있다. 태

---

31) 주로 일본에서 활동했기 때문에 귀국 후 조선문단에서 고독감을 느끼던 김용제가 백철과 함께 일본 나프에서 활동한 경험을 가지고 있었다는 사실은 백철의 '사실수리론'에 대해 김용제가 가졌을 느낌을 짐작하게 해주는 요인이 될 수 있을 것이다. 더구나 1938년 11월에는 프랑스의 인민전선이 무너짐으로써 인민전선을 이끌던 소련에 대한 사회주의자들의 기대가 한풀 꺾이고 파시즘의 공세가 높아지고 있었다. 조선에서의 사회주의자들의 전향이 세계적 정세와 관련한 자포자기적 패배감과 함께 하는 것이었다면, 그것은 김용제 또한 마찬가지였다. 여기에 북지전선에서의 일본의 승리를 기정사실화하는 백철의 글이 그에게 전향의 명분을 세워주었을 개연성은 충분히 있다.

평양전쟁을 거치면서 전향했던 사회주의자들이 다시 역전향의 길로 나설 때 김용제는 여전히 친일 행위를 멈추지 않았는데, 이는 그의 선택이 그만큼 객관적 현실을 외면한 것이었음을 증명한다. 백철이 참된 역사적 진리를 사실수리론으로 대체하면서 친일을 정당화했듯이 김용제는 그 표면적 사실을 자신의 문학적 기반으로 선택하고 그로써 친일이라는 맹목적 행위를 밀고 나갔다. 이것이야말로 자기 성찰적 이성을 배제한 채 현실에 대한 정서적 대응만을 강조한 결과일 것이다. 「전쟁철학」(『아세아시집』, 대동출판사, 1942)은 그것의 시적 표현에 해당한다.[32] 김용제가 전쟁을 찬양하는 파시즘의 길로 나아간 것은 성찰적 이성을 망각하고 생철학을 경유하면서 비워진 내면을 천황귀일의 절대적 논리로 바꿔놓은 결과인 셈이다.

3. 친일문학의 내재적 논리

이상으로 대표적 문인들을 중심으로 살펴본 친일문학의 세 경향은 일제말 전시기를 정세적 국면에 따라 나눈 소시기에 개별적으로 상응한다. 이런 결과를 한국문학의 근대성이라는 주제로 연결시키는 일은 한국문학사의 균형잡힌 복원을 위해서 상당히 중요한 일인데, 왜냐하면, 친일문학은 국가를 상실한 피식민지의 지식인들이 배타적 국민주의를 일본제국주의의 논리로 투사하고 실천하거나 전도된 오리엔탈리즘으로서의

---

32) 김용제와 생철학의 연관에 대해서는 졸고, 「대동아공영과 전쟁의 생철학」, 『재일본 및 재만주 친일문학의 논리』, 역락, 2004 참조. 참고로 시의 한 부분을 인용해본다. "병대들은 / 전쟁철학을 모르고 이야기하지도 않는다 / 그런 것을 생각하는 신경의 틈조차 없는 것이다 / 철학이라는 오아시스의 흐름은 / 한 방울의 물통의 물보다도 가치가 없고 / 철학이라는 진주의 구슬은 / 참새를 쏘는 공기총에도 도움이 되지 않는다 // …중략… // 전쟁의 철학을 생각하다…… / 병대들에게 / 그러한 바보같은 틈이 있다면 / 한 개비의 그리운 담배연기를 동그랗게 토하여 / 유유히 흐르는 흰구름에 보낼 것이다 / 참호 구석에 있는 꽃을 사랑하고 / 운작(雲雀)의 노래를 즐기리라 / 친애하는 용사들은 / 그런 전쟁철학을 모른다"(「전쟁철학」). 원본은 일어시. 번역은 필자의 것.

동양주의를 상정하고 이를 대동아공영의 논리로 밀고 나간 결과라고 여겨지기 때문이다.

이에 준하여 일제말 전시기 친일 협력시의 계보를 나누고 각각의 계보는 어떤 미적 이념을 가지고 있었는가를 살펴봄으로써 파시즘 및 억압적 지배이데올로기의 형성과 미적 이념의 관계에 대해 실증적으로 고찰할 수 있는 이론적 기반을 만들 수 있을 것이다. 저간에 진행된 '시와 현실의 관계'에 대한 논의는 주로 시적 창조 논리 외부에 있는 세계관적, 철학적 기준을 활용한 것이었다. 그러나 그런 관점은 시를 시 자체로 보는 것이 아니라 시 외부의 기준에 시를 종속시킨 논리의 결과였다. 이런 관점이야말로 일제말 파시즘 시기의 친일문학을 외부의 강요에 의한 수동적 결과로 이해하도록 하는 경향을 만들어 낸 근본적 원인이라고 할 수 있다. 그러나 문학의 우선적이고 진정한 원인은 문학 내부에서 찾을 수밖에 없다는 점에서 위와 같은 접근법은 일정한 한계를 내포한 것일 수밖에 없다. 그러한 접근법은 당시의 친일문인들이 왜 절필하지 않고 계속 문학작품을 창조했는가 하는 질문에 대해서 문학의 논리로 답변할 수 없기 때문이다. 결국 당시에도 문학작품이 끊이지 않고 창작되었다는 사실을 논리적으로 해명하기 위해서는 문학 내부의 논리로 대상 작품에 접근해야 하는데, 이는 친일시의 경우에도 예외가 아닐 것이다. 가령, 김동환이 친일잡지『대동아』에 발표한 친일시「군복 집는 각시네」를 시집『해당화』에 재수록하면서 더 좋은 시(?)로 개작을 감행하는 경우를 보더라도 문학은 문학 내부의 논리로 접근해야 한다는 말이 성립되는 것이다. 이렇게 문학을 내재적 논리로 살펴본다는 것은 나아가 친일문학 전체를 친일문학의 내재적 논리로 살펴보아야 한다는 말이 된다. 이 내재적 논리를 계보화할 때 우리는 한국문학의 다양한 층위가 어떤 문학적 내재성으로 권력과 타협하고 어떤 문학적 내재성으로 왜곡된 권력에 저항하는가를 일목요연하게 바라볼 수 있는 실례를 갖게 될 것이다.

여성성, 모성, 국가주의

서영인

1. 식민지 여성의 다중적 주체성

『인간문제』의 인상적인 장면으로부터 이야기를 시작해 보자. 문제의 장면은 인천의 공장에 취직한 '선비'가 여공들과 더불어 신궁참배를 가는 장면이다. 그들은 일제히 검정치마에 흰 저고리를 입고 검정구두까지 신고 줄지어 '첫째'가 노동하는 일터 곁을 지나간다. 용연마을에서 서로 은밀히 연정을 품었던 선비와 첫째가 서로 다른 이유로 고향을 떠나 떠돌다 처음 마주친 순간이기도 하다. 이 장면을 인상적이라고 하는 이유는 선비와 첫째가 각각 노동자로 변화해서 새로운 관계를 예감하고 있기 때문만은 아니다. 첫째가 그들을 여학생이라고 착각할 만큼 여공들이 단정한 차림으로 줄지어 신궁예배를 가고 있다는 사실, 그리고 그것이 그 이전에 공장에서 감독이 여공생활의 청사진을 선전했던 말과 이어져 있기 때문이다.

   이 공장에서는 여공의 장래를 그르칠까봐 풍기를 엄밀히 감독하는 까
닭에 개인의 외출을 불허하느니 만큼 여러분은 퍽 밖이 그리울 것이오.
그러나 매해 춘추로 좋은 음식을 만들어 가지고 산보를 가오. 오는 봄에
는 여러분에게 구두를 원가로 배급하여 신기고, 월미도에 가서 원유회를
할 계획을 지금 사무실에서 하고 있는 중이오.[1]

   공장에서는 여공들을 위한다는 명목으로 생필품을 배급, 판매하고 저
축을 장려한다. 개인적 외출을 금하고 휴무일에는 운동장에서 운동과 유
희를 시킨다. 일의 능률을 내는 자에게는 상금을 주고 그렇지 못한 자에
게는 벌금을 매긴다. 감독은 이러한 규칙들을 이야기하면서 "여러분을
위함"이며, "여러분의 장래를 생각하"고 "여러분의 건강을 위하여 하는
일이니 참 이 공장의 특전"이라고 덧붙인다. 공장 감독이 제시하는 여러
규칙들이 여공들을 위한다는 명분을 갖고 있지만 실상은 노동력을 효율
적으로 통제하기 위한 것이라는 점은 분명하다. 그것은 적은 임금으로
효과적인 생산을 창출하기 위한 고도의 관리전략이며, 아울러 이 과정에
서 여공들의 육체는 공장의 규칙과 규율에 순응한다. 공장의 감독을 상
급자로 감시자로 인지하면서 여공들의 행동은 제약을 받을 수밖에 없고,
벌금과 상금, 그리고 징계를 두려워하며 스스로 규칙을 내면화하게 된다.
근대화가 이른바 효율적인 시간 관리와 공간 창출을 통해 개인들의 관리
와 그를 통한 질서를 도모하게 된다는 것은 널리 알려진 사실이기도 하
다. 그러한 근대적 규율과 규칙의 관리 시스템이 근대적 노동공간인 공
장을 통해 작동되고 있는 장면을 우리는 『인간문제』를 통해 보게 되는
것이다.
   그리고 이 효과적인 관리 시스템이 향하는 방향을 여공들의 신궁참배
를 통해 확인할 수 있다. 공장에서 뜨거운 물에 손을 데어가며, 졸음과

---

1) 강경애, 『인간문제』, 1934. 8. 1~12. 22. 인용은 이상경 편, 『강경애 전집』, 소명출판,
   1999, 338~339면.

싸우며 방적기의 바늘에 찔려가며 고된 노동에 시달리는 여공들에게 보상처럼 주어지는 봄·가을의 원유회에서 그들은 마치 여학생이나 된 것 같은 산뜻한 차림이다. 공장에서 관리되고 감시받는 여공이라는 신분은 이 원유회를 통해 전혀 다른 주체로 탈바꿈하는데, 이러한 그들이 향하고 있는 목적지가 바로 신궁이었던 것이다. 풍기를 문란히 하지 않기 위해서 외출이 불허되어 있고, 사치와 허영이 우려된다 하여 절약과 저축을 강요당하는 그들로 하여금 신궁은 바깥 세계를 맛보게 하고 새 옷과 새 구두를 신게 한다. 신궁이 식민지의 주체로 그들을 호명할 때, 그리고 그들이 거기에 응답할 때 그들은 공장에 갇힌 여공들에서 신궁에 참배하는 식민지의 충실한 신민으로 변모한다.

물론 그들은 신궁에 예배하는 길에서도 열을 지어 가야하며 동행한 감독의 감시를 받아야 한다. 그러므로 그들이 신궁참배의 과정에서 완전히 다른 주체로 변모하는 것은 아니다. 오히려 공장에서의 규율과 감시의 시스템은 효과적인 식민지 신민으로의 이행을 가능하게 한다고 하는 편이 더 적절할 것이다. "식민지 민중을 근대적 규율을 내면화한 황국신민으로 만들어냄으로써 항상적 동원이 가능한 체제를 구축하고자 했던"[2] 것이라는 지적은 그러므로 타당하다. 식민지 체제와 근대적 공장체계는 상호 영향을 주고받으면서 서로를 효과적으로 보증해 주고 있었던 것이다.

그러나 또한, 신궁은 그들의 고달픈 노동을 보상한다. 외출이 금지된 채 교대 노동에 시달려야 하고 생필품도 공장에서 정해준 것만 써야 하는, 절약과 저축으로 위축된 그들의 생활은 신궁으로의 나들이를 통해 보상받는다. "그들의 옷차림이 암만해도 여공들 같지는 않"았고, 그래서 "공부하는 학생들이 아니어?"라고 생각될 만큼 이들은 공장에서의 주체성과는 다른 주체성을 가지게 된다. 적어도 신궁참배를 가는 순간만큼은

---

2) 김진균·정근식, 「식민지체제와 근대적 규율」, 『근대주체와 식민지 규율권력』, 문화과학사, 2003, 25면.

여공들은 여학생들과 동등한 식민제국의 국민인 것이다. 그리고 검약을 강조하고 규율을 통해 노동력을 엄격히 통제했던 공장에서는 이 제한된 외출에 필요한 경비를 아끼지 않고 옷을 해 입히고 구두를 맞춰 신긴다. 물론 이러한 비용마저도 여공들의 노동에서 비롯된 것이겠으나, 하여튼 신궁참배의 과정에서 얻을 수 있는 효과는 여기에 필요한 비용을 상쇄하고도 남았던 것이다. 그 효과란 앞에서 언급한 바와 같이 여공들의 정체성을 국가체제 속으로 동원하는 효과, 그리고 그것을 공장 바깥의 사람들에게 전시함으로써 그들의 노동의 합리성과 근대성을, 질서와 규율을 과시하는 효과를 말한다. 그리고 여기에 "사람 죽인다! 저게 모두 계집이구먼.", "이 애 이 자식아, 하나 데리고 도망가라 하하……"라는 부두 노동자들의 수작이 섞여 든다. 깨끗한 의복과 구두로, 그리고 신궁참배의 행렬로 이들은 새로운 정체성을 얻은 것처럼 보였으나 여전히 타자의 시선에 의해 희롱의 대상이 된다. 이러한 시선은 공장 내에서 감독들이 예쁜 여공들에게 끊임없이 수작을 걸고 그들을 성적 희롱과 무시의 대상으로 삼는 것과 연결되어 있음은 물론이다.

　물론 강경애는 간난의 입을 빌어 공장의 이러한 시스템과 입에 발린 선전의 이중성을 비판한다. 이른바 '각성된 노동자의 눈'인 것이다.

　　선비야 그런 것을 몰라서는 안 된다. 저 봐라, 지금 야근까지 시키면서도 우리들에게 안남미 밥만 먹이고, 저금이니 저축이니 하는 그럴듯한 수작을 하여 우리들을 일만 시키자는 것이란다. 여공의 장래를 잘 지도하기 위하여 외출을 불허한다는 등, 일용품을 공장에서 염가로 배급한다는 등, 전혀 자기들의 이익을 표준으로 하고 세운 규칙이란다. 구두를 신기고 원유회를 한다느니, 야학을 한다느니, 또 몸을 튼튼케 하기 위하여 운동을 시킨다는 것도 그 이상 무엇을 더 빼앗기 위하여 눈 가리고 아웅하는 수작이란다.[3]

---

3) 강경애, 『인간문제』, 앞의 책, 361면.

그리하여 소설 속에서 신궁참배의 주체와 공장노동의 주체와 계집으로 불리는 여성으로서의 주체가 기묘하게 엇물린 위와 같은 장면은 그리 첨예하게 갈등을 드러내지 않는다.[4] 그러나 이 장면은 사실상 우리가 식민지 시기의 문학을 보는 데 있어서, '다중적 정체성'을 인정하고 거기에서 가치와 윤리를 선택하고 평가하는 일에 대한 곤혹스럽고도 까다로운 문제를 제기한다. 여공들의 노동은 공장 내에서 타자화된 채 관리되며 식민지의 여성 역시 국가주의에 동원되면서 타자화된다. 그러나 계급의식은 일정한 보상에 의해 기꺼이 국가주의에 합류될 수도 있다. 국가주의는 때로 평등에 대한 기대를 통해 계급적, 성적 차이를 무화시킨다. 때로 성적 적대는 국가주의의 호명에 응답하게 하는 강력한 명분을 제시하기도 한다. 신사참배가 그들을 동등한 국민으로 불러 주었음에도 불구하고 주변의 남성들은 여전히 그들을 희롱의 대상으로 보는 것과 같이 말이다. 식민주의와 여성에 관해 말하기 위해서는 이 다중적 주체성을 인정하고 그것들 사이의 관계방식을 따져 물어야 할 것이다.

2. 신여성은 모두 어디로 갔나

일제말기의 여성동원 이데올로기를 접하면서 이전의 그 많던 신여성은 다 어디로 갔을까라는 질문을 하게 된다. 이런 질문을 하게 되는 이유는 일본의 식민주의가 내세웠던 여성동원의 이데올로기, '현모양처' 이데올로기가 여성의 입장에서 그리 만족스러운 여성 정체성을 보여주

---

4) 강경애는 "여성해방은 계급해방을 통해 이루어진다"라고 생각했고, 『인간문제』의 서사는 그러한 의도를 따르고 있다. 그러나 또한 계급해방의 문제만으로 설명되지 않는 여성의 문제들은 텍스트의 여러 곳에서 결여의 흔적을 남긴다. 일례로 신철과도 첫째와도 결합하지 않는 선비의 애정서사는 선비의 다른 정체성, 여성으로서의 정체성을 암시한다.

지 않는다고 생각하기 때문이다. 전선의 후방에서 남편과 아들이 전쟁에
전념할 수 있도록 물자를 절약하고 힘써 노동하며 전쟁을 돕는 일, 이른
바 '총후부인'의 역할이나 아들을 영광스러운 전쟁에 바치는 데 조금도
망설임이 없는 '군국의 어머니' 역할은 집 안과 밖, 가정생활과 사회생활
을 분리하고 여성을 가정에 귀속시키는 전형적인 남녀성별 구분의 이데
올로기일 뿐 아니라 전쟁이라는 기정사실을 사회적 성원의 이름으로 사
고할 자격 자체를 부여하지 않는 철저한 여성소외의 이데올로기이기도
하기 때문이다. 그러므로 가정 내에서 검약과 성실을 생활화하고 마을
단위로 구성된 애국반원으로 전쟁의 가치를 알리고 참여를 독려하는 여
성들의 역할이란 전통적인 가부장제 내에서 여성역할과 큰 차별성을 지
니지 않는 것처럼 보인다.

그리고 1920년대 전통적 가부장제에 반기를 들고 여성의 주체성과 권
리를 주장했던 여성들은 일제말기에 이상과 같은 가부장적 전쟁참여 논
리를 계몽하는 자리에 있었다. 그들은 당대의 여성들에게 전쟁의 중요성
을 알리고 총후여성으로서의, 군국의 어머니로서의 역할을 충실히 수행
해야 한다고 주장했다.

> 그러므로 오늘의 주부로서는 매일 요리에 대한 걱정, 행주 하나, 걸네
> 한쪽에 대하여 검약하는 것, 식탁에 마주 앉았을 때에 자녀들과의 대화에
> 이르기까지 평시에는 우리가 문제시도 하지 않든 사소한 점에도 진중한
> 태도를 갖지 않어서는 안됩니다.[5]

> 내지 부인이 출정하려는 내 자식 내 남편에게 집일은 염려말고 천황폐
> 하에게 목숨을 '바치시요'하는 그 말이 진격 중의 그들에겐 둘도 없는 큰
> 위안이며 마음을 분기시키는 원천이올시다. '총후는 우리가 지킵니다'하
> 는 이 말이 우리들의 본정신일 것입니다.[6]

---

5) 허하백, 「총후여성의 힘」, 『조광』 76호, 1942. 2.

교육계의 인사였던 허하백과 김활란의 위와 같은 인식은 당시에 주요 지면에 자주 등장했던 여성담론의 스테레오타입이라 할 만하다. 이들은 조선사회에서 선진적 교육의 수혜를 받은 이른바 신여성들이었으며 그러므로 이들의 여성인식을 이전의 여성담론과 비교해 볼 필요가 있다.

1920년대의 신여성들은 전근대적인 남녀불평등과 봉건적 인습에 반대하여 여성의 자유와 해방을 주장했고, 이는 "다음 세대를 짊어질 아이들을 교육할 당사자인 여성들을 개화시킬 필요"가 있었기 때문에 사회적 기대를 모으기도 하였다. "즉 '신여성'들이 신학문을 익히고 신사상을 받아들여 새로운 '현모양처'로 다시 태어나"[7])기를 당대의 지식인 남성들은 바라고 있었던 것이다. 이는 "근대적 실력양성을 위해 민족 운동에의 참여 및 여성 교육의 필요성을 인정"[8])하는 남성들의 의견과 합치되는 부분이 있다. 그러나 그것이 "국가가 요구하는 국민을 길러내고 내조하는" "현모양처론"이었기에 "자율적 인간으로서의 여성을 지향했던 일부 신여성들에게 민족주의적 현모양처론은 이미 그러한 생각의 표현과 행동의 자유를 억누르는 억압의 기제로 작용"[9])했다는 것도 분명하다. 신여성 담론은 전근대적이고 봉건적인 사회의식이나 민족주의적 여성해방론이 지니는 보수적 성격과 충돌하면서 더욱 급진적인 여성해방론으로 나아갔던 것이다. 그리고 이러한 신여성들의 여성의 자유로운 욕망표현과 이른바 자유 연애론과 같은 행태는 신여성을 불륜과 사치와 허영의 표상으로 치부하는 담론을 형성했고, 신여성들은 이러한 당대의 비난과 배제의 담론과 싸워나가기도 했다는 점은 이미 널리 알려진 바이기도 하다. 사실 "국가가 요구하는 국민을 길러내고 내조하는 현모양처"를 이상적인

---

6) 천성활란, 「여성의 무장」, 『조광』 76호, 1942. 2.
7) 이노우에 가즈에, 「조선 '신여성'의 연애관과 결혼관의 변혁」, 『신여성』(문옥표 외), 청년사, 2003, 185면.
8) 송인옥, 「조선 '신여성'의 내셔널리즘과 젠더」, 『신여성』(문옥표 외), 청년사, 2003, 108면.
9) 이상경, 「나혜석의 여성해방론」, 『한국근대여성문학사론』, 소명출판, 2002, 202면.

여성상으로 삼았던 민족주의적 담론은 총후부인과 군국의 어머니를 이
상적 여성상으로 삼았던 일제 말기의 국가주의 담론과 그 구조상으로 유
사하다. '국가'가 달랐고 '독립'과 '전쟁동원'이라는 목적은 달랐지만 이
담론은 결국 여성을 보조적 위치로 규정하고 내조와 지원을 본분으로 삼
게 한다는 점에서 여성의 주체성과 권리주장에 있어서는 적대적인 담론
이 될 수밖에 없는 것이다.

그러므로 봉건적 가부장제, 근대계몽기의 여성담론, 일제 말기 국가주
의는 모두 가부장적 성역할 규정이라는 점에서 공통점을 지닌다. 그러나
전근대적 가부장제, 민족주의적 여성담론에 대해서는 급진적인 개인의
자유와 해방을 주장했던 신여성들이 국가주의가 요구하는 가부장적 여
성역할에 대해서는 동일한 논리를 유지하지 못했다. 이는 물론 일차적으
로는 30년대 후반 이후 전면적 전쟁체제에서 언론과 사상, 일상생활까지
통제되었던 시대적 강압 때문일 것이며, 이는 "1940년 전후의 조선사회
는 기성의 가치에 저항하는 1920년대의 자유 연애론이 그 생명력을 잃
고 여자 또는 아내에서 어머니의 세대로 이행"[10]해 가고 있었음을 의미
한다. 그러나 시대의 변화나 사회적 강압만으로 이러한 변화를 충분히
설명할 수는 없다. 시대적 변화나 사회적 강압 속에서 개인의 주체성이
변화해 가는 과정은 또한 그 시대의 논리를 내면으로 받아들이고 스스로
를 동화시키는 과정이 반드시 포함되기 때문이다. 그러므로 일제 말기의
'모성담론'을 당대의 신여성들이 자발적으로 받아들일 수 있었던 까닭을
좀 더 따져볼 필요가 있다.

1920년대 신여성들의 자기주장과 여성해방론은 일차적으로는 3·1운
동 이후 일시적인 문화정책과 언론의 자유에 힘입은 바 크지만, 근본적
으로는 구시대적 봉건잔재와의 싸움이 지니는 명분 때문에 더욱 위력적

---

10) 송연옥, 앞의 글, 102면.

일 수 있었다. 여성에게 교육의 기회가 봉쇄되는 현실, 조혼과 가부장에 의한 일방적 결혼의 인습은 자유와 인권에 대한 당대 여성들의 열망을 한층 더 폭발적으로 터져 나오도록 하였을 것이다. 민족주의적 여성담론 역시 여성의 계몽과 교육이 필요하다는 점에는 동의했지만 봉건적 가부 장제가 여성을 바라보는 시선과 근본적인 차별성을 갖지는 못했다. 그들 은 딸과 애인의 교육에는 찬성했지만 어머니의 모성은 여전히 옛 자리를 지켜 주기를 바랐던 것이다.11) 그러므로 신여성의 저항은 당시의 남성중 심적 담론에 대한 저항이면서 동시에 봉건적 가부장제에 대한 저항일 수 있었다. "식민지 시기에 많은 신여성이 정치적 입장이나 사상을 넘어서 반발하고 싸우고자 한 대상은 가부장제"였고 "따라서 가부장제에서의 해방을 약속하는 공간이었던 근대 가정은 신여성의 이상"12)이었던 것이 다. 문제는 그 이후이다. 조혼과 강제결혼의 인습에서 고통받던 여성들, 그리고 이미 조혼한 아내가 있는 기혼자들과의 자유연애가 근대적 가정 의 체계 속에 자리 잡게 된 이후의 여성에게 가부장제는 어떤 방식으로 사유될 수 있는가. 핵가족화된 근대 가정 내에서 여성은 남성과 동등한 가족의 일원으로 자리매김하게 되고 따라서 가사노동과 자식 양육은 그 의 격상된 지위에 걸맞는 역할로 인식될 근거를 마련한다. 구시대의 모 성은 강요된 희생과 헌신의 낡은 관습이겠지만 근대 가정 속에서 모성은 자신의 자유의지에 따른 역할이고 책임이 되는 것이다. "근대적 여성성 은 그 태생부터 조선의 유교적 가부장제가 일제하의 근대적 지식과 기이 하게 결합하면서 만들어졌"13)지만 문제는 이로 인해 그 근대적 가정의

---

11) 자유연애를 통해 어머니가 정해준 결혼을 파기하고 옛 애인과 새로운 생활을 시작했으 나 결국은 남겨둔 자식을 위해 모성의 자리로 되돌아가는 나도향의 「어머니」 같은 작품 이 이를 여실히 보여준다. 이정옥, 「모성신화, 여성의 또 다른 억압 기제」, 『여성문학연 구』 3호, 1999, 123~125면 참조.
12) 송연옥, 앞의 책, 113면.
13) 김양선, 「식민지 담론과 여성 주체의 구성」, 『한국여성문학연구』 3호, 1999, 265면.

안주인이 된 여성들이 자신들의 주체성을 주장하기가 점점 곤란해졌다
는 점이다. 그들은 근대적 가정 내에서도 타자화된 자신의 성정체성을
주장하기보다는 근대적 가정의 안주인으로서의 위치를 인정받는 것으로
남성중심적 / 국가주의적 담론에 응답한다.

그리고 이들이 대부분 핵가족 중심의 근대가정을 유지할 수 있었거나
혹은 그에 대한 환상을 유지할 수 있었던 교육받은 지식인이었다는 점에
도 주목할 필요가 있다. 남성작가들이 "여성에 대한 계몽적 언설을 만들
어낼 때 계몽의 주체로 거듭나면서 식민지 남성에게 부여된 열등화된 이
미지를 벗어날 수"14)있었던 것과 유사하게, 이 지식인 여성들 역시 대중
앞에서 전시하의 여성의 생활을 계몽하고 교육하면서 스스로가 우월한
계몽자의 위치에 서게 된다. 식민지인으로, 여성으로 2중으로 타자화된
위치는 국가의 담론을 대중에게 전달하고 계몽하는 위치에 서게 됨으로
써 국가담론의 대리자라는 우월한 위치로 역전되는 것이다. "여성대중을
향한 계몽의 필요성은 실제 여성지식인들에게 상당한 공적 권력과 담론
적 주체가 되는 계기"를 마련했다. "국가의 성원으로 호명된 여성들이
남성과 동등하게 신민으로서의 자격과 공적영역으로 진출"15)할 수 있게
되었다는 기대는 그들이 적극적으로 친일담론을 생산할 수 있도록 했다.
이들 여성지식인들의 친일담론을 통해 우리는 식민주의 담론에서의 민
족적, 성적 위계화 이외에 계급적 위계화 역시 내장되어 있음을 알 수
있다. 그리고 여성해방―근대적 가족구성―국가주의적 여성동원의 논리
를 모순없이 내면화할 수 있었던 여성은 당대에 극소수를 차지하는 지식
인 여성에 국한되었다고 할 수 있다. 어쩌면 군국주의 이데올로기에 의
해 절대화, 타자화된 모성은 근대적 핵가족 내에 모순없이 안착할 수 있

---

14) 이선옥, 「평등에 대한 유혹」, 『실천문학』 2002년 가을, 264면
15) 이선옥, 「여성해방의 기대와 전쟁 동원의 논리」, 『친일문학의 내적 논리』, 역락, 2003,
    240면.

었던 부르주아 지식인 여성에게 한정된 것일지도 모른다. 국가주의적 전쟁동원논리와 식민지배의 이데올로기가 여성을 호명하는 중요한 기제로 모성을 활용하였다는 점 이외에도 일제 말기의 '모성'을 둘러싼 균열과 모순을 눈여겨보아야 하는 이유는 또 있다. 그것은 바로 이 모성이 식민지 여성의 민족적, 성적, 계급적 주체의 복합적이고 다층적인 관계국면을 가장 여실히 드러내 주고 있기 때문이다.

3. 근대적 핵가족과 국가주의, 반쪽의 여성성

페미니즘 논의에서 모성은 늘 양가적인 의미로 거론된다. "헌신과 인내의 이름으로 말소"되는 어머니, "가부장제적 질서에 충실한 보수 집단의 하나"로 인식된다는 점에서 딸들에게 어머니는 부정되거나 단절되어야 하는 존재로 여겨지기도 한다. 또한 남성중심적 담론에서 꾸준히 어머니는 희생과 헌신의 화신으로 신비화됨으로써 개인의 자유와 정체성을 주장하고 평등과 인권존중을 지향하는 여성들을 인류에 어긋난 일탈자로 치부하도록 하는 근거가 되었기 때문에 여성들은 이러한 모성담론에 적대적일 수밖에 없었다. 그러나 한편으로 모성은 여성의 고유한 체험으로 경쟁과 권위의 담론을 부정적으로 드러내면서 나눔과 돌봄, 연대와 친밀의 새로운 문화를 만들어낼 수 있는 대안으로 여겨지기도 한다. 그러나 이른바 "'페미니즘 가족 로망스'가 여전히 딸의 경험에 의존하고 있기 때문에 어머니의 지위를 불안정한 위치에 놓는다"[16]든가 "베풂과 살림의 모성적 경제가 여성을 다시 모성적 정체성에 묶어 놓을 가능성"[17]이 있다고 경계되고 있는 것과 같이 페미니즘적 입장에서 모성은

16) 서강어싱문학연구회 편, 『한국문학과 모성성』, 태학사, 1998, 14면.
17) 고갑희, 「여성주의적 주체 생산을 위한 이론」, 『여/성 이론』 제1호, 도서출판 여이연,

여전히 논란 속에 있다.

친일문학연구에 있어서도 모성의 문제는 상당히 복합적인 맥락 속에 놓여 있다. 친일여성 중 문학분야에서 가장 두드러진 활동을 편 최정희의 문학에서도 모성의 문제는 매우 복합적이고도 중층적인 의미망을 가지고 있어 주목된다. 총후부인의 역할을 다룬 『장미의 집』과 같은 경우에는 문제는 비교적 선명하다. 『장미의 집』에 등장하는 성례는 애국반 활동에 열성적으로 참여하며 애국반장이 되지만 아내가 집안에 머물러 있기만 바라는 남편과 갈등을 일으킨다. 소설은 성례가 남편을 설득하면서 집 안에서의 아내 역할과 총후부인의 역할이 결코 다른 것이 아님을 확인해 가는 방향으로 진행되며 이는 당시의 전시체제하의 국가주의적 여성동원의 이데올로기에서 크게 벗어나지 않는 내용이다. 문제는 이러한 성례의 주장이 자기설득력을 가지게 되는 배경에 있다.

> 집의 구조를 이야기한다면 그들의 서재를 겸한 이 집중에서 가장 넓은 응접실과 그들의 침실과 또 그 외에 별로 적지 않은 방이 둘이 있고 부엌이 있고, 건물에 비해서 방이 좀 넓었다. 그들이 세간을 나고저 이 집을 지을 때 영세의 어머님이 자기가 살 집이 아닌데도 집을 작게 짓고 쓸데없이 마당을 넓게 마련한다고 잔소리를 끔찍이 하든 것이었다.
> 성례와 영세는 이 마당에 라일락과 목련과 수국과 장미와 또 그 밖에 여러 가지 화초를 많이 심어 놓았다. 화초는 계절을 맞춰 저들의 향기를 왼 뜰안에 풍길대로 풍기었다. 중에서도 장미는 제일 많아서 사방 울타리가 되어 있을 만 했다.[18]

소설의 제목이기도 한 '장미의 집'은 서재와 응접실과 침실을 가진, 정원에 꽃들이 피어나고 그 안에서 화목한 가족이 살고 있는 근대적 '스위트 홈'의 전형이다. 남편 영세는 은행에 다니고 아내 성례는 집안을 가꾸

1998, 46면.
18) 최정희, 「장미의 집」, 『대동아』, 1942. 7.

고 알뜰살뜰 살림을 하며 전혀 다툼도 없이 서로를 사랑하고 존중하는 근대적 핵가족의 이상을 표현한다. 이 근대적 핵가족 내에서의 여성역할은 전쟁의 후방을 책임지는 총후부인으로서의 여성역할로 그대로 이어진다. 남편 영세의 불만은 이 여성역할의 한도를 어디로 정할 것인가의 영역과 관련된 것이지만, 실상 그 역할이라는 것은 집안 / 집밖의 경계와 전쟁터 / 후방의 경계를 반복하는 동일한 것이기도 하다. 그리고 영세와 성례의 사소한 다툼은 사치스럽고 방탕한 이웃의 아내와 성례가 비교됨으로써 무마된다. 알뜰하고 검소한 성례와 대비되어 사치스럽고 허영심 많은 이웃의 아내가 폄하되며 이것이 성례와 영세의 갈등을 무마하는 계기가 되는 것은 한편으로는 "아내와 어머니 역할을 수용하지 않은 신여성에 대한 배제의 논리"[19]가 작용한 때문이다. 그러나 더욱 근본적인 이유는 성례가 이미 근대적 가족제도가 한정하는 현모양처로서의 아내역할을 수용하였기 때문이고 그래서 가정주부로서의 자신의 역할이 지니는 타자화된 여성상에 대해 전혀 거부감이 없기 때문이다. 확장된 가부장제로서의 국가개념은 아내와 어머니의 역할로만 여성을 규정했고 이는 근대적 가족제도가 지닌 진화된 가부장제의 연장선상에 있다. 그리고 이러한 여성역할은 가족단위로 모든 문제를 한정함으로써 자신의 가족 이외의 관계들을 배제하는 논리로 이어진다. 성례에게서 가족 외부의 여성을 이해하거나 그와 연대할 수 있는 가능성은 전혀 발견되지 않는다. 이는 확장된 가부장제로서의 국가주의가 국가공동체 이외의 관계들을 배타적으로 은폐하는 것과도 같은 논리라 할 수 있다. 그래서 성례는 이웃 부인의 사치와 방탕, 허영을 교정하고 교육하는 위지에 섬으로써 자신의 우월감을 보증받고 이러한 과정에서 남편과의 갈등은 무마된다. 지식인 여성이 대중에게 국가주의를 교육하는 위치에 섬으로써 국가주의

---

19) 심진경, 「여성작가, 애국부인 되다」, 『한국문학과 섹슈얼리티』, 소명, 2006, 250면.

이데올로기에 회의없이 응답하는 과정과 정확히 일치된다. 실상 이웃 아내의 사치와 방탕이 성례의 애국반 활동 참여를 정당화하는 것과는 무관한데도, 오히려 가정 내에서 아내 역할에 더욱 성실할 것을 종용하는 논리로 탈바꿈할 수 있는데도 불구하고 이 사건이 남편과 아내의 갈등을 무마하는 계기가 될 수 있는 것은 성례가 이미 가정에서의 아내 역할과 총후부인의 역할을 모순없이 연결하고 있기 때문이다. 그리고 남편 역시 이러한 봉합에 반론을 제기하지 않는 것으로 미루어 볼 때, 이는 작가가 근대적 가족 내에서의 여성역할과 국가주의적 전쟁동원 이데올로기를 모순없이 결합하여 사고하고 있었음을 의미한다고 할 수 있다.

그런데 성례에게는 아이가 없다. 그는 총후부인으로서의 성역할을 감당하는 것으로 가정 내의 주부역할에서 벗어나지 않고도 국가주의 이데올로기의 호명에 응답할 수 있었지만 여기에 모성이 개입된다면 문제는 좀 더 복잡해진다. 현모양처 이데올로기에서 현모란 자식을 잘 길러 국가와 공동체가 필요로 하는 모범적인 성원이 되게 하는 역할을 지니지만, 그 모범적인 성원이 전쟁에 참여하는 병사여야 할 경우에 현모양처 이데올로기는 동요한다. 여기에는 모성에 포함된 또 다른 의미, 자식과의 유대나 생명에 대한 애착이 작용하기 때문이다. 그래서 자식을 사지로 내모는 일이라 할지라도 그 앞에서 의연한 현모가 되기 위해서는 또 다른 명분이 필요하다. 최정희의 「야국-초」는 전시체제하의 국가주의 이데올로기에 모성의 논리가 어떻게 관철될 수 있는가를 보여 주는 예라 할 것이다. 「야국-초」는 지원병 훈련소를 방문한 여성이 아들을 제국의 병사로 키울 것을 다짐하면서 자신을 버린 아이의 아버지에게 보내는 편지 형식으로 되어 있다. 전작들을 통해 알 수 있듯이 유난히 모성에 대한 애착이 강했던 작가가 자식을 기꺼이 사지로 내보내는 '군국의 어머니' 역할을 수행하는 데는 그들 모자를 버린 남성이 전제되어 있다. 아이의 아버지는 아이와 자신을 버렸지만 국가는 그들을 영광스런 신민으로

받아들이기에 이들 모자가 국가주의 이데올로기의 호명에 기꺼이 응답
할 수 있게 되는 것이다. "가부장제의 희생물인 여성에게도 평등한 권리
와 보호를 제공한다면 구습에 얽매인 조선을 버리고 과감히 일본을 택하
겠다는 논리"를 읽을 수 있으며, 이는 "젠더의 측면에서 보이는 기대감
으로 민족 문제를 뛰어넘는 것"20)해석되기도 한다. 여기에서 식민지의
남성중심적 질서와 식민주의의 제국주의적 질서 속에서 어떤 것을 선택
해야 하는 제3세계 여성의 딜레마를 읽을 수도 있다. 바꾸어 말하면 식
민지의 여성은 식민지 내에 팽배한 가부장적 질서와 제국주의적 억압논
리 어디에도 안착할 곳이 없었던 것이다. 민족주의와 제국주의 모두에서
소외된 여성이 자학적으로 제국주의적 질서에 몸을 던지는 모습을 최정
희의 「야국－초」에서 읽어내려고 하는 입장21)이 형성되는 것은 이 지점
에서이다. 이러한 입장에서는 여성들의 친일은 식민지 내의 가부장적 여
성억압의 질서 때문에 기인하였다거나, 그러므로 민족의 입장에서는 그
것이 제국주의에의 협력이고 순응이지만 젠더의 입장에서는 저항적이었
다는 논리가 가능해진다. 각기 다른 층위에서 주체의 행위를 분석함으로
써 저항／협력의 양가성을 주장하는 것도 가능할 것이다.22) 그러나 이러
한 입장이 젠더적으로도 소외되고 민족적으로도 소외된 제3세계 여성의
고통과 딜레마를 강조하는 효과는 있을지 모르지만 이를 통해 젠더와 민
족의 문제, 여성의 다중적 주체성과 그 관계성의 문제를 더욱 심층적으
로 사유하는 데 얼마나 도움이 될지는 의문이다. 식민지 남성을 적대자

---

20) 이선옥, 「여성해방의 기대와 전쟁 동원의 논리」, 『친일문학의 내적 논리』, 소명, 2003,
   258면.
21) 최경희, 「친일 문학의 또 다른 층위－젠더와 「야국초」」, 박지향 외 엮음, 『해방전후사의
   재인식』, 책세상, 2006.
22) 최경희는 제국주의에의 협력이라는 윤리성의 치명적 결함을 옹호하기 위해 「야국－초」
   의 '나'가 아이의 죽음을 예감하면서도 아이를 병사로 키울 것을 다짐하고 있으며 이는
   죽음과 파멸로 제국주의의 폭력을 드러내는 것이라고 적극적으로 해석한다. '당신과 나
   에 대한 복수'라는 구절에 주목한 결과이다.

로 돌리는 대신 제국주의의 호명을 선택하는 논리는 둘 중 하나라는 이 분법을 선택함으로써 그 둘 사이의 관계를 더욱 치밀하게 사고할 고리를 끊어 버리기 때문이다.

아마도 이 문제의식이 더 유효한 것이 되기 위해서는 그렇게 선택한 제국주의적 논리 속에서 젠더의식이 얼마나 치열하게 추구되었는가를 더욱 엄밀히 추적할 수 있어야 할 것이다. 그러나 결과적으로 위의 해석에 따른다면 아이의 미래를 남성에 대한 자신의 원한과 분노에 의해 결정하는 것은 반쪽의 여성성을 확인하는 것밖에 되지 않는다. 이때 국가주의의 동원에 순응하게 만드는 계기가 되는 것은 자신을 버린 남편과 버림받은 아내라는 이항관계일 뿐이며 이때 아이는 이항관계의 일방적 피해자일 따름이다. 젠더적 입장을 제대로 고려하기 위해서는 가부장적 억압을 상징하는 남편과의 관계가 아이와 어머니의 관계라는 또 다른 독특한 관계를 일방적으로 희생시키는 방향으로 진행되어서는 곤란할 것이다. 또한 제국주의에 협력하고 순응하는 것이야말로 모성의 희생을 조건으로 하는 가장 반여성적 행태라는 사실도 주목해야 할 것이다. 다시 말해 역설적으로 최정희의 작품에서 가장 소외되고 있는 것은 아이이며 이때 모성은 아이를 비주체적인 소외의 공간으로 내몰게 된 가혹한 가해자의 역할을 맡게 되는 것이며 이는 자신을 버렸던 남편의 가부장적 역할을 다시금 반복하는 것일 따름이다. 제국주의적 전쟁 동원 논리가 호명한 '군국의 어머니'라는 주체성이 모성을 가정 내의 성분할적 역할로만 취급함으로써 모성을 소외시킨다면, 식민지의 남성에 대한 적대와 원한은 아이의 존재 자체를 지워버림으로써 모성을 삭제한다. 그러므로 최정희의 작품에서 젠더의식을 강조하려는 위의 관점은 결국 그 젠더의식이 가학적이고 폭력적인 가부장의 대리자로 기능하고 있음을 스스로 증명하는 결과를 낳는다. 그 이유는 앞서 지적하였듯이 성적 주체성을 민족적 계급적 주체성이라는 중층적이고 복합적인 관계들로부터 도출해내지 못하고 다중적 주체성의 각 양상들을 단순히 복수성 속에서 병렬적으로 구분하는 비변증법적 이해방식에 기인한다.

사실상 식민지 남성에 대한 반발이라는 젠더의식이 제국주의 논리를 선택하게 하는 원인이 되었다는 해석보다는 전시하의 모성동원이 아들의 말을 따르는 '삼종지도'의 형태를 띰으로서23) 친일적 모성담론이 가부장제적 모성 담론과 결합24)하는 양상을 보여준다는 지적이 소설의 실상에는 더 부합하는 것처럼 보인다. 이때 아들은 견고한 제국주의적 주체가 된, 국가주의의 대리인이라는 의미를 지닌다. 어쨌든 자식을 전시의 병사로 출정시키는 문제에 부딪친 동요하는 모성은 부성을 올바로 행사하지 못한 남성을 명분으로 내세움으로써 가까스로 합리화된다는 점은 분명해 보인다. '군국의 어머니'가 되는 것은 어쩔 수 없는 선택이었던 것이다. 불륜으로 이루어진 유사가족의 불안정함은 강력한 국가주의가 마련한 가부장적 여성동원의 논리로 대체된다. 그리고 '군국의 어머니'가 된 모성은 모성의 실질적 의미를 고민하는 대신 국가주의 이데올로기가 호명한 전시국민의 성역할에 안착한다. 헌신과 희생과 인고의 모성신화가 복구되는 것은 물론이다.

'스위트 홈'의 안주인이었던 성례가 국가주의적 여성동원 담론에 주저없이 참여할 수 있었던 것과는 달리 「야국-초」의 '나'가 군국의 어머니가 되기 위해서는 상당한 모순과 동요를 겪어야 했다. 그것은 혹시 결여된 가족형태가 불러온 결핍 때문은 아니었을까. 그리고 그 결핍은 더욱 강력한 가부장을 만났을 때 주저없이 그 가부장의 호명에 응답할 수 있게 하지 않았을까. 그렇다면 최정희의 여성성은 여전히 가족주의의 자장 내에 있는 여성성이다.

---

23) 이상성, 「일제말기의 여성동원과 '군국(軍國)'의 어머니」, 『페미니즘 연구』 2호, 2002.
24) 심진경, 앞의 글.

4. 다시, 여성주체의 다면성

결론적으로 말해서 전시체제하의 국가주의 이데올로기가 호명한 여성상은 아내와 어머니라는 가부장적 세계 내에서의 분할된 성역할과 그리 다르지 않다. 근대적 핵가족제도하에서 격상된 아내와 어머니의 역할은 평등한 현대여성의 모습으로 현현하여 국가주의 이데올로기에 동의한다. 국가주의가 현모양처의 이데올로기로 관철되는 데는 근대적 가족체계를 통한 여성성의 순치과정이 중요한 역할을 했다고 볼 수 있다.

그러나 앞에서 언급했다시피 이러한 현모양처의 이데올로기는 근대적 핵가족 내에서의 평등에 대한 환상을 지닐 수 있었던 극소수의 여성25)에 국한된 이야기였다. 일제말기의 친일담론에서 여성 발화자들이 주로 교육계와 종교계의 지식인 엘리트 여성층이었다는 점은 이와 관련이 있다. 그리고 이러한 담론주체들에 의해서 여성해방－근대적 가족구성－국가주의적 여성동원의 논리는 모순없이 결합되어 전달될 수 있었다. 여기에서 모성은 "탈정치화된 가족주의의 테두리"26) 내에서 현모양처의 성역할에 국한되어 논의되었다. 여성담론에서 모성은 다양한 의미로 분화될 수 있는 것이지만 친일담론에서 모성이 동요와 균열에도 불구하고 비교적 안정적인 모습을 보이는 것도 이와 연관이 있다.

지금까지 한국문학연구에서 여성담론은 젠더정치의 이데올로기와 관련하여 논의되는 예가 많았다. 여성정체성이 왜곡되고 배제되는 논리의 메커니즘을, 그 속에 포함되어 있는 남성중심적 담론의 한계를 지적하기

---

25) 경성에서 중등교육을 받은 여학생의 수는 상당했지만 이들이 직업을 가지는 일은 쉽지 않았다. 신여성들이 사회에 진출하기 시작한 무렵, 경성은 일본인 지배층과 소수의 식민지 중간층, 그리고 절대다수의 식민지 빈곤층과 실업자가 함께 공존하는, 하이카라 경성과 '실업경성'이 공존하는 곳이었다. 김수진, 「1930년 경성의 여학생과 '직업부인'을 통해 본 신여성의 가시성과 주변성」, 『식민지의 일상 지배와 균열』(공제욱·정근식 편), 문화과학사, 2006 참조.
26) 이상경, 앞의 글, 203면.

위해서 대체로 여성에게 적대적이었던 담론상황을 전복적으로 다시 읽는 과정은 물론 필요하다. 남성 작가들의 작품 속에 드러난 여성에 관한 상투적이면서도 억압적인 이데올로기를 분석한다든가, 관습화된 여성담론과는 다르게 자신들의 주체성과 욕망을 드러내었던 여성주체들에 주목하는 연구들은 충분히 의미있고 앞으로도 더욱 심화되어야 할 주제임은 분명하다. 그러나 한편으로 식민지 시기, 특히 일제말기의 여성담론들이 대체로 지식인 여성의 입장에서 발화된 것이라는 점이 간과되어서도 안될 것이다. 지나치게 젠더적 입장에서만 당시의 여성들을 바라보는 것은 또 다른 방식으로 여성정체성을 고정할 우려가 있다. 그들은 여성이었지만 식민지 여성이었고 또한 부르주아 계급의 여성이었던 것이다. 여성성은 고정된 것이 아니라 시대적 상황 속에서 늘 다른 방식과 양상으로 재현된다. 일제말기의 여성담론은 극소수의 부르주아 여성들만이 공적 담론에서의 발언기회를 얻을 수 있었던 시대의 산물이었다. 일례로 일제 말기에 지배적 담론이었던 현모양처의 이데올로기에 의해 모성은 가족제도 내에 한정되면서 순응적이고 고정적인 모습으로 재현되었다. 그러나 하층계급 여성들의 삶에서 모성은 가족 내의 성역할로 고정될 수 없었으며 그러므로 국가주의의 이데올로기에 고분고분하게 응답할 수 없을 정도로 분열된 모습으로 존재했다. 강경애의 「마약」에서 우리는 자식에 대한 강렬한 애정을 지녔으나 그 자식을 양육하는 어머니의 위치를 얻을 수 없었던 하층 계급 여성의 고통을 본다. 「소금」에서 남편이 살아 있던 시절 가족 내의 현모양처가 되고자 했으나 도무지 그것이 가능하지 않았던 봉염 어머니, 남편과의 사이에서 낳은 아이, 중국인 지주에게 겁탈당하고 낳은 아이, 생계 때문에 젖어미로 들어가 자신이 양육한 아이들 사이에서 분열된 모성에 어쩔 줄 몰라했던 그 어머니의 모습도 기억한다. 그 모성'들'은 식민주의의 이데올로기가 호명한다고 하더라도 도무지 어떻게 응답할 수 있을지조차 짐작할 수 없는 정체성으로 구성되어 있다.

보이지 않는다고 존재하지 않는 것은 아니다. 일제 말기 여성담론을 연구하면서 국가주의의 이데올로기의 호명에 호락호락 응답하지 않는 여성주체들을 쉽게 발견할 수 없는 것은 아쉬운 일이지만 거기에서 보이지 않는 목소리를 복원하는 일 역시 연구자들이 담당해야 할 과제이다.[27] 아쉽게도 이 글 역시 소극적인 문제제기 이상을 하지 못했다. 쉽게 완성되지 않는 과제로 남을 것이다.

---

27) 그런 의미에서 일제 말기 여성담론에 순치되지 않는 임순득의 문학을 발굴하고 복원한 이상경의 연구는 주목할 만하다. 이상경, 「임순득의 소설 「대모(代母)」와 일제말기의 여성문학」, 『여성문학연구』 8호, 2001, 「식민지에서의 여성과 민족의 문제」, 『실천문학』 2003년 봄호 참조.

안수길의 『북향보(北響譜)』에 대하여

오오무라 마쓰오

1. 『북향보』의 개작 문제

안수길(1911~1977)의 장편소설 『북향보(北響譜)』는 1944년 12월 1일부터 1945년 4월까지 『만선일보(滿鮮日報)』에 149회에 걸쳐 연재되었다. 이 작품은 안수길 사망 10년 후인 1987년 4월, 서울 문화출판공사에서 처음으로 단행본으로 출판되었다. 이 책은 『만선일보』 스크랩을 기본으로 해서 작자 안수길이 삭제·가필·정정한 것이다.

이번 보고는 해방 전의 『만선일보』 스크랩과 해방 후 가필·출판된 단행본의 비교를 통해, 그 당시 '만주'땅의 있어서의 한인문학의 의미를 살펴보려고 한다.

잘 알려져 있는 바와 같이, 안수길의 대표작은 대하소설 『북간도』다. 1932년부터 1945년 6월까지 13년간의 간도체험이 그의 문학활동의 특성을 형성하는 데 어떤 영향을 미쳤는가, 그의 간도 인식은 해방 전과 해방 후 일관되어 있었는가, 변화가 있는가, 안수길의 문학활동 중에서, 1944년 4월 중국 용정에서 낸 창작집 『북원』과 그 뒤를 이어 1944년 12

월부터 신문에 발표된 『북향보』는 어떤 위치를 차지하고 있는가, 이러한 문제의식들을 중심으로 해서 『북향보』에 대해 논해보고자 한다.

2. '만주'시기 안수길 문학에 대한 평가들

'만주'시기의 안수길에 관한 논고들은 많다. 그 중 대표적인 논고로 생각되는 김윤식 교수와 오양호 교수의 견해를 보기로 한다.

> 「북원」이나 「북향보」가 서 있는 세계관은 '만주국 조선계'라는 매우 한정된 세계관 위에 서 있는 것인 만큼 그것이 아무리 대단한 것일지라도 한국민족문학의 범주에 똑바로 들어올 수 있는 것은 못된다. 만주국 이념에 속하는 세계에 지나지 못한 탓이다.
>
> __김윤식, 『안수길 연구』, 278면

김윤식 교수는 『북간도』는 한국민족운동사의 주류 속에 있는 것으로 보지만, 『북원』이나 『북향보』는 '만주국 문학'이라고 파악하고 있다.

한편 오양호 교수는,

> 일제 강점기에 있어서의 만주와 간도는 독립운동의 집결지로서 독립군이 아닌 이민(移民)의 힘까지 항일구국운동으로 전이시킬 수 있었던 제2의 한국영토였다.
>
> __오양호, 「『북향보』해설」, 문화출판공사, 1987. 4, 328면

이러한 인식 밑에 다음과 같이 말하고 있다.

> 지리적으로 반역사적 상황에서 벗어날 수 있었던 위치에 있었기에 민족의식을 망각하지 않을 수 있었고, 문학 또한 그러한 민족체험을 형상화

할 수 있었다.

＿앞의 책

오양호 교수는 두 권의 저서,『한국문학과 간도』,『만주조선인문학연구』를 비롯하여 '만주'문학에 관해 큰 업적을 남긴 분이지만, 이 견해만은 재론의 여지가 있다. 왜냐하면,『북향보』는 안수길의 다른 작품과 마찬가지로 '만주'땅의 한인들의 개척·고투의 역사를 그리고 있긴 하지만, 한편으로는 '만주국'의 존재를 긍정하고, 일본의 지배를 부정하지 않는 경향을 갖고 있기 때문이다.

3. 해방 후『북향보』와 개작의 양상

문화출판공사 판『북향보』권말에 해설을 쓴 오양호 교수는,

> 필자가 가지고 있는 개작『북향보』는 200자 원고지로 1,146매로 정리되어 있고, 스크랩에서 빠졌던 부분이 모두 채워져 있다.

고 말하고 있다.

개작은 안수길 본인이 한 것임에 틀림없다. 안수길 스스로가 스크랩에 손을 댄 것을 200자 원고용지에 정리했다면 1,146매가 되었다는 의미일 것이다. 이 점은 이해할 수 있다. 그러나 잘 이해되지 않는 부분이 있다. 스크랩에서 빠졌던 부분이 채워져 있다고 했는데, 문화출판공사 판을 보면, 스크랩 속에 빠져 있던 부분이 역시 그대로 빠져 있기 때문이다.

스크랩 속에 빠져 있는 부분은, 9장 「병익이란 사람」의 제5회, 16장 「재출발」의 제5회, 18장 「조선의 종달새」의 제5, 6, 7회, 19장 「딸의 도리」

의 제1, 2회이다. 이 몇 부분이 빠져 있는 것이, 단순한 스크랩상의 실수인지, 의도적으로 스크랩에서 뺀 것인지는, 연재 당시의 『만선일보』가 미발견 상태인 현재로써는, 확인할 길이 없다.

　문화출판공사 판은 기본적으로 안수길이 삭제·가필한 내용을 따르고 있다. 일본어 회화를 한글로 표기한 부분 등이 생략되어 있다. 이와 관련하여 스크랩에 가필되어 있는 내용을 유형별로 제시하면 대략 다음과 같다.

　　① 장(章) 구성상의 차이
　　② 단순한 오식이나 인쇄상의 오류 부분이 정정된 점
　　③ 보다 더 적절한 어구로 수정된 점
　　④ 내용을 삭제한 부분이 비교적 많은 점
　　⑤ 각 장(章) 속의 제1회, 제2회, 제3회 등의 숫자가 빠져 있는 점

　①, ②는 큰 문제가 아니다. ③은 주로 수사적인 문제로서 꽤 많은 편이다. 예를 들면 이 장편소설의 마지막 부분은 이렇게 되어 있다. 스크랩에서는 "현관문을 요란스럽게 닫고 거리로 살아졌다"로 되어 있는데, 안수길은 이를 "현관문을 요란스럽게 닫고 어둠 속으로 사라졌다."라고 고쳤다. 확실히 고친 쪽의 끝맺음이 더 낫다. 이러한 종류의 가필은 상당히 많다.

　가장 큰 문제는 ④, ⑤의 문제다. 이 삭제는 「모내기」 제4, 5회에 집중되어 있는데, 원작자에 의해 펜으로 새카맣게 지워져 있다. 이 삭제 부분들 중에는 판독 불능 부분도 있으나, 일부는 어려우나마 판독이 가능한 부분도 있다. 문화출판공사 판은, 원작자가 지운 부분이 그래도 누락된 채로 인쇄되어 있다.

　다음과 같은 예를 보기로 한다. 괄호 안은 원작자가 지웠던 부분들을 복원한 부분이다.

이곳에서 버티고 버틴 이 힘이 (만주건국을 촉진식힌 원동력도 되였다고 볼 수 있는 것이니 건국에 당하여 조선농민은 또한 숨은 공로자라고 할수잇는 것이 아니 겟는가. 그러나) 그들은 한번도 제공로를 주장한 일이 업섯고 (건국후에도) 예나 이제나 다름업시 수전을 풀고 벼를 심는 일을 천직(天職)으로 역이고.

_14장 「모내기」 제4회

문화출판공사 판 속에는, 괄호 안의 내용, 즉 원작자가 삭제했던 내용이 일체 빠져 있다. 즉 '이곳에서 버틴 그 힘이 그들은…'이라는 식으로 인쇄되어 있다.

「모내기」 제5장의 경우에는 삭제·소거 부분이 더 많다. 소거되었던 부분 중, 어렵사리 판독해낼 수 있었던 부분을 복원·제시하면 다음과 같다.

벼가 자식이요 모포기가 애기다 (…중략…) 전쟁을 이기기위하여 (7자 판독불능) 하는 사람들에게 식량을 대이는 일은 그대로 제자식을 전쟁터에 보내는 일과 마찬가지가 아닐까 요지음 특별지원병제도(特別志願兵制度)가 실시되어 일부의 조선청년들이 나라를 위하여 군문에 나아가고 벌서 빗나는 무훈을 세운 청년도 잇지만흔 아직 전면적으로 징병제가 실시되지아니한 이때에 잇서 농민들이 나라에 이바지하고 전쟁터에 보낼수잇는 자식은 말못하는 벼 바로 이벼가 아닌가?
찬구는 이러케 생각함으로서 학도와 농민도는 벼포기를 자식으로 역이는 마음이라는 뜻을 더욱 명백히 이해할 수 잇섯다
이러케 생각하고 보니 한포기 한포기를 상할새라 정성스럽게 꼬저나가고 꼬저나가는데 기쁨을 느끼고 정성을 다하는 농민들의 마음자리는 그대로 너이들의 맘가타서 전쟁터에 나아가 적을 물리치는데 훌륭한 공을 이루어지이다 — 비는 마음이 되는것이라 느껴것다

_「모내기」 (五) 머리부분

해설자는 문화출판공사판 해설에서 이렇게 말하고 있다.

> 그런데 여기서 우리의 관심을 끄는 것은 스크랩에서 지워졌거나 개작
> 된 부분은 거의 당시 일제의 통치상황과 관련된 것이고, 개작된 부분은
> 그런 시대 긍정적인 것이 민족문학적인 문맥으로 처리되고 있다는 점이
> 다. (322면)

오양호 교수는 안수길이 해방 후 한국에서 행했던 개작의 선(腺)을 그대
로 따랐던 것으로 판단된다. 즉 안수길의 의지와 판단을 존중하여, 『북향
보』의 삭제된 부분을 삭제된 상태 그대로 한국 사회에 내보냈던 것이 아
닌가 생각된다. 그 결과 "新開地의 旗手들"을 묘사했다는『北鄕譜』는 '만
주' 이주민의 긍정적 부분만이 표면에 나타나게 되어, 면종복배(面從腹背)
를 강요받았던 당시 개척민의 고뇌를 읽어내기 어렵게 되어 있는 것이다.

해방 전에는 검열도 있었고 하니, 쓰고 싶은 대로 쓸 수는 없었을 것
이다. 또한 쓰고 싶지 않은 것도 써야하지 않을 수 없었을 것이다. 그렇
긴 하더라도 우선 저자로서는 해방 전의 작품을 발표시 그대로의 형태로
독자에게 제공해야 할 의무가 있는 것이 아닐까. 해설자 역시도 저자가
삭제한 부분이 어디 어디였다는 사실을 명시했어야 하지 않을까. 그렇게
하지 않으면, 해방 전의 '만주'에서 저자가 고뇌했던 흔적이 사라져 버리
고 말기 때문이다. 특히『북향보』가 연재되었던 시기의『만선일보』가 미
발견 상태인 오늘날, 독자는 1987년도 판을, 1944년 12월부터『만선일
보』에 연재되었던 것으로 믿어버리기 쉬운 것이다.

4. '만주국'에서의 안수길의 위치

『북향보』가 연재되고 있었던 1944년 12월부터 1945년 4월이라면, 일제의 '만주'지배가 붕괴되기 직전으로서, 탄압이 가장 혹심했던 시기였다. 마음속에 있는 모든 것을 그대로 표현할 수 있는 자유를 문인들은 갖고 있지 못했다. 『북향보』 역시도 안수길의 생각이 100% 그대로 공표된 것이라고는 도저히 생각할 수 없다. 그 점을 고려해야 할 것이다.

> 過去 우리는 政治와 經濟的 侵略과 아울러 米英의 文化的侵略을 바닷다. 우리의 敎養은 多分히 米英的인 溫床에서 培養된 것이 事實이다. 이제 東亞에는 東亞人의손으로 東亞인의 東亞를 建設하려는 聖戰에잇서 우리文筆人은 米英의文化의侵略을 물리치고 東洋의文化를 ○○히(2자 판독 불능) 確立하는데 우리의 붓이 銃칼이 되지안허서는 안되겟다.
>
> ＿「大東亞戰爭과 文筆家의 覺悟」, 『滿鮮日報』, 1942년 2월 2일

안수길의 결의 표명 비슷한 위의 소평론도, 강제로 씌어진 것이지 안수길의 본심을 드러낸 것이라고는 하기 어렵다. 비슷한 시기에 10명 정도의 재만주 한인 문인들이 모두 「大東亞戰爭과 文筆家의 覺悟」라는 제목의 글을 쓰도록 강요받았던 것이다. 그 중의 한 명인 김창걸은 이것이 부끄러워서 붓을 꺾었다고 해방 후에 회상한 바 있기도 하다.

그러나, 안수길은 1945년 이전이라는 시기에, 후에 『北間島』에서 표현한 바와 같은 한국민족주의 문학의 입장에 서 있었던 것일까. 서 있을 수 있었던 것일까.

'만주'에서 살았던 한국인은, 법적으로는 조선 국적을 가지지 못한 채, 만주 국적과 일본 국적 두 가지를 갖고 있었다. 일제의 직접적 지배를 벗어나, 압록강, 두만강을 넘은 한인은 낯선 '만주'땅에서 활로를 찾아 필사적인 고투를 계속했다. 그 고투의 역사를 묘사하는 것이, 안수길이 스

스로에게 부과한 임무였다.

그러나 안수길은, '만주국'이 형식적으로 존재하고 있었던 1945년 8월 이전에는 '만주국'을 부정하지 않았다. 오히려 '만주' 건국에 한국인이 커다란 공적이 있다고 하면서, '만주' 내에서의 한국인의 지위와 생활을 향상시키려고 필사적으로 노력했다. 이를 위해서는 '만주국'의 실질적인 지배자인 일본과의 협조도 불사했다. 따라서 『북향보』를 포함한, 1945년 이전의 그의 작품 속에는, 반일의식과 저항의식은 드러나 있지 않은 것이다. 그것은 개인적인 보신책에서 나온 것이 아니라, '만주국' 내 한국인들의 생활향상을 진실하게 원한 데에서 나온 것이라고 보는 것이 옳을 것이다.

5. 『북향보』에 나타난 북향의식

『북향보』는 북향목장을 경영하는 정학도(鄭學道)와 그 문하생인 오찬구 (吳贊求)가 중심인물이다. 목축과 학교 교육과 농민도장을 겸한 북향촌을, 갖가지 곤란을 극복하면서 어떻게 유지·발전시켜 가는가가 이 장편의 기본 줄기를 이루고 있다.

『북향보』는 그 나름으로 감동적인 이야기이다. 그러나 당시의 '만주국' 정세라는 면에서 보면, 역시 신경 쓰이는 점이 몇 군데 정도 있다. 제8장 「유혹」을 보기로 한다. 오찬구는, 성내(省內)의 목축 장려와 그 진흥 일을 담당하고 있는 일본인 관리 사토미(里見)와 친구 사이다. 어느 날 찬구는 사토미를 찾아가 자유롭게 이야기를 나누는데, 금후의 농업은 인력에만 기댈 것이 아니라 목축을 겸한 농업, 즉 유축농업(有畜農業)이 되어야 한다는 의견상의 일치를 본다.

제10장 「먼 길로 가는 동행」에서는, 찬구의 스승으로서, 북향목장의

지주(支柱)였던 정학도가, 학동들에게 자주 훈화를 하는 장면이 나온다. 정학도는 이렇게 말한다.

> 만주를 사랑하라 … 만주의 우리 고향을 아름답게 만들라.

이것이 바로 '북향정신'이었다. 또한 북향촌 학교의 수석교원 최대봉은, 월급이 넉 달이나 밀리는 등 생활난 때문에 목장을 떠나는데, 그는 '협화회(協和會) 청구분회(靑丘分會)'라는 새 직장을 얻게 된다. 북향농장 개척민들의 심정은 "정들이면 다 고향이지요", "이제는 조선에 나가 살라면 못 살 것 같은데유" 같은 심경고백 속에 잘 나타나 있다. 아내의 무덤을 만들고나서 '만주'를 떠나고 싶은 마음이 없어진 사내(강서방)도 있다. 주인공 오찬구는 '만주' 태생으로, '만주'가 고향으로 설정되어 있기도 하다.

제12장 「새 구상」에서도 주인공 찬구는 북향촌의 존재를, 경찰에게 "부동성(浮動性 : 인용자)이 많은 조선농민으로 하여금 한 농촌에 정착케 하여 농업 만주에 기여케 함은 건국 정신에 즉한 것이요"라고 북향촌의 합리성과 정체성을 주장한다.

6. '만주국'에서 살아남기

이상으로 『북향보』의 줄거리에 따라 '목장, 학교, 농민도장의 삼위일체화'라는 북향촌의 목표 내지 한인개척민의 이상과, '만주국' 건설 및 발전방향과의 관계라는 관점에서 몇 가지 사례를 검토해 보았다.

이러한 논의는 해방 전의 안수길을 친일파로 비난하기 위한 것은 아니다. 앞에도 말한 바와 같이, 일제 말기의 가장 혹독했던 시대에 세인의 주목을 받기 쉬운 신문에 연재된 『북향보』는 표현상의 제약을 여러 측면

에서 받고 있었을 것이다. 그러나 그것을 감안한다 하더라도, 이 작품이
지향한 방향이 '만주국' 내 한인의 생활안정과 향상에 있었음에는 틀림없
으나, '만주국'을 근저로부터 부정하는 것이 아니었음은 분명하다고 할
수 있을 것이다. 오히려 일단 '만주국'을 긍정하고 그 건국에 기여하고
있다는 것을 한인사회 및 일본과 '만주'에 인지시켜, 자신들의 사회를 발
전시켜 가려는 것이 목표였던 것으로 생각된다.

이것은 안수길 개인의 성향이었다기보다는, 안수길을 포함한 당시 재
만주 한인 지식인 대다수의 발상이 아니었을까 생각된다. 염상섭도 안수
길의 최초의 단편집 『북원』(1944. 4. 15, 간도 발행)에 서문을 보낸 바 있는
데 그 속에서 다음과 같이 말하고 있다.

> 『北原』은 『싹트는 大地』 以後 二年만에 滿洲芸文壇에 보내는 個人作品集
> 으로서 先鞭이다. (…중략…) 『北原』의 收穫이 豊作임을 자랑하야 부끄럽지
> 않을 것이다.

염상섭은 이렇게 높은 평가를 계속 내린 뒤, '만주' 한인의 문학활동에
대해 이렇게 말하고 있다.

> 眞實로 協和情神을 實踐하고 모든 機會에 우리도 滿洲國의文化建設에 參劃
> 하고 貢獻코저할진대, 日滿系의 그것에 連繫와 協助를 一層緊密히하고, 先進
> 의啓發과 鞭撻을힘입을 何等의方途가 있었어야 할 것인데, 滿洲國에 藝文團
> 體가 誕生된지 임의 三四星霜을 閱하야읏을터이로되, 朝鮮人作家의 作品이 그
> 圈外에 遊離되어있는現狀은 그理由와原因이 那邊에있든지간에 畸形的事態가
> 아니라할 수 없다. 地方的이요 民族的임이 根本的으로 틀린 것은 없으나,
> 인제까지 그境域에서 浚巡하고있어서는 아니 될 것이라는 말이다.

그러면 "滿洲國의 文化建設"과 관련하여, 지방적이지 않으며 전체로부
터도 유리되어 있지 않은 지위를 조선인 문화가 획득하기 위해서는 어떻

게 하면 되는 것인가. 염상섭은 같은 서문 속에서 두 개의 구체안을 제
시하고 있다.

> 年前에 滿鮮日報刊으로 出版된 在滿朝鮮人作品集「싹트는大地」로 말할지
> 라도, 心是 藝文運動線에 낱아나, 그 中數三篇쯤은 日滿文으로 飜譯紹介될줄
> 로 期待하였든 바인데, 于今 그러한 消息을 듣지못함은 遺憾이거니와, 朝鮮
> 文作品이라고 藝文運動에 參加할 方途가 없는 것이 아님은 煩說할 것도 없
> 는 것이다.

말하자면, 일본어나 중국어로의 번역을 통해 '만주' 중앙에서의 문예운
동에 참가하자는 것이다.

또 하나의 방도는 '재만조선인'의 문화활동의 중심을 간도(현재의 연변
과 그 지역이 거의 겹친다)에서 新京('만주국' 수도, 현재의 長春)으로 옮기자는
것이다.

> 滿洲에서 우리의 文化活動의 中心을 찾자면 아즉 新京에서라기 보다는 間
> 島에 있지 않은가 한다. 이것은 在滿朝鮮人의 過半數가 여기에 根據를 가지
> 고 있다는 地理的事實로 보아 心然한 일이다. 그러나 文化活動中에서도 더욱
> 히 그 王要한 一面을 차지하는 文藝運動이 中央에서 멀리 떠러져 地方的存在
> 로 東滿一隅에 躊躇하야있거나, 各地에 散在한대로 放任되어있다는 것은, 결
> 코 반가운 현상도 아니요, 간도에 존재하는 문화인으로서도 자랑은 못되는
> 일이다.

7. 안수길 문학의 굴절

당시의 재만주 한인들은 신개척지에 정착해서 살기 위해서는, '만주'의
관권(官權)과 '협화(協和)'하고 '오족협화', '왕도낙토' 정책을 따르며, 혹은

그것을 역이용해서 한인의 개척사업과 생활향상을 도모하려 했다. 이들
이 숭고한 개척자 정신으로 충만해 있었다고는 할 수 있지만, 그것이 해
방 후 한국의 민족주의문학으로 직결될 수 있는 것은 아니었다. '협화'를
도모하려 한 대상인 일제의 궤멸과 더불어, 안수길은 궤도수정을 하지
않을 수 없게 되었던 것이다. 그가 그렇게 개척과 정착 사업에 몸을 던
졌으면서도, 1945년 일제의 와해를 목전에 두고 한반도에 귀국한 것은,
이 궤도 수정의 일환이었다고 할 수 있을 것이다.

　안수길의 만주시대의 문학 활동은, 해방 후의 그것으로 일직선으로 이
어지는 것이 아니라, 하나의 굴절점을 갖고 있다고 할 수 있을 것이다.
이 사실에 기초하지 않은 문학사 기술은 재고를 요하는 것이 아닐까. 또
한 이 굴절은 중국조선족 문학사의 입장에서 볼 때, 이 재만주 조선인의
문학활동을 어떠한 자리에 놓을 것인가와 관련해서도 일고(一考)를 요하
는 것이 아닌가 생각된다.

제 2 부

타이완

억압과 차연(差延)

식민주의 언어통제와 타이완 전통한문의 현대화 궤적

류슈친

1. 일제 강점기 타이완 한문통속문예

타이완 한문 현대화의 중요한 특징 중의 하나는, 통속 문예라는 차선의 형식을 택함으로써 주류문화의 장에서 주변으로 소외되고 위축되었음에도 불구하고 매우 특이한 문화적 생산과 움직임을 보여주고 있다는 것이다. 일제 강점기 타이완 한문 통속소설이 창작의 절정기를 맞이한 것은 두 차례이다. 그 첫 번째 시기는 『漢文台灣日日新報』의 독자적 발간 시기, 즉 1905년 7월에서 1911년 11월까지의 기간이다. 이후 『漢文台灣日日新報』가 재차 『台灣日日新報』에 합병되면서 한문 지면이 감소하고, 일본인 / 일문(日文)작품과의 경쟁 속에서 게재의 기회가 점차 줄게 되면서 수량도 예전만 못하게 되었다. 그러나 이후 한문 잡지가 연이어 출현하게 되고 발표공간이 신문지면에서 문예잡지로 확충되면서 상황은 상당부분 개선되었다. 통속소설의 두 번째 절정기는 1930년대부터 1940년대 전반기 오락성을 추구하는 『三六九小報』, 『風月』, 『風月報』, 『南方』 등의 잡지가 발행되던 시기이다. 『三六九小報』와 『風月報』를 중심으로

한 「風月系列」의 잡지들은 타이완 통속소설의 창작과 열독에 있어 두 번째 황금기를 가져왔다. 타이완문학사나 타이완 한문문화 생산이란 측면에서, 이 잡지들의 출현은 일반 통속문학적 의제가 담을 수 있고 설명할 수 있는 것 이상의 훨씬 풍부한 함의를 가지고 있었다.

일제 강점기 한문의 문제와 통속문예의 문제는 본토(本土, 타이완) 문제에만 국한된 것이 아니라 중국 / 일본 / 타이완 간의 국경을 뛰어넘는 문제였다. 그것은 문화와 문화 사이의 억압과 저항 그리고 유동(流動)과 관련되어 있는 문제이다. 신구문학논전(新舊文學論戰)의 열기가 점차 식어가던 1930년 9월, 타이완에서는 최초의 한문 통속문예 잡지가 출현하게 되었다. 전통문학자들은 과연 어떻게 통속잡지 『三六九小報』의 창간을 통해 자신들의 문화자본을 정합(整合)하고 발굴하고 동원했던가? 『三六九小報』의 통속문예 기획은 전통문예의 현대적 전화(轉化) 혹은 타이완문화주체의 건립이란 차원에서 또 어떤 의미를 갖고 있는 것인가? 1935년 창간된 『風月』과 1937년 복간된 『風月報』 계열은 또 어떤 다른 기획 방식과 문화적 의미를 갖고 있는가? 이 글에서는 일본 식민통치 시기의 언어통제가 야기한 전통문화체계의 와해와 한문교육의 몰락을 통해 타이완 통속문예 잡지의 출현과 발전의 배경, 그리고 그 나름의 기획의 특징과 문화적 의미를 설명하고자 한다.

필자는 일제 강점기 타이완 통속문예의 생산 / 소비의 상황은 한문 독서시장의 열독 수요와 식자층의 문화심리에 부응하여 각기 다른 통속잡지의 발행 책략을 채택한 결과, 억압된 문자인 '한자'와 신문학자들이 전통문인의 대중과의 괴리를 꾸준히 비판했을 때의 바로 그 '대중'을 접목시킴으로써 전통문인의 문화이념을 신장하고 문화세대를 확충하는 특수한 장을 마련할 수 있었다고 생각한다. 따라서 필자는 통속문학의 전통이 어떻게 본토의 문화전통을 계승하였고, 식민주의가 문화적 억압과 상호 침투를 진행하는 가운데 전통문화 자원이 어떻게 동원되고 전화되고

갱신되는지, 또한 그것이 어떻게 타이완에서 현대적 의미를 가진 시민대
중문학으로 전환되는지에 관심을 갖고자 한다. 더불어 이러한 문예 현대
화 과정 속에서 한문이 어떠한 자기 변화를 시도했는지, 또 통속문예의
생산 동력이 상기한 것처럼 변화를 시도했다면 이러한 변화를 촉진시킨
내재적 기제는 또 무엇인지에 대해서도 관심을 갖고자 한다. 통속문예의
문화 동력의 변화는 전통문화 현대화의 다양한 궤적을 보여주는 것이지
만 동시에 식민지 문화주체의 유실(流失)이라는 낙인에서 자유롭지 못한
것도 사실이다. 타이완 한문의 핵심적 현대화 궤적 중의 하나인 한문통
속문예의 이러한 복잡한 성격 변화가 바로 이 글에서 고찰하고자 하는
바이다.

2. 동문주의(同文主義)에서 동화주의(同化主義)로
   −일본 식민주의의 언어통제

일본 식민주의가 타이완에서 진행한 언어통제는 '한문 동문주의'와
'일본어 동화주의'의 양면성을 띠고 있었고, 언어통제정책은 점차 전자
에서 후자로 바뀌어가는 추세였다. 본 장에서는 일본어 교육과 식민통치
원리의 관계로부터 일본 통치당국이 신학(新學)을 창설하고 일본어를 보
급하는 동시에 구학(舊學)을 억압하고 한문을 소멸하게 되는 배경에 대해
살펴보기로 하겠다.

1) 일본어 동화주의

포스트 콜로니얼 학자들이 지적하는 것처럼, 제국주의 억압의 가장 주
요한 특색은 바로 언어에 대한 통제이다. 언어의 통제는 주로 교육을 통

해 차별적인 권력구조를 건립하고 나아가 제국지배에 유리한 진리와 질
서 그리고 현실적 기준들을 수립해 나간다.[1] 일본은 타이완을 식민통치
하게 되면서 일본어를 도입하여 새로운 언어 패권 즉, 이른바 '신어패권
(新語覇權)'을 수립할 수 있었지만, 일찍이 한문화권(漢文化圈)의 일원이었던
자신이 어떻게 적절하게 한문을 배치해야 할 것인가 하는 난제에 동시에
직면하게 되었다. 일본어와 국가 통치이데올로기의 결합은 메이지(明治)
시기에 이미 시작되었다. 민족국가의 건립에 따라 일본어는 점차 농후한
종족주의 성격과 확장주의 성격을 부여 받게 되었다. 일본이 국내 소수
종족과 식민지인들을 대상으로 추진했던 일본어 교육은 일종의 이민족
문화에 대한 억압과 언어침략이라 할 수 있다. 물론, 그 목적은 이민족을
정복하고 타자를 동화시키는데 있었다. 타이완을 점령한 이후 이러한
'근대적 일본어론'은 '동화적 일본어론'으로 발전되어 나갔고, 이는 일본
으로 하여금 일본어 교육이 이민족을 동화시켜 충량한 일본국민으로 만
들 수 있다는 생각을 갖게 하였다.[2] 타이완의 일본어교육은 근대화 / 동
화 담론을 통해 문명과 야만, 지배와 예속의 식민주의적 합법성을 생산
하는 것 외에도 한편으로는 언어민족주의를 통해 혈연민족주의가 이민
족 지배에서 초래하는 파탄을 해소하고 문화통합의 역할을 할 수 있도록
기능하기도 했다.[3] 타이완 일본어문학 연구자 리위후이(李郁蕙)는 이렇게
말한 바 있다. 식민지인의 시각에서 볼 때, 일본어를 학습하는 것은 사실
어떻게 일본인이 되는가의 방법을 배우는 것에 다름 아니었다.[4] 그녀가

---

1) Bill Ashcroft, Gareth Griffiths & Helen Tiffi(著), 劉自荃(譯), 『逆寫帝國 : 後殖民文學的理
   論與實社, 1998年 6月), 頁8~9.
2) 小澤有作, 「日本殖民地敎育政策論一踐」(板橋 : 駱駝出版日本語敎育政策于中心生ヘ氏」, 『東
   京都立大學人文學報』, 第82號, 1971年 3月. 轉引自, 吳文星, 『日據時期台灣領導階層之硏
   究』(台北 : 正中, 1992年 3月), 頁309.
3) 相關硏究參見武, 『殖民地帝國日本旧文化統合』(日本 : 岩波書店, 1996年 3月), 安田敏朗 『帝
   國日本旧言語編制』(日本 : 世織書房, 1997年 12月), 陳培豐, 『「同化」旧同床異夢 : 日本統
   治下台灣旧國語敎育史再考』(日本 : 三元社, 2001).

강조하는 것은 바로 식민구조 속에서의 일본어의 문화통합의 기능과 그
것이 식민주의, 정치통합과의 사이에서 공동으로 형성한 공범 관계이다.

'일본어 / 동화 / 문명화'라는 일본어 동화주의 논리는 타이완 점령 이
후 타이완 총독부에 의해 강조되었다. 일본어 교육과 식민통치의 표리관
계가 확정된 이후, 식민 통치당국은 언어통제가 지배 / 예속의 차이정치
(差異政治)의 기능을 충분히 발휘할 수 있도록 하기 위해서 적극적으로 신
학(新學)을 창설하고 일본어를 보급하기 시작하였다. 이렇게 되면서 일본
어 교육은 점차 방대한 세력을 가진 관제 문화적 성격의 운동, 즉 관 주
도의 문화 개조운동으로 발전되어 나갔다.5) 그러나 공학교(公學校) 교육을
핵심으로 하는 타이완 일본어 교육은 특히 1904년 「公學校規則」을 개정
한 이후, 다중어 / 다문화주의의 원칙하에서 시행된 것이 아니라 본토 언
어를 억압하고 본토 교육전통을 저지하는 문화폭력하에서 '新學 / 新語'로
'舊學 / 舊語'를 억압하는 형태로 전개되었다. 일본어 동화주의가 공학교
교육을 통해 강력하게 주입되기 시작하면서 결과적으로 전통적인 서당(書
房) 위주의 한문교육은 심대한 타격을 입게 되었다. 1910년대 '국어(일본
어)보급운동'이 전개되면서, 여러 차례 한문 폐지의 주장이 있었고, 급기
야 1918년 공학교규칙의 재개정 속에서는 한문과목이 주당 두 시간으로
축소되었다. 또한 1922년 새로운 '타이완교육령'이 반포되면서부터는 한
문은 아예 선택과목으로 바뀌고 말았다. 이후, 각 지방의 교육당국은 걸
핏하면 한문교육이 일본어 학습을 저해한다는 이유를 들어 독단적으로
한문과목을 아예 폐지해버리기도 했고, 타이완어 사용과 타이완어 수업
을 금지하는 조치를 취하기도 했다. 서당 설립의 신청기준노 상낭히 까
다로워졌고, 그것의 관리 및 취체 역시도 날로 강화되어 나갔다. 결국,

---

4) 引文與上述意見, 引自李郁蕙, 『日本語文學與台灣：去邊緣化的軌跡』(台北：前衛, 2002年 7月),
   頁22.
5) 相關討論, 可參見吳文星, 『日據時期台灣領導階層之研究』, 頁310.

1937년 4월, 총독부는 일본어 보급의 강화를 위해 다시금 공학교규칙을 개정하기에 이르는데, 그 새로운 법령 속에는 한문과목을 선택과목으로 한다는 조문마저 아예 삭제되어 버렸다. 이로부터 한문교육은 공학교 교육에서 완전히 축출되고 말았다. '일본어 동화주의'적 사고하에서 한문교육은 동화정책의 천적으로 여겨졌고 결국 어쩔 수 없이 완전 폐지의 운명을 당할 수밖에 없었던 것이다.

2) 한문 동문주의

일본 식민주의가 이른바 '新語霸權'을 수립하였다는 것은 이미 학계에 널리 알려져 있는 공지의 사실이다. 그러나 일본어교육이 일제 강점 초기부터 일방적으로 강조된 것은 아니었다. 이 점에 대해서는 사실 그동안 충분한 논의가 없어왔다. 필자는, 당시 식민정부가 통치계급의 언어를 도입하여 신어패권을 수립한다는 절박한 과제도 안고 있었지만, 동시에 그보다는 절박성이란 면에서는 떨어지지만 오히려 훨씬 다루기 힘든 문제, 즉 식민지 피지배자의 본토 언어를 어떻게 처리할 것인가의 문제에 직면해 있었다고 생각한다. 공통의 문화적 연원이란 차원에서 보면, 한문은 국체(國體) 사상에 대한 이해와 공감을 이끌어내는 데 도움이 될 수 있지만, 그러나 한편으로는 적성(敵性)의 민족 언어를 보존하는 것이 혹여 일본어 보급과 신어패권을 수립하는데 방해가 되는 것은 아닐지, 또 한문이 보존할만한 가치가 있는 것인지, 또 보존한다면 과연 어떻게 보존해야 하는 것인지, 또 보존의 목적은 무엇인지, 식민당국으로서는 여간한 문제가 아닐 수 없었다. 통치 초기, 타이완 총독부는 식민교육을 기획하면서 국체의 주입·국민정신의 배양·식민교화에 대한 지방 유지들의 반발을 무마하는데 상당히 고심을 하였고 그에 대해 대단한 역점을 두었다. 동화개조(同化改造)와 문화온존(文化溫存) 가운데 어느 것에 더 역점을 두어야 할 것인가? 이는 사실 교육현장에서는 한문교육·한문의 보존이 식민개조에 과연 유리할 것인가를 캐묻는 것에 다름 아니다.

일본 연구자 川路祥代의 연구에 따르면, 한문교육의 문제는 20세기 최초 몇 년 동안 식민지 교육 관료와 학자들의 여러 차례의 논쟁을 불러왔고, 그 논쟁의 결과 역시 공학교규칙과 한문서방상관관리규칙(漢文書房相關管理規則)의 개정 속에 반영되었다고 한다. 일본이 타이완을 점령한 최초 몇 년 동안, 교육개조와 문화온존 사이에는 심각한 대립 같은 것은 사실 없었다. 점령 초기 채택한 점진적 통치 때문이기도 하겠지만, 그 외에도 타이완 식민지 교육제도의 창시자이자 타이완 총독부 초대 학무부장이었던 이자와 슈지(伊澤修二)의 정책 및 주장이 중요한 역할을 했기 때문이다. 이자와는 식민지 본토의 교육자원에 대해 상당한 주의를 기울였고 그것을 적극적으로 정책 속에 반영하였다. 그는 '선량한 국민'의 양성이나 국체에 대한 정확한 인식을 가진 '천황신민'의 양성은 모두 타이완 고유의 한문, 유학적 전통을 선용해야만 비로소 가능할 수 있다는 것에 주목하였다. 그는 심지어 '한문' 과정을 도입하기 위하여 '국어' 수업을 과감히 줄이기도 했고, '국어전습소(國語傳習所)'에서의 유학 수업을 통해 타이완인의 일본 정권에 대한 '국가정체성(國家認同)'이 유발되고 함양되기를 기대했다.6) 이자와는 또한 한문 / 유학의 '동문(同文)'적 특성에 기초하여 위에서 아래로의 지배형태 뿐만 아니라, 별도로 아래에서 위로의 정체성 패턴을 작동시키기도 했다. 필자는 이러한 식민주의 사유를 '한문 동문주의'라 칭하기로 한다. 즉 일본제국이 일본과 중국에 공통적으로 존재하는 한문과 유학이라는 문화적 기초를 식민통치와 문화통합 상에서 변형(transformation)시키는 일종의 식민주의 사상 및 담론 그리고 그 실천을 의미한다.

---

6) 參見,「川路祥殖民地台灣文化統合與台灣傳統儒學社會」(成大中文所博士論文, 2002年 6月), 第五章,「日治台灣之敎育統合」, 頁122~179.

일본이 타이완을 점령한 초기, 한학과 한문은 타이완 사회에서 이미 200여 년이란 안정적 기반을 가지고 있었다. 더욱이 과거(科擧)를 통한 출세의 길이 막히게 되면서 자연 지방 사신(士紳)들의 한문교육에 대한 투신이 증가하게 되면서 잠시나마 서당 교육은 부흥기를 맞이하기도 했었다. 우원싱(吳文星)의 연구에 따르면, 당시 한문은 여전히 민간사회의 실용 어문이었고, 본토 중상류 계층은 여전히 한문화(漢文化) 속에서 자신의 정체성을 확인하고 있었기 때문에 이러한 갖가지 이유는 타이완인의 식민 교육과 일본어에 대한 접수를 저해하는 요소로 작용하고 있었다고 한다.7) 그러나 국어전습소와 공학교가 한문교육의 도입을 통해 서당에 다니던 학생들을 흡수할 수 있게 되면서, 식민교육의 기반은 더욱 튼실해져갔다. 총독부는 공학교 과정의 최초 기획 단계부터 이자와의 동문주의를 과감히 도입함으로써 전통적인 유학과 한문을 단순히 배척하지 않는 데에서 그치지 않고 오히려 유가경전 위주의 한문교육을 '독서' 과정 속에 도입, '국민성격을 양성'하는 '덕교(德敎)'의 한 부분으로 삼았다. 이러한 방법은 아주 효과적인 회유책이었다. 그러나 구분해야 할 것은, 川路祥代가 말한 것처럼, 동문주의적 사고 속에서 유학경전은 이 시기 이미 '斯道=천황제 국가이데올로기'를 확충하는 주요 매체로서 기능하고 있었다는 점이다.8) 즉, 이자와가 유학과 한문을 제창한 목적은 천황제 국가이데올로기를 주입하는데 있었던 것이다. 이는 달리 말하면, 유학과 한문을 동화를 촉진하기 위한 유효한 문화적 수단으로 이용하게 될 때만이 비로소 '사도(斯道)'는 긍정되고 보존될 만한 가치를 갖게 된다는 것이다. 이를 통해, 우리는 한문 동문주의의 기본원리는 여전히 동화주의에 기초해 있으며, 단지 이자와가 일본어교육을 동화개조의 절대적 수단으로 주장하지 않았을 뿐이라는 것을 알 수 있다.

---

7) 吳文星,「日據時代台灣書房之硏究」,『思與言』第16卷 第3期, 1978年 9月, 頁65~76.
8) 同上注, 頁136.

'사도'로써 '피도(彼道)'를 선양하는 이러한 교화책략은 초기에는 상당한 효력을 발휘했고, 인정을 받았다. 그러나 '한문 동문주의'적 사고가 언어정책에서 차지했던 주도적 지위는 그리 오래가지 못했다. 1902년 이후, 타이완 교육계의 목소리는 점차 이자와가 제창한 동문주의에서 동화주의로의 전환을 요구하고 있었고, '일본어 동화주의'를 근거로 한 언어 민족주의가 점차 타이완 교육계의 주류로 자리 잡아 나가게 되었다. 일부의 논자들은 한문의 보존이『교육칙어(敎育敕語)』로 대표되는 국가교육의 최고 입장에 저촉되거나 그것을 압도해서도 안 되고, 그것과 동등해서도 안 된다고 주장했다. 그들은 이러한 원칙에 근거하여 타이완 교육계의 한문 동문주의를 '시비불명(是非不明)'의 혼합주의적 사고라고 맹비난을 퍼부었다.9) 교육계 목소리의 변화는, 식민교육 현장의 실천과 훈련 및 검증을 거치게 되면서 일본어『교육칙어』로 직접 국체정신을 주입하는 일본어 동화주의와 유가경전을 교화의 매개로 하는 한문 동문주의의 상호 공존이 더 이상 불가능하다는 것을 의미하는 것이다.

상술한 바와 같이, 한문교육의 존폐는 '식민개조 vs 문화온존'의 정책 논쟁을 불러왔다. 논쟁의 관건은 똑같은 황색 피부와 황색 얼굴을 가졌기에 '주인과 노예를 구분하기 힘든' 한문화권(漢文化圈)에서의 식민관계는 유럽의 백인들이 유색인종을 통제하는 식민형태와 상당한 차이가 있다는 데에 있었다. 식민종주국 일본이 일찍이 중국 중심의 한문화권의 일원이었음은 부정할 수 없는 사실이었기에 일본과 타이완은 매우 혼종(hybidity)적이고 애매한 문화관계를 형성하고 있었다. 따라서 동양문화, 일본한학, 일문한자와 유학, 한문의 연원 그리고 과거 아시아에서 유지되었던 중국문화의 선진성 등은 일본이 타이완의 한문화에 대해 유럽의 식민종주국이 아프리카나 인도 혹은 아시아의 문화를 전면적으로 억압

---

9) 參見, 川路祥殖民地台灣文化統合與台灣傳統儒學社會, 頁155.

했던 것처럼 그렇게 간단하고 합리적으로 처리할 수 없다는 데에 문제의 고민이 있었다. 이런 의미에서 한문교육은 '(일본)동양고전 vs (중국)적성문화 vs (타이완)피지배자 본토언어'의 다중적 모순과 관련되어 있어 식민지의 근본 구조를 위협할 가능성이 상존했다. 즉, 일본 제국의 입장에서 보면, 한문은 일본적 전통이면서도 적성문화이고 심지어 피식민자 문화주체라는 다중적 성격을 가지고 있었던 것이다. 자기의 것이면서도 동시에 자기의 것이 아니고, 존중해야 하면서도 동시에 억압해야 하는 그러한 것이 바로 한문이었다. 이렇듯 처치 곤란의 존재인 한문은 일본의 다중적인 동방자아(東方自我)를 시험에 빠뜨리게 했고, 일본 식민주의의 능력에 도전하고 있었고 또한 후발 제국주의자로서의 일본의 식민 전략을 시험하고 있었다.

'혼종성'은 종속적 위치에 있는 약세문화의 투쟁 지대이며, 언어와 문화의 '혼종성'을 통해 식민종주국의 우월한 문화는 전복되고 치환될 가능성이 있다. 따라서 식민종주국 입장에서 보면, '혼종성'은 위협과 위험으로 가득 차 있다.[10] 이자와 식의 한문 동문주의는 비록 관방의 입장에서 '(타이완) 사도'를 일종의 일본정신을 인식하는 문화도구로 간주했지만 오히려 그러한 일시적 변통과 편의주의로 인해 식민통치를 돌이킬 수 없는 '혼종성'의 갈림길로 이끌 가능성이 있었다. 혼종성의 극복이라는 의문 속에서 한문 동문주의는 급격히 폐기되어갔다. 1904년 3월, 타이완 총독부는 공학교규칙을 개정하면서, '동문주의'적이고 '혼합주의'적인 한문교육방침에 대한 전면적 수정을 통해 공학교 한문과목에서 유학경전을 배제하는 원칙을 확정하였다. 이제 타이완의 교육원리는 문화주의를 고려한 이자와 시기의 절충주의에서 이민족에 대한 동화를 목표로 한 언어민족주의로 조정되기에 이르렀던 것이다.[11] 총독부의 언어와 교육 정

---

10) Homi Bhabha, *The Position of Cultur*(London : Routledge, 1995), pp.13~194.
11) 參見, 武, 『殖民地帝國日本旧文化統合』(日本 : 岩波書店, 1996年 3月), 頁64.

책의 제도적 측면에서, 한문 동문주의의 시대는 막을 내리고 일본어 동화주의가 일방적으로 주도하는 시기로 접어들게 되었다. 그러나 1937년 이후, 중일 전쟁의 다양한 요구와 필요성 때문에 문화통합은 다시금 재현을 요구받게 되었다. 이로 인해 한문 동문주의는 미약하나마 다시 기사회생의 기회를 맞게 되었다. 그러나 그동안 장기적으로 폐기된 채 사용하지 않은 탓에 그 중요성은 상당히 약화된 상태였고 그것의 응용방식 또한 혼종성을 피하는 방향으로 약간의 수정이 가해졌다.

타이완의 교육정책과 언어통제 원리의 이 같은 변화는 한마디로 말하면 '한문 동문주의'에서 '일본어 동화주의'로의 전환이라 할 수 있다. 필자는, 일본 식민주의의 언어통제는 매우 복잡한 양상을 띠지만, 그러나 그 이면을 들여다보면, '동문의 혼종적 모순을 해소'한 '한문 동문주의'와 '신어패권을 수립'한 '일본어동화주의'의 양대 책략에 지나지 않는다고 생각한다. 전자는 식민구조 속의 공통의 기초를 동원하는 것을 목표로 일본/타이완=동문/동종의 수족관계와 한문통합의 임시변통성을 강조하고 있고, 후자는 식민구조 속의 차이정치를 유지하는 것을 목표로 일본/타이완=지배/예속의 주종적 위계와 일본어 동화의 필연성을 강조하고 있는 것이다. 두 원칙의 혼용 속에서 한문 동문주의는 일본어 동화주의라는 주선율에 수반되는 반주와도 같이 각기 다른 통치단계에서 각기 다른 정치 요구에 의거하여 조율되고, 식민주의 언어통제의 완정한 조화를 달성하는데 협조하고 있는 것이다.[12]

---

12) 參見。柳書琴,「從官製到民製 : 自我同文主義與興亞文學(Taiwan, 1937~1942)」, 王德編想像的本邦 : 現代文十台北 : 麥出版社 2005年 5月), 頁63~90.

3. 식민지 타이완의 전통문화체계와 한문교육의 와해
   — 서당 훈장과 닭 모가지 자르기(斷頭鷄)

상술한 바와 같이, 일본의 타이완에 대한 언어통제는 일본어 동화주의를 주(主)로, 한문 동문주의를 보(補)로 하는 것이었다. 타이완 점령 초기에는 동문주의를 채택하여 유학교육과 유학경전 그리고 한문을 모두 허용하였지만, 1902년 이후에는 동화주의가 타이완의 교육정책과 언론의 주류를 차지하게 되었다. 또한, 1937년 이후에는 일본어 동화주의의 발전이 절정에 달해 황민화운동과 국어운동이 결합하게 되면서, 신문의 한문란(漢文欄)이 전면 철폐되기에 이르렀다. 그러나 이와 동시에 태평양전쟁의 요구에 부합하여 한문의 정치적 가치가 재평가되고 쇠퇴일로를 걷던 동문주의가 다시 부활하게 되면서 한문문화 생산에도 미약하지만 약간의 숨통이 트이게 되었다. 비교적 고분고분한 입장을 취하고 있었던 한문 통속잡지 『風月報』가 특별히 발간이 허용된 것이 바로 그 예이다. 이후, 『風月報』는 동문주의 연역(演繹) 공간의 하나로 자리매김 되기에 이른다. 그러나 전체적으로 볼 때, 그것이 한문 소멸정책이든 개조정책이든 한문교육과 전통문화가치의 존속에 심각한 위해를 끼쳤다는 점에서는 마찬가지였다. 본 장에서는 1930년대, 40년대에 주로 활약했던 작가 장원환(張文環)의 시각에서, 텍스트 속에 드러나는 유학 / 한문과 식민지 전(前) 사회의 문화단절의 모습을 통해 피지배자의 민족어와 그 소속 문화체계가 분리되고 그로 인해 저속화되고 형해화 되어버린 창상(滄桑)의 역사를 재현해 보고자 한다. 이른바 식민 2세대에 속하는 장원환은 유년 시절 수년 간 서당에 다닌 경험이 있기는 했지만 사실상 일본어세대 지식인이라고 해도 과언이 아니다. 「논어와 닭(論語與鷄)」(1941)[13]은 그의 전

---

13) 張文環, 「論鷄」, 原刊, 『台灣文學』 1 : 2, 1941年 9月, 本文參考, 中島利郞(等編), 『日本統

성기 대표작 중의 하나로, 식민지 유학교육의 와해가 소설의 중요한 주
제로 설정되어 있다. 타이완이 할양되기 이전, 관학(官學)과 민간 홍학(興
學)이 보급되고 서원(書院) 서당이 각지에 설립되는 등, 타이완에서의 유
학의 역사는 거의 200여 년에 달한다.[14] 소설은 민속 / 예법에 관한 몇
가지 에피소드[15]를 둘러싸고 한학교육의 몰락과 본토 가치의 변화에 대
한 신구(新舊)가 뒤섞이고 모순이 가득한 정서를 포착해나가고 있다.

　소설의 무대는 산속 분지에 위치한 편벽한 촌락이다. 그 옛날 한인사
회는 이 땅에 뿌리를 내린 이후, 대가족을 형성하고 그 자손들이 번성하
고 또 그 자손들이 문무과거(文武科擧)를 통해 출세를 하게 되면서 가문의
번영을 유지할 수 있었다. 그러나 세월이 변해 과거가 폐지되면서 서당
만이 간신히 그 명맥을 유지하고 있었다. 더욱이 식민정부의 손길이 아
직은 이 산골 마을에까지 미치지 못한 탓에 기본적인 전력공급조차 이루
어지 않고 있었다. 이른바 '문명'을 표방하는 식민주의 현대화의 물결은
아직 이 마을에는 요원한 것이었다. 주인공 소년 위엔(源)의 대가족 집안
도 이미 몰락한 상태였다. 마을에서 조금 떨어진 곳에 공학교가 있었지
만 아버지는 여전히 서당에 다닐 것을 고집했기 때문에 위엔은 서당에서
공부를 하게 되었다. 정해진 날짜에 훈장 선생에게 월사금을 갖다 바치
고 새벽에는 공자 사당에 가 제를 올리고 사당을 청소하고 훈장 선생을
위해 차를 끓이는 등은 서당에서는 당연히 해야 하는 의례처럼 되어 있
었다. 그러나 이렇듯 엄숙하고 틀에 박힌 서당과 비교해, 공학교의 일본
어 교육과 다양한 학습 과정(그림책, 음악, 미술, 체육), 현대적인 교모(校帽)
등은 항상 위엔의 관심을 불러일으키기에 충분했다. 그럴수록 그는 서당

　　治期台灣文學‧台灣人作品集』第四卷(東京：綠蔭書房, 1999年 7月), 頁165~180.
14) 參見, 陳昭瑛,『台灣文學與本土化運動』(台北：正中書局, 1998), 頁283.
15) 有關文武科擧, 書房儀禮, 弟子之禮, 長幼之序, 男女之別, 村落祭典, 道教戒律, 民間慣習,
　　警察體系的描寫, 均有呼應主旨的作用.

의 생경한 교육을 자신을 감금하는 것으로 여기게 되었고, 전승적 의미를 가진 민간 제전(祭典)이나 쿵푸(工夫), 뤄꾸쩐(羅鼓陣) 마저 우스꽝스럽고 창피한 잡기쯤으로 보였다. 그래도 어린 시절 서당에서 "항상 매를 맞고 눈물을 흘려야" 했던 아버지에 비한다면 위엔은 자신이 그 시대에 태어나지 않은 것을 다행으로 생각했다.

위엔의 눈에, 산촌(山村)에서도 "일본 문명을 주장하는" 시대이고, 더군다나 무과시험(武擧)의 정신은 제전의 무술 놀이 속에서나 명맥을 유지하고 있고, 문과시험(文擧)도 몰락의 길로 치닫기는 마찬가지인데, 아버지는 그렇게 생각하지 않는 것 같았다. 여전히 아버지는 공도(孔道)나 경전 그리고 선생에 대한 공경심을 가지고 있었고, 위엔의 교양에 대해서도 유가의 예법에 의거하기를 강요하였다. 아버지는 위엔에게 『논어』에 나오는 예(禮)에 대해 이야기할 때면, 근엄했던 얼굴마저도 부드러워질 정도였다. 여타 다른 집안의 가장들 역시 이러한 문화 정체성과 가치 정향에 따라 서당을 옛 성현의 '학문'이 존재하는 곳으로 여겼다. 식민지 이전의 교육체계와 이러한 체계에 부속된 문화적 가치는 '아버지(父親)'로 상징되는 한학을 통한 입신출세의 세대에 의해 유지되었다. 아버지, 위엔 그리고 도학(道學)을 가장한 훈장 선생, 이 삼자는 한학에 대해 각기 다른 태도, 즉 동질화, 회의, 물화(物化)·이화(異化)의 태도를 취한다는 점에서 대조를 이루고 있다. 위엔은 여러 방면에서 식민지 이전의 교육체계와 문화적 가치의 생소함, 그에 대한 소외와 생경함을 표하고 있다. 그럴 때마다 그는 아버지의 감시의 시선을 의식해야 했다. 아직은 어린 위엔은 한학이 담지하고 있는 사회적 기능과 문화적 의미를 이해하지 못하기에, 아버지의 엄정한 태도를 이해할 수 없다. 또 한편으로는 서당 훈장 선생의 게으름과 나태에 대해서도 의혹은 눈길로 바라본다. 소설은 이러한 과도기적 세대의 회의적 사고 위에서 전개되고 있다.

이야기는 우란분(盂蘭盆) 제전이 다가옴에 따라 마을의 청년들이 밤늦

게까지 불을 피운 채 달빛에 의지해 사자춤, 쿵푸, 뤄꾸쩐을 연습하면서 무료했던 마을이 일시에 활력이 넘치게 되는 것으로부터 시작된다. 그런데 제전을 준비하는 사이, 두 명의 농부가 대나무 채빌 문제로 싸움을 벌여 파출소까지 가게 되는 사건이 발생한다. 그러나 순사도 이에 대해 속수무책이라 이들은 하는 수 없이 닭의 머리를 자르는 것으로 시비를 가리기로 한다. 왁자지껄한 소리에 촌민들은 물론이고 훈장 선생이 없는 틈을 타 위엔 등 서당의 학동들까지도 싸움구경에 나서게 되었다. 구경꾼들은 '여우잉꿍(有應公)'이 모셔진 마을 밖 절벽 아래 동굴 앞까지 몰려가 이 끔찍한 장면을 보게 된다. 닭의 머리를 자르는 것은 어수선함 속에서 그럭저럭 마무리가 되었지만, 공교롭게도 그 때 사용했던 닭을 훈장 선생이 쫓아가 잡는 것을 위엔이 보게 된다. 위엔이 아버지와 선생 등을 통해 주입받았던 예법과 사도(師道)는 이러한 추태에 가까운 장면을 목도하게 되면서 완전히 추락하고 만다. 얼마 후, 부모들도 서당에서의 각종 난상들을 알게 되면서 잇달아 자식들을 서당에 보내지 않게 된다. 이러한 일이 있은 후, 서당은 회복 불가능할 정도로 쇠락해 간다. 그러나 뜻밖에도 그토록 공학교에 다니기를 열망했던 위엔의 마음속에서는 왠지 알 수 없는 실망감이 느껴진다.

서당에 다니는 것을 달가워하지 않았던 위엔이 왜 실망감을 느꼈을까? 사도의 추락 때문이기도 하겠지만, 혹시 본토 지식체계와 문화도통(文化道統)의 쇠락한다는 위기감을 모호하게나마 깨달았던 것은 아닐까? 과거제는 이미 폐지되었고 식민세력은 아직까지 이 궁벽한 시골에까지 손길이 미치지 못했지만, 한문의 실용적 기능과 유학의 문화적 기능 그리고 그것의 정신적 가치는 여전히 서당과 가정교육을 통해 민간 사회에 면면히 흐르고 있었다. 마을 사람들의 마음속에 영원히 『논어』만을 가르칠 것으로만 생각되었던 이 훈장 선생은 어찌 되었든 여전히 신성한 도통의 전승자임에는 틀림없다. 그러나 서당 교육과 그것이 근거하는 한인문화・한학전통・과거제도는 이미 쇠락하였기 때문에 자연 제도의 상실과 문화적 양분의 유실 그리고 실용적 가치의 하락이 가져온 몰락을 더 이상 피할 수 없었다. 일본어 위주의 식민교육이 확장되는 속에서 도통의 쇠락은 불가피한 것이다. 이 논어 선생은 그 누구보다도 현실의 냉혹함을 잘 알고 있었던 듯하다. 그래서 그는 가르치는 걸 게을리 하였던 것이고 심지어 자기 자식들에게마저 서당에서 공부할 것을 강요하지 않았던 것이다. 서당 밖에서 비오는 날 사람들을 모아놓고 옛날이야기를 해주고 삼국지 이야기를 할 때만이 그의 권위는 인정을 받았고 그의 목소리는 "점점 더 열을 올리며 커져갔다." 옛 성현의 도통이 이미 쇠락한 이상, 선생이 유지할 수 있는 마지막 권위는 그저 통속 소설이나 전통 장고(掌故)에 대해 이야기할 때나 마을 사람들과 어울릴 때만이 남아 있었다. 그러나 중요한 것은 바로 이러한 과정 속에 경전이나 도통이 민간화되고, 하층화되는 모습이 보인다는 것이다.

  '닭의 모가지를 자르는 의식'은 명예와 생명을 걸고 시시비비를 가리자는 민간의 고유한 판결의식으로, "타이완에서 서약하는 형식 가운데 최고의 방법이라 할 수 있다. 그러나 이 방법을 쓰게 되면 설사 죄가 없다 하더라도 쌍방이 부담을 똑같이 나눠 갖게 된다."(「論語與雞」, 32~33면) 이 사건은 마을 사람들에 대한 선생의 권위가 더 이상은 의미를 갖지 못한다는 것을 폭로하고 있다. 이 소유권 분쟁이 결국 법률로써도 도덕으로써도 해결이 안 되고 오로지 민간의식을 통해 판결이 난다는 것은, 법률(식민종주국)과 예법(본토적 가치) 모두 적어도 이곳에서는 무용의 존재라는 것을 보여주고 있다. 마을 최고의 법치 단위라 할 수 있는 파출소도 강제적 수단에 의해 중재할 수 없고, 신성한 문화의 마지막 대리인이라 할 수 있는 서당의 훈장 선생도 적극적으로 중재자를 자처하여 나선다거나 또 마을 사람들에 의해 중재자로 천거되지도 못한다. 선생은 마을 사람의 다툼에 전혀 관심이 없고 중재하겠다는 생각이나 어떤 책임감 같은

것도 전혀 가지고 있지 못하다. 이는 그가 서당 훈장으로서 과거 사회로
부터 부여받은 사회 지도층의 신분마저 스스로 자각을 하고 있지 못하다
는 것을 의미한다. 도학이란 가면 뒤에 숨어 있는 행동과 생각의 불일치,
언교(言敎)와 신교(身敎)의 파탄은 죽은 닭을 수습해 돌아오는 장면에서 마
을 사람들에게 여지없이 폭로되고 만다.

　한학 선생의 이러한 추태 장면은 식민교육과 문화개조가 야기한 것으
로 결국 사회 내부의 예법(도덕적 가치)의 와해를 의미하며 그것의 회복
불가능성을 예고하는 것이다. 도통의 대리자로서 훈장 선생은 마땅히 예
법을 가르쳐야 하고, 솔선하여 예법을 실천했어야 했다. 사건 발생 전,
서당에서 배운 「향당(鄕黨)」 제10편을 두고, 아버지는 위엔에게 이것의
주제는 '예법을 준수'하는 것이라고 말한 적이 있다. 부자지간에 예를 두
고 이야기하는 이 부분에서 소설의 주제의식이 표명되고 있다. 「향당」
27편에는 공자의 예에 대한 태도와 실천이 집중적으로 기록되어 있다.
공자는 각각의 경우에 따라 낯빛과 언동, 의식주, 일거일동을 달리 했는
데 이 모두 예에 부합하였다고 한다. 소설에서는 제10편의 앞 구절인 '鄕
人飮酒, 杖者出, 斯出矣'[16]를 인용하고 있을 뿐, 그 뒷 구절인 '鄕人儺,
朝服而立於阼階'는 인용하지 않고 있는데, 사실 이 두 구절 모두 소설의
주제와 관련되어 있다. 공자는 「鄕飮酒禮」와 「儺禮」 속에서, 어른을 공
경하고 손님을 존중하며, 예법을 숭상하고 나아가고 물러남에 구분이 있
어야 한다고 했다. 소설은 바로 이를 빌어 공동체 의식과 예의 정신 그
리고 사도의 전범을 제시하고 있으며 더불어 이를 근거로 성현의 도통(예
의 근본)과 민간의 습속(예의 分流)에 대한 훈장 선생의 경솔함을 비판하는
복선을 깔고 있는 것이다. 「論語與雞」이 독자들의 뇌리 속에 새겨놓은
것은 선생이 피투성이인 채로 굴러가는 죽은 닭을 챙기는 장면이다. 서

16) 張誤記爲, 「鄕人飮酒杖者出斯矣」.

약에 사용하는 희생물이 선생의 저녁거리가 된다는 것은 신성한 도통이 생계수단의 도구로 전락하고 있음을 의미하는 것이다. 닭의 모가지를 자르는 것은 식민지 이전 사회의 제도적·문화적 체계와의 단절을 의미하며 머리가 잘린 한학전통을 상징한다. 전통적 지식인의 타락과 한문교육의 쇠락이라는 문화적 참상을 스쳐지나가면서 신세대는 오로지 식민교육의 길로 일로 매진한다.

일본어 신지식인 세대이기는 하지만 장원환은 오히려 평생을 농촌생활과 전통가치에 대한 식민통치의 파괴를 묘사하는 데 주력하였다. 일찍이 농촌생활이 가지고 있던 모든 것은 식민정치와 문화체계의 침입하에서는 필시 눈 위의 기러기 자국처럼 지나간 흔적처럼 과거의 것이 될 것이다. 안빈낙도의 독서인적 풍골을 거스른 채, 타락과 추태를 저지르는 훈장 선생의 모습은 위엔(동시에 장원환) 등의 신세대로 하여금 '한학/전통적 문화체계'에 대해 처음으로 무언가를 느끼게 했다. 그러나 이러한 느낌은 그저 그것의 몰락이 이 지경일까 하는 놀라움에 지나지 않는다. 자신의 민족문화의 사망에 대한 통감은 소설 말미에 이렇게 침묵 속에서 깊게 마음에 새겨진다.

4. '전통문인'의 세대 변화

「論語與雞」은 서당의 몰락을 통해 한문교육과 전통가치의 변화와 해체를 그리고 있다. 훈장의 몰락사는 시대적 추세에 따라 쇠잔해가는 한학교육을 상징하며, 사회 전체의 작동과 연계되어 있는 성현의 도통이 사인교육(私人教育), 시정문화(市井文化) 그리고 호구지책으로 전락하는 창상의 역사를 상징한다. 훈장 선생이 손에 들고 결코 놓지 않으려고 하는 한문교육은 결국 모가지가 잘린 닭의 신세처럼, 본토문화가 식민주의의 파괴로 몰락하고 소외되면서 호구의 방편으로 전락한 신성한 주검의 신세가 되었다. 전통문화체계가 붕괴되고 한문교육이 쇠락하면서 전통 지식인들은 식민지 현대화 과정 속에서 낙오자가 되었다. 이 소설의 내용은 결코 어느 한 개인의 이야기가 아니라, 당시 타이완 지식층의 보편적 처지에 대한 은유이다. '전통문인(舊文人)'이란 말은 1895년 이후에 새롭게 생긴 신조어로, 일제 시기 한문문예 창작계층의 공통의 이름이다. 그러나 이 공통의 이름 뒤에서 그들은 꾸준한 전승과 지속적인 변화를 통해 세대의 변화를 이루고 있었고, 그 가운데에서 동중유이(同中有異), 이중유동(異中有同)의 정신구조와 문화태도 그리고 비판유형을 간직하고 있었다.

'전통문인'이 의미하는 것은 무엇인가? 필자는, 전통문인은 일종의 '주체인동(主體認同)'이며 일종의 '문화상상'이라고 생각한다. 그러나 이러한 주체들이 특정한 사회적 인식을 형성하기 이전에 이미 정시하지 않을 수 없는 더욱 더 근본적인, 문인계층과 문인의식의 특성을 결정하는 모종의 사회적·역사적 조건이 존재하고 있었다고 생각한다. 그 가운데 장역(場域)과 세대는 가장 상징적인 조건이라 할 수 있다. 전통문인은 특정한 세대의 지식계층이다. 그들은 특정한 결사(結社), 글쓰기, 열독, 창수(唱酬), 음창(吟唱) 등, 각기 특정한 장역에서 활동하며 시사아집(詩社雅集)과 한문교육을 통해 서로 유사한 문화 번영을 달성하고자 했다. 그러나 문화 발전의 과정 속에서, 사회문화의 변천에 따라 발생한, 그래서 스스로도 파악할 수 없는 어떤 문화적 차연(cultural differances)들을 만들어 낸다.[17] 그러나 타이완 '전통문인'이란 말이 출현하게 된 맥락은 중국 청말 민초의

---

17) 「延異」係德里達術語, 由"差異"(difference)和"延緩"(deferment)兩個詞合成. "延異"與邏各斯中心主義(logocentrism)恰好相反, 邏各斯中心主義假設固定意義的存在, "延異"卻表示最終意義事實上是一再被延緩, 不斷由它與其他意義的差異中得到標識. 從而意義永遠都是相互關聯的, 而非自主存在或可自我完成的. 本文所謂的漢文文化的發展與延異, 卽借重這樣的觀點, 探討通俗文藝在不同世代的生產消費過程中, 漢文文藝開創出哪些生產／消費的型態與道德, 以及不同型態與道德之間存在何種意義的延異.

'과거제 폐지, 신학 건립'이란 배경과 완전히 동일하지는 않다. 그것은 주로 식민통치란 요소가 개입되어 있기 때문이다. 일본이 타이완을 점령하면서 가지고 들어온 대규모의 일본식 교육은 과거제도의 철폐보다도 훨씬 더 분명하고 강력하게 신구 지식인 세대의 차이와 간격을 만들어냈다. '전통문인'은 자아와 타자의 상호 작용 속에서의 일종의 선택이자 자기동일시이며 구조이다. 그러나 이러한 구조는 식민통치의 특정한 정치 사회 문화 역사 조건하에서 생산된 결과이다. '전통문인'의 역사 현장 속에서의 칭호는 구(舊)문인, 구시인이며, 신/구 의식과 한(漢)/비한(非漢) 의식은 그들 자신의 자기 동일시 혹은 타자에 의해 부여된 것이다. 이 '구(舊)'라고 하는 것은 두 가지 방면에서 기원한다. 하나는 심리적 차원에서 구국(舊國)의 문화 유민(遺民)으로서의 '구'이며, 또 하나는 문화 공공 영역 속에서 서학(西學)/신학(新學), 신문화/신문학 운동과 상대되는 '구'이다. 전자는 일종의 자기 선택이며, 후자는 일종의 강제로 부여된 명명이다.

타이완 역사에서, '구문인'이라 칭할 만한 자격이 있는 지식인 세대는 주로 교육이 이미 완성된 시점에 1895년 타이완 할양이라는 중대한 역사적 변화와, 1920년대 신구문학논전으로 촉발된 문화주도권의 변화라는 이중의 충격을 겪으면서,[18] 그러한 '이중적 구화(雙重舊化)'의 경험과 충격 속에서 걸러진 사람들이다. 謝雪漁(1871~1953), 李逸濤(1876~1921), 王石鵬(1877~1942), 連橫(1878~1936), 林佛國(1885~1969), 鄭坤五(1885~1959), 魏淸德(1886~1964), 張純甫(1888~1941) 등이 바로 이 세대에 속하는 사람들이다. 이 세대는 과거와 유학교육을 거쳤고, 그 가운데 적지 않은 사람들이 과거 시험을 보았다. 이 세대는 할양 속에서 분노와 공포를 경험했고, 직접 베이징에 가서 할양에 반대하는 청원을 한 사람도 있었다. 이 세대는

---

18) 新舊文學論戰以帶狀形態存在於1924~1942年間, 但是以1924年到1930年爲最集中的時期, 經過五, 六年的論戰, 新文學成功取得了台灣文化生産的領導權與典範地位. 參翁聖峰, 「日據時期台灣新舊文學論爭新探」(輔仁大學中國文學研究所博士論文, 2002年 7月).

국적 선택의 경험도 가지고 있다. 그 가운데에는 중국으로 돌아가 자신의 조상이 살던 고향에서 살려고 했던 사람도 있었다. 이 세대 중에는 타이완으로 건너온 1세대 일본인 관료와 한시(漢詩)를 통해 교류하면서 타이완 총독부에서 베푸는 연회나 주연에 서 상객(上客)의 대우를 받았던 사람도 있었다. 또 평생을 기민(棄民)적 정체성을 가지고 산 사람도 있었다. 이 세대는 신문학운동의 주창자 장워쥔(張我軍)에 의해 '낡은 초당 속의 진부한 문인'으로 칭해졌던 사람도 있었다. 그들 가운데에는 連雅堂, 鄭坤五, 羅秀惠(蕉麓) 등의 소수만을 제외하고는 공개적으로 자기 신분을 밝히며 응전했던 사람은 많지 않았다. 이 세대는 결사(結社)에 열심이었다. 그들은 일제 시기 시사(詩社), 문사(文社)의 창립자이거나 정신적 지주였다. '최일선에서 사문(斯文)을 지키겠다는' 사명감이 그들로 하여금 위기의식이 충만해 있고, 새로운 가능성이 충만해 있는 한문 문화공동체를 공동으로 창립케 하였던 것이다.

청이 지배하던 210여 년 동안, 타이완 사회는 이미 일정한 유학 전통을 형성해가고 있었다. 그러나 돌발적인 타이완 할양의 국면은 이 세대 문인들에게 일종의 전조(前朝) 재자(才子)로서의 기민(棄民)과 유민(遺民)의식을 불러일으켰다. 신민(新民) / 신국민(新國民)과 상대적으로, 기민 / 유민의 영락(零落)의식과 집체경험은 그들 이전 세대에게서는 찾아볼 수 없는 것이었다. 나아가 신문학운동이 발생한 이후, '구문인'의 이러한 '구' 의식은 '신학 / 서학', '신문학 / 신문화'의 반대편에 위치 지어짐으로 해서 더욱 강화되고 문제화되었다. 문인활동의 장역 안에서 본격적으로 구문학과 신문학의 대립과 분화가 발생하기 시작하면서, 구문인의 구화(舊化) 과정은 절정에 달한다. 이러한 이중적 구화의 충격을 경험한 세대가 곧 '전통문인'의 표준적인 지칭대상이다. 그러나 '전통문인'은 일반적으로 생각하는 것처럼, 새로운 시대의 거대한 수레바퀴 밑에서 그저 천수를 다하고 죽는 시대의 낙오자는 결코 아니었다. 오히려 그들을 식민통치 초기

가장 적극적으로 식민통치자와 문화적으로 대립과 협력을 진행했던 사람들이라고 하는 편이 나을 것이다. 그들은 고유한 문화자원과 문화책략을 가지고 있었을 뿐 아니라 더욱이 계층 내부의 문화 파생의 능력도 가지고 있었다.

연령의 차이와 문화적 차연의 관점에 정신적 풍모, 문화적 위치, 비평 책략, 문예의 생산과 소비 패턴의 차이를 덧보태면, 전통문인과 그들이 파생해 낸 문화집단을 세 개의 서로 다른 세대로 구분해 볼 수 있다.[19] 전통문인 곧 '조대(祖代)'(1860~1885)는 대부분 지방 유지계층이나 학자 집안의 자제들로 비교적 집안 형편이 넉넉하고 상당 기간의 유학교육 경험을 향유했던 사람들이다. 그들은 주로 청말 문예활동이 전에 없이 번성했던 1860~1888년 사이에 태어나 전대의 유학전통을 상당부분 이어받았고 과거 시험의 경험을 가지고 있는 자들이었다. 따라서 그들은 비교적 완정한 한문적 교양을 가지고 있었기 때문에 서당을 개설하고 시사와 문사를 창건하고 본토의 문사(文史)와 전저(專著)를 정리 편찬하고 신문 잡지 등의 간행물 편집에 참여하여 활약할 수 있는 우수한 능력을 가지고 있었다. 을미년 타이완 할양이 불러온 정치적 대격변과 문화단절이 1860년 타이완 개항 이래 30여 년간 홍성했던 문풍을 일시에 좌절시키기는 했지만 타이완에 온 일본 관료와 신사(紳士)들이 대부분 전통 한학적 소양과 여기서 파생된 서화(書畵) 능력을 가지고 있었던 탓에 이를 바탕으로 타이완 점령 초기 타이완 신상(紳商)과 일본 관신(官神) 간의 교류가 이루어졌고 이는 곧 정치적으로 회유의 기능을 담당함으로써, 단기간에 타이완 구지도층의 동요를 잠재울 수 있었다. 이후 饗老典(1898), 揚文

19) 此世代分類, 係筆者根據能夠理解儒學經典, 操作古典漢文, 藉此從事漢文文化讀寫論議的台灣文人實際的年齡與文化表現. 所歸納和推算出來, 作爲「傾向分析」而使用的一個簡易的「文化世代」概念, 世代分界線前後不乏具有雙重特質或過渡性特徵難以絕對割分世代的人物, 但是基本上越接近世代中間年齡者, 世代特徵越單.

會(1900) 등을 통해 제세안민(濟世安民), 구제진휼(救濟賑恤), 교충교효(教忠教
孝), 수보묘우(修保廟宇), 정표절효(旌表節孝) 등을 강조하거나, 한문화의 인
정관(仁政觀)이나 도덕관에 부합하는 경로존현(敬老尊賢)에 대해 표창식을
거행하거나, 혹은 타이완과 일본의 관신들이 함께 할 수 있는 각종 연회
나 시회아집 등의 사교모임을 개최하는 등의 형태로 엘리트 계층의 민심
을 안정시켜 나갔다. 그러나 동문주의의 운용하에서 전개되는 이러한 행
동들은 타이완 할양 시기의 문인계층으로 하여금 구국(舊國) 문인으로서
의 의식을 버리게 할 수 없었고, 한문/유학에 대한 자신감과 자신의 엘
리트 의식을 누그러뜨리게 할 수 없었다. 격변과 위기 속에서 그들은 하
나의 새로운 한문적 상상의 공동체를 형성해 나갔고, 일본통치가 도입한
또 다른 종류의 한학과 각종 신학의 충격 속에서도 한문/한학의 새로운
가능성을 사고함으로써, 전통문화를 유신(維新)시킬 수 있는 기획의 주력
이 되었다. 또한 학회(學會)적 성격의 조직이나 신문의 부간(副刊)을 통해
서학의 전파와 전통 유신의 주동적인 역할을 담당하였다.[20] 1920년대
이전까지만 해도 그들은 나 아니면 누가 하겠는가 하는 엘리트 지식인으
로서의 소명의식을 가지고 적극적이고 개방적으로 전통 갱신의 가능성에
대해 사고하는 가운데 정치, 문화, 지식의 공전의 변화 추세를 받아들였
다. 이는 한문문예의 공공적 영역에서 활약한 사람들의 공통된 특징이다.

그 첫 번째 파생 세대라고 할 수 있는 '부대(父代)'(1886~1910)는 중불전
쟁이 끝나고 유명전(劉銘傳)이 타이완 최초의 현대화 기획을 추동했던 역
사 변동기에 출생한 사람들이다. 이 '부대'를 근거로 '조대'를 결합시키
는 방식으로 공동의 편집진과 필진을 구성한 『三六九小報』 동인들이 그
대표라고 할 수 있다. 타이완 최초로 신구교육을 모두 경험한 부대는 이
전 세대의 전통문화 관념을 계승하고는 있었지만, 일본문화에 찬성하지

---

20) 參見, 黃美娥, 『重層現代性鏡像 : 日治時代臺灣傳統文人的文化視域與文學想像台北 : 麥』,
2004, 頁288.

않으면서도 신문화인들이 추동하는 문화개조운동에도 찬동할 수 없었다. 따라서 창작과 교유의 네트워크는 여전히 전통문인에 한정되어 있었다. 신학과 한학의 단절과 충격 속에서 배회하던 이 세대는 정신적으로 명확한 문화단절 증후군을 갖고 있었지만, 조대에 비해서는 보다 다원적인 사회 생존능력을 가지고 있었다. 시사와 문사는 그들이 한학적 교양을 함양하는 요람이 되어주었고, 시간(詩刊)이나 문집(文集) 그리고 통속소설은 그들의 문화비평을 진행하고 정서와 정체성을 유지할 수 있는 기지가 되어주었다.

그러나 조대의 유신정신과 비교해 볼 때, 부대가 보여준 것은 그 본래의 취지와는 크게 다른 퇴폐적 정신이었다. 정보의 생산과 전파라는 측면에서, 『三六九小報』는 『台灣日日新報』의 관보(官報)적 특징이나 일문(日文)을 통해 세계의 지식과 정보를 번역 전달하는 특징과 비교해 볼 때, 혹은 '신학회(新學會)'를 통해 타이완과 일본의 지식인들이 공동으로 참여하는 형식과 비교해 볼 때, 은근히 또 다른 종류의 문화 순종주의(純`種主義)를 표방하고 있었다. 『小報』는 거의 순수 타이완 문인들만의 무대였다. 이 잡지가 전재하거나 소개한 지식과 정보는 거의가 중국의 간행물에서 옮겨 온 것이었다. 또한 서학/신학에 대한 소개 역시도 그 비중이 매우 제한적이고, 그것이 채택한 '본토한학/문화중국'의 편집 풍격과 문화 입장도 1920년 이전 『台灣日日新報』상에서 나타난 '본토한학/세계신학'의 취지와도 달랐다. 한마디로, 『三六九小報』의 문예 생산의 경우, 1930년대 한문지식 생산의 주조(主調)는 일본에서 서방으로 향하는 유신정신으로부터 타이완에서 중국으로 향하는 문화 수성주의(守成主義)로 이미 대체되었다.

두 번째 파생 세대인 '손대(孫代)'(1911~1935)는 일제시기 한문문예의 생산과 소비의 마지막 세대이다. 신문화/신문학운동이 고전(古典)에 대해 격렬하게 반대하던 시대에 출생하여 성장한 그들은 아버지와 할아버지

세대가 한문교육을 중시하고 일상생활에서 한문 쓰기를 강요한 탓에, 그 밖에 한때 유행했던 擊鉢吟哦, 附庸風雅, 文化社交에 대한 흥취 때문에 한문 학습과 창작의 대열에 참여하게 되었다. 손대는 비록 이전 두 세대와 가정성(家庭性), 정감성(情感性), 문화성(文化性) 면에서 전승적 관계에 있었지만 한문적 교양이 상대적으로 부족하였기 때문에 문화전승, 문화책임, 정신정감 상에서의 공명(共鳴)은 그다지 깊지 못하였다. 문화활동의 장역 또한 중첩되는 부분이 극히 적었다. 그것은 우리가 『三六九小報』에서 볼 수 있었던 그러한 과도기적 세대가 아니라, 전화(轉化)가 완성된 세대였다. 그것은 현저한 문화상실 증후군이나 이중 교육을 통해 나타나는 초조감 같은 것은 더 이상 가지고 있지 않았다. 또한 할양 세대가 갖는 과도기적 특징도 없었다. 연령의 분포상 청년세대나 갓 결혼한 세대에 속하는 이들 젊은이들에게는 조대의 그러한 심후한 문화적 소양도 없었고 부대의 그러한 풍자적 비평의 소양도 없었다. 더욱이 신문학 장역 속에서 용감히 옛 것을 버리고 새 것을 받아들이는 소년영웅이나 현대 문예창작 능력에 숙달된 일본어 작가와도 달랐다. 그들의 작품 속에는 신기한 이야기나 혹은 놀랄만한 문체도 발견되지 않았다. 또 깊은 인상을 주는 의제나 기획 능력도 없었고 주목할 만한 담론의 주도성도 보이지 않았다. 그들은 당시 새롭게 발흥하는 타이완 한문대중문학 시장의 신예부대이기는 했지만 그들은 깊이 고찰하고 연구할 만한 그런 확정적이고 안정된 집단은 아니다. 그들은 한문문예 시장에 갑자기 나타난 신진문인들이기는 하지만 당시 타이완 문단의 저급한 집단에 불과했다. 단지 이 가장 새로운 세대가 흥미를 끄는 것은 백화 한문으로 타이완의 현대 독자군을 조직하고 한문의 대중화를 시도함으로써 대중문화를 선도하고 여론을 형성하는 측면에서 그들 나름의 독특한 열정과 민감도 그리고 능동성을 반영하고 있기 때문이다. 『風月報』 집단이 그것의 대표라고 할 수 있다.

5. 한문 현대화의 상황과 통속문예 잡지

아래에서는 첫 번째 파생 세대를 대표하는 『三六九小報』와 두 번째 파생 세대를 대표하는 『風月報』를 예로 들어, 식민지 타이완의 한문 현대화 발전의 과정에 대해 간략하게나마 서술해 보기로 하겠다. 식민 상황 속에서 한문 전통문예가 아(雅)와 속(俗), 주류와 지류, 엘리트와 대중 사이의 심미(審美), 문체(文體) 그리고 이데올로기의 은유 구조 속에서 어떻게 차이화되고 계서화되고 주변화되는지, 또 전통문화 엘리트와 그 파생 세대는 어떠한 문화적 책략과 비평적 입장을 선택하여 이러한 문화 변동과 가치 요동에 대응하는지, 이러한 것들이 본 장에서 토론해야 할 중요한 지점들이다.

1) 『三六九小報』 집단

우선, 『三六九小報』 집단에 대해 소개하기로 하겠다. 『三六九小報』는 1930년 9월에 창간되었는데, 3일, 6일, 9일째 되는 날에 발간이 되기 때문에 '三六九'라 명명하였다 한다. 『小報』는 5년간의 발행 시기 동안 총 479호를 간행하였다. 또한 타이완 小報(타블로이드)의 선구자로서, 1935년부터 1941년까지의 기간에 걸쳐 중요한 한문 통속문예 잡지라고 할 수 있는 『風月』(1935. 5~1936. 2), 『風月報』(1937. 7~1941. 6)의 창간을 이끌었다. 그것은 신문이나 잡지 등에 끼어 있는 간행물로, 시사 보도를 목적으로 하는 것은 아니었다. 그것은 편집 기획이나 지면 배정, 글의 문체나 형식, 문언이나 백화 같은 용어 등의 각 방면에서 종합적 성격을 가지고 있었다. 또한 발행기간이 짧고 금방 생겼다가 금방 없어지는, 「三號雜誌」라 칭해지는 신문학 잡지들과 비교해 볼 때, 그것은 발행에 있어서도 비교적 집중적이었고 안정적이었으며, 또한 풍부한 내용을 담고 있었고 문예적 차원에서 대단한 에너지를 보여주고 있다는 점에서 단순히 심심풀이 오락잡지라고 가벼이 보아 넘길 수 없는 것이었다.

연구자들은 일반적으로 『三六九小報』가 1930년대 타이완 시민의 문화 소비와 '소보'적 전통 그리고 문인들의 습성을 교묘히 이용해 경박하고 통속적인 현대인들의 잡담거리들을 만들어내고 있다고 생각한다.[21] 그러나 만일 식민지 소보 문인들의 곡절어린 문화심리와 타이완 최초의 통속 문예가 출현하게 된 문화적 배경을 파고 들어가 보면, 소보 문인들이 이러한 통속문예 잡지를 기획하면서 단지 해학적인 담론의 공공적 공간만을 만들어 내려 했다거나 이를 통해 전통적 주류에 저항하는 담론만을 생산하고자 했던 것은 아니라는 것을 알 수 있다. 그것이 보여주고 있는 1930년대 타이완의 현대성은, 내부로부터 오랜 전통을 가지고 있는 주류 담론에 대해 전복을 시도하는 것 외에도 대외적으로 반식민적 에너지와 문예의 현대화를 촉진하는 요소들을 포함하고 있었다는 것이다. 『三六九小報』가 보여주는 현대성은 한문문예의 변혁과 생산 그리고 소비를 통해 형성되는 일종의 전통 해소(解傳統), 반식민(抵殖民), 탈중심의 '한문 현대성'을 동시에 포함하고 있다. 또한 타이완 문예 장역의 분화를 촉진하고 전통문예의 현대문예로의 전화를 촉진하는 '문예 현대성'도 동시에 포함하고 있다. 『小報』의 창간 당시로 거슬러 올라가면, 잡지는 소보, 농담, 유희, 박고(博古), 소설, 현대소비정보 등을 통해 그것의 해학적이고 풍자적이며 우언적인 심심풀이 오락거리로써의 '통속성'을 만들어내고 있다. 그러나 반면에 그러한 통속성 속에는 한문 지식인들의 '속'(통속성, 주변성)적이지만 '동'(동화)하지 않으려는 수많은 시도들, 그리고 '구'에 근거하지만 동시에 끊임없이 '신지(新知)', '신형식'으로 변화 발전해 가려는 노력들이 숨어 있다. 따라서 『三六九小報』는 스스로 낙오화된(前衛性의 제거)

---

21) 參見毛文芳, 「情慾, 瑣屑與詼諧：三六九小報的書寫視界」, 文學傳媒與文化視界國際學術研討會中正大學人文研究中心暨中文系主辦, 2003年 11月 8日.

비현대적 형식 속에 한문 통속잡지의 형식으로 한문문화 유지에 대한 여론의 형성과 한문문예의 자주적 진화라는 목적을 숨기고 있었다 할 수 있다. 이러한 형식과 위상을 빌어, 『小報』는 일본 식민성과 식민 현대성이라는 거대한 물결이 타이완 문화주체를 침식하는 것을 회피하고, 성장, 발전하고 있는 '식민지의 현대성'의 후미진 공간을 유지하고자 했던 것이다.

　『三六九小報』의 기획은 단지 문인의 습성이나 상업적 고려에 따른 것만은 아니다. 거기에는 상당한 정도의 자각과 선택이 포함되어 있다. 따라서 통속, 오락, 사소한 농담, 해학, 박물(博物), 욕정 등이 이러한 전통문인들이 추구했던 목적이었다고 말하는 것보다는 오히려 그것은 그들이 문화자본을 동원하는 하나의 수단 내지 일종의 태도라고 하는 것이 보다 옳은 말이 될 것이다. 바꾸어 말해, 통속문예는 일종의 문예적 위치에 국한되어 있는 것이 아니라 문화적 위치에 있는 것이라 할 수 있다. 만일 신문학자들의 도전 속에서 소보 문인들이 대중을 대상으로 하는 새로운 형태의 간행물의 필요성을 인식하고 그것을 문화 담론과 상징적 패권의 쟁탈 도구로 삼았다고 한다면 그것은 분명 지나친 말이 될 것이다. 그럼에도 불구하고 소보 형식과 통속문예가 도시 문인 중심의 일부 전통 문인들이 위기에 대응할 때의 새로운 의식과 책략이었음은 의심의 여지가 없다. 「漢文小報」에 「大衆文藝」를 접목하는 이런 책략은 전통문인의 문화습성과 퇴폐적이고 패배주의적인 문화정서 그리고 일반적인 통속 오락에 대한 요구와 관련이 있다. 그러나 이밖에도 또한 이러한 문예적 위치는 『小報』 문인들의 타이완 문화주체의 유지에 대한 사고와 당시 타이완 문화상황에 대한 평가, 그리고 자기 문화자본에 대한 동원이 그들이 나름의 식견을 가지고 있었음을 의미하는 것이라 볼 수 있다. 따라서 그들에게 유리한 '구이면서 신인' 위치를 선택할 수 있었던 것이다.

　『小報』는 해학과 농담과 유희라는 겉모습 이면에 구로써 신을 만들어

내는, 폐지하면서도 폐지하지 않는, 작은 것으로 큰 것과 싸우는, '무용 (無用)한 것을 유용한 것으로 만드는', '시대적으로는 착오이지만 입장은 결코 착오가 아닌' 그러한 시도들을 숨기고 있었다. 이밖에, 소보 문인들은 '대중의 흥미'를 생각하면서도 어떻게 하면 한학/한문/타이완 문화 주체를 유지할 수 있을 것인가의 입장에서 통속 독서운동을 통해 제3계급인 식자층을 어떻게 유지해 나갈 수 있을 것인가를 생각했다. 다시 말해, '어떻게 하면 타이완 문화대중을 계몽하고 개조하고 창조할 것인가의 입장에 서서 제4계급인 문맹 대중의 개조문제를 생각한 것이 아니다. 따라서 그들의 한문 통속문예에 대한 추동과 그 목표에는 일정한 선택과 자각이 있었다. 소보 통속문예 책략의 주조는 한문 통속문학의 전승을 통해 식민주의나 신문학과의 차이를 강조하는 것이지, 그것들에 대한 전용이나 전화가 아니다.[22] 소보 문인은 논의가 아닌 실천의 방식으로 그들의 대중문예 실천을 진행했다고 할 수 있다. 만일 전통문인이 한학을 유지한 문화적 성과를 타이완 문화주체의 수호라는 측면에 놓고 평가하자면, 그들은 타이완 문화를 보존하는 것에 그치지 않고 지속적으로 이러한 주체를 갱신하고 있었음을 알 수 있다. 식민 동화의 문화침략과 신문학운동이 도입한 새로운 의식과 새로운 예술 도전에 직면하여 전통문화권에는 일종의 『三六九小報』 방식과 같은 현대적 전화가 출현하였다. 이러한 현상은 소보 문인이 자신이 속한 문화자본의 동원과 전환에 있어 충분한 식견과 합리적인 판단을 분명하게 가지고 있었음을 보여주는 것이다. 기본적으로 그것은 한문 통속문예 잡지가 보여준 반식민적 성격의 '타이완 한문 문화주의'라고 할 수 있다.[23]

---

22) 根據筆者的翻査及閱讀, 『三六九小報』刊載的各式文章或創作, 中國文化, 中國文學的影響以及台灣本土漢文文化及文藝傳承之影響, 明顯大於日本文化及日本文學的影響. 小報上牽涉日本文學, 日本題材的文章或創作極其有限, 小報透過中國通俗文藝資源, 吸收, 轉介, 轉化日本現代文化或現代通俗文藝的情形也不高. 『三六九小報』並未受到日本主義或日本文化太多影響 ; 然而『風月報』, 『南方』則較爲嚴重.

그러나 『三六九小報』 집단이 표방하는 문화순종주의는 사실, 애매한 표방이자 풍격에 지나지 않는다. 타이완의 한학, 한어(漢語), 문화가 날로 혼종화되던 당시, 순종주의는 사실 가능한 것이 아니었다. 따라서 그것은 단지 대항적 책략에 지나지 않는다. 식민주의 문화침략에 맞서는 것 외에도 또 다른 대상은 서방의 현대성을 숭상하는 신문학자들이었다. 『小報』의 발간사에는, 신구문학논전의 첫 번째 파고(1924~1930)가 지나간 후, 구문학 장역의 신문학 장역에 대응하는 일종의 '회피적 방법의 대항적 책략'이 분명하게 표현되어 있다. 간단히 말해, 『小報』가 신문학으로 가득한 잡지와 대형신문들의 문예란 등 주류문화계의 '문화 / 문학 / 교육 / 군중'이라는 상징적 패권 담론에 대해 채택한 것은 사실 완전 긍정도 아니고 완전 부정도 아닌, 그 중간에서 배회하는 태도였다. 이러한 태도는 그들 자신의 용어와 표현으로 간단하게 말하면, 바로 '유희'이다. 보다 구체적으로 말하면, '유희'는 곧 복잡한 매체 운영 책략임을 알 수 있다. 그들의 독자를 확보하는 방식, 한문문화자본에 대한 동원, 문화주체에 대한 정의, 그리고 문예현대화에 대한 공헌의 원리는 모두 자칭 '소(小)'라고 하는 것으로 '대(大)'를 만드는 독특한 문화태도에 숨어 있다. 『三六九小報』가 장기간 명맥을 유지하며, 엄숙하고 엘리트적인 신문학 밖에서 별도로 새로운 문학 장역을 창조해낼 수 있었던 것은 바로 당시의 문화 상황을 정확하게 파악하고 엘리트적이고 엄숙주의적인 것과는 다른 통속문예의 위치에 서서 한문, 통속문예, 한문도서 등의 자본을 성공적으로 정합시킬 수 있었기 때문이다.24)

신문학운동의 도전 속에서 첫 번째 신구문학논전을 경험한 구문학 진영은 본격적으로 전통문학, 신문학, 통속문학의 장역을 분화하기 시작했

23) 此係筆者用詞, 意指以漢文保存爲中心, 以本土漢文文化傳承爲最高宗旨的一種文化立場.
24) 參見, 拙論, 「通俗作爲一種位置 : 『三六九小報』與1930年代台灣的讀書市場」, 『中外文學』 33卷7, 頁23.

다. 신문학의 엘리트주의, 엄숙주의, 전위주의에 대해 통속문학 장역 안
에 별도로 통속, 유희, 낙오, 순종(純種)을 설정하는 것으로 맞선 것이다.
이전 세대인 타이완 할양 시대의 문인들이 일사분란하고 엄정하고 적극적
으로 전통을 보존하고 갱신하려고 했던 것과 비교해, 『三六九小報』의 실제
편집과 글쓰기, 실무 등을 담당하고 있던 전통문인의 파생 세대가 생산해
낸 갖가지 자기변명, 해학과 풍자, 오락성 등은 사실 전통문인들의 그 심
후한 문화적 자신감이 결여된 그들 특유의 퇴폐적 집체 풍격이다.

　문화수성주의는 전통문인의 파생세대가 가진 기본적인 문화 입장이며,
퇴폐는 그들의 가장 두드러진 집체 풍격이자, 그들이 통속문예를 통해
한문문예를 생산하도록 하는데 가장 커다란 영향을 끼친 중요 원인이다.
대외적으로, 『小報』 집단은 통속을 통해 퇴폐적인 정언반설(正言反說)을
달성하였고, 이를 통해 스스로를 일본어／일본현대문명을 기조로 하는
일본식민 발전주의 주류와 분리시킴으로써 문화수성주의의 요구를 달성
하였다. 그러나 대내적으로 보면, 퇴폐, 유희, 정언반설 등은 동시에 조금
조금씩 『小報』 집단이 추구하는 문화수성의 취지를 해체하기 시작했다.
이 집단의 주요 성원들은 퇴폐책략이 대외적으로 달성하고자 했던 식민
에 대한 저항, 서학에 대한 저항이라는 근본 목표에 대해서는 일정 정도
자각하고 있었지만, 이 책략이 대내적으로 초래한 전통에 대한 해체에
대해서는 예견하지 못하고 있었던 것이다.

　『小報』 집단은 사실상 일본문명·서방문명에 반대하는 특징을 가지고
있었다. 전통문인의 유신 입장이 반영하는 것은 현대를 지지하고 현대를
추구하는 문화태도였지만 이러한 태도는 그 파생연대가 1930년대에 보
여주었던 퇴폐적인 풍격에 와서는 거의 상반되게도 '현대의 피해자' 심
리로 전환되어 있었다. 『小報』는 현대의 낙오자와 문화적 실권자(失權者)
의 패배의식으로 가득 차 있다. 그것의 글쓰기／열독／유통 역시도 시종
고전 한문 식자층과 그 첫 번째 파생연대로 국한되어 있었지, 일반 시민

대중으로는 확대되지 못하고 있었다. 단지 그것이 표방하는 고전은 대항적이고 유희적이고 퇴폐적인 것으로서의 '의고전(擬古典)'일 뿐이었지, 결코 전통문인들이 애써 보존하고 유신하고자 했던 '전통고전'이 아니었다. '의고전'은 고전을 수호하는 것도 아니고 고전을 전복하는 것도 아니다. 그것은 바로 '고전'의 모방(mimicry)이며, 갱신과 차연이다. 그러나 의고전의 작동과 생산의 과정 속에 전통을 해체하는 에너지가 있든 주류를 해체하는 어떤 에너지가 있든지 간에 우리는 그것을 식민지 자본이나 도시 발전을 가져온 '현대성'으로 간주해서는 안 된다. 오히려 그것을 1930년대 타이완의 '후식민성' 혹은 후신민적 '후현대성'[25]으로 간주하는 것이 비교적 타당하다.

2) 『風月報』 집단

상술한 바와 같이, 『三六九小報』로 대표되는 통속문예 풍조는 일본화 / 문명개화를 기조로 하는 식민주의 담론과 전통문인의 파생세대가 갖고 있는 고유의 패배주의적이고 퇴폐적인 심리 등 갖가지 사회문화 조건하에서 출현한 풍조이다. 이러한 풍조는 타이완의 한문 / 한학 전통이 1930년대 이미 일제 초기 현대화를 추구하는 유신적 사유가 전통을 표방하는 반현대적 사유로 전화하고 있음을 보여주는 것이며, 또한 통속문예의 생산을 통해 반식민, 반현대적인 그러나 반면에 고전 전통을 약화시키는 다양한 운동에너지를 갖게 되었음을 의미하는 것이다. 그러나 이러한 반식민, 반현대적인 의고전과 퇴폐 기조가 만들어내는 문화적 입장과 비평적 위치는 결코 오래 지속될 수 없었다. 1930년대 중후반에 들어서면 특히 1937년 『風月報』 창간 이후, 한문문예 생산의 외재적 특징과 문화 동

---

25) 筆者所謂的後殖民的反現代性」, 係指受殖者通過重溫被殖民前的歷史與文化經歷, 或對此進行文化再生産, 對標榜現代 / 文明. 進步的殖民主義, 所形成的一種破壞作用.

태는 완전히 다른 표현과 방향을 갖게 된다. 전통문인의 두 번째 파생
세대인 '손대'의 출현과 『風月報』 중심의 신흥 한문대중문예의 성립은
1937년 이후 한문 통속문예의 생산 속에서 가장 두드러진 특징이 된다.

구문학의 '구'와 '한학/한문'적 전통은 일체의 양면이다. 1930년대 구
(舊)의식이자 패배주의적 의식은 신구문학논전이 끝나게 되면서 본격적으
로 의고전의 집체적 퇴폐풍조를 배태하기 시작한다. 이는 타이완 한학전
통의 전면적 붕괴의 시작을 의미하는 것이다. 그러나 이러한 붕괴의 과
정은 한학전통의 위축이라는 문화적 상처를 만들어 내었지만 사실, 매우
의외의 성과도 있었다. 즉, 명정(明鄭) 이래 이백여 년 동안의 타이완 엘
리트 한학의 단절과 해체는 한학전통과 그 문화적 영향력으로 하여금 최
초로 대중생활 속으로 광범하게 진입하도록 하였고 이로부터 현대사회
의 시민생활과의 새로운 조합과 연접을 진정으로 만들어내기 시작하였
다. 통속문예 생산의 장역이란 관점에 보면, 엘리트 한학의 해체 과정은
이미 『三六九小報』상에서 이미 시작되었고, 『風月報』상에서 본격적으로
그것의 대중화 역정이 시작되었다고 할 수 있다.

두 번째 파생 세대의 문화적 속성과 문예생산과 소비의 요구를 보다
구체화하기 위해서는 반드시 그들의 교육적 배경으로부터 분석을 진행
해야만 한다. 『台灣總督府統計書』의 통계수치를 통해, 일제 강점기 공학
교의 학생수와 서당의 학생수 및 서당생의 퍼센티지를 산정하고, 이를
토대로 다시 파생 세대의 최고 연령과 중간 연령의 분포 상황을 결합해
보면, '일제시기 서당생의 퍼센티지 및 한문세대의 연령대조표'(표 1)를
만들 수 있다. 이 표에 의거하면, 서당의 취학률 및 신구학의 증감과 문
화세대 사이에 교묘한 관계가 형성되어 있음을 알 수 있다. 그리고 이것
은 통속문예의 생산과 소비 현상의 배후를 증명할 수 있는 구조적 요소와
도 관련이 되어 있다. 우선, 1904년 '공학교규칙개정'의 반포로부터 고찰
해 볼 때, '부대'의 최고연령은 19세이고 평균연령은 7세인데, 이는 타이

완의 일반 서당의 저학년생과과 고학년생의 분포 연령에 해당한다. 7세와 그 이상의 아동은 공학교 체계 속의 표준 연령인구이다. 그 다음으로, 1937년을 기준으로 보면, 『風月報』 발간 당시, '부대'의 최고연령은 52세이고, 평균연령은 40세이다. 이것은 총독부 공학생과 서당생의 통계조사가 시작되던 해의 출생자이다. 바꾸어 말하면, 1898년 신/구 학생수 조사가 시작되는 해에 출생한 '신생아'는 바로 1904년 신구학이 역전되는 역사 현장의 주역이다. 문화세대의 연령분포 상황을 참조하면, 그들이 곧 '전통문인의 첫 번째 파생세대(부대)' 가운데 중간 연령층임을 알 수 있다. 이로부터 우리는 일제 초기 공학생과 서당생의 경쟁이 식민지 일본식 교육과 전통 교육 취학 집단 사이의 의식있는 '정확한 쟁탈'이며, 전통문인의 첫 번째 파생세대(부대)가 바로 '빼앗긴 세대'임을 확정할 수 있다.

그렇다면, 여성과 관련된 글쓰기는 과연 누가 보도록 쓴 것인가? 사실, 각종 화려하고 고심의 흔적이 역력한 여성 관련 이야기와 의제는 대부분 남성 작가들에 의해 쓰였고 남성 독자들에 의해 소비되었다.

또 그렇다고 한다면, 편집진들로 하여금 그토록 여성 관련 의제에 매달리게 하는 동기와 필요성은 또 무엇인가? '전시 타이완의 유일한 한문 문예 잡지'로서, 각종 제한이 난무하는 잡지 시장 속에서 어떻게 불패의 처녀지를 찾을 수 있었던 것인가? 이러한 배경하에서, 결혼과 연애, 가정, 여성, 유행을 구매점으로 하는 타이완 최초의 통속잡지를 창조해냈다는 것은 아주 좋은 책략이었다. 이 공전의 대담한 실험을 실천하기 위해 남성 편집인 우만사(吳漫沙) 등은 심지어 여성의 필명을 사용하거나 여성 편집인인 것처럼 위장하기도 하였다. 이렇듯 성별을 참월하면서까지 그들은 글쓰기를 진행하였던 것이다.[26]

---

26) 參見, 蔡佩均, 「想像大衆讀者: 『風月報』, 『南方』中的白話小說與大衆文化建構」, 頁44~45.

그럼, 또 어떠한 배경 때문에 결혼과 연애, 가정, 여성, 유행 등의 의제가 갖는 가치와 잠재력이 주목을 받고 나아가 잡지의 편집 및 발행의 구매점이 된 것인가? 1935년경, 장기간에 걸친 특정 지역의 도시화의 결과, 식민지 최초의 도시인 이른바 '수도(島都)'가 탄생되었다. 도시와 농촌의 격차는 날로 커지고, 현대적 유행이 도시만의 하나의 독보적인 유형으로 고착화되기 시작하면서, 타이베이(台北)는 갈수록 중남부 지역 사람들이 선망하는 현대적인 도시가 되어갔다. 다음으로, 공학교 남녀 졸업생들이 대량으로 배출되면서 하나의 신흥 사회집단과 소지식인 계층을 형성하게 되었다. 그 가운데 공학교 여학생은 타이완 역사상 최초로 대량으로 배출된 현대적인 여학생들이었다. 그들의 등장은 이제 결코 무시할 수 없는 하나의 사회현상이 되었다. 가정이나 직장 혹은 공공의 인간 교류나 일상생활 등 거의 모든 방면에서 그녀들의 출현은 기존의 사회질서나 풍속습관 그리고 가치체계와 도덕적 기준에 상당한 충격을 주었다. 1920년대 신문화운동이 퍼뜨린 자유연애, 신식가정, 여성자주 등의 씨앗은 이제 점차로 그 싹을 틔우기 시작했던 것이다. 대량의 공학교 여학생의 배출이 남성(특히 舊學의 남성)들에게 가져다주는 압력과 초조감은 우리가 충분히 짐작하고도 남을 일이다. 『風月報』는 기획을 담당하는 편집부가 타이베이에 위치해 있어서인지, 내용은 주로 도회지 여성과 관련된 의제가 대종을 이루고 있었고, 주요 필진 역시도 주로 타이베이에 분포되어 있었다. 그러나 소비층은 공교롭게도 중남부 남성들이 주류를 이루었다. 더 이상한 것은, 의제를 설정하는데 있어 핵심적으로 고려되었을 교화대상과 이야기 속의 여성의 역할이 구독할 능력이 있는 한문 여성 식자층과는 전혀 무관하고 오히려 한문을 모르는 공학교 출신의 여성을 지향하고 있었다는 점이다. 한문세대의 개념을 빌어 설명하자면, 『風月報』의 주요 구매층과 구독자는 이른바 '빼앗긴 세대' 가운데에서도 '아직 다 빼앗기지는 않은 남성'이고 텍스트 속에서 타자화되고 문제시되고 심지어는 오명까지 쓰게 되는 것은 바로 '빼앗긴 세대' 가운데 여성이다.

아직 빼앗기지 않은 남성들은 수도(타이베이)를 선망하고, 타이베이의 유행의 여말(餘沫)을 소비하면서도 선망과 흠모, 증오와 초조, 그리고 공포의 복잡한 감정에 뒤섞인 채로 텍스트를 통해 자신에게 생소한 신여성들을 조망하면서 한편으로는 웃고 또 한편으로는 눈살을 찌푸린다. 한문 구학 남성들의 일문 신학 여성에 대한 재현과 교화는 필시 하늘에 대고 두서없이 떠들어대는 공허한 외침에 지나지 않았을 것이다. 출구가 보이지 않는 사회적 좌절과 문화적 정감, 문예 창조력, 그리고 식민지 근대사회의 삶 속에서 누적된 좌절과 경악과 초조 등은 전쟁의 그림자가 던져주는 정신적 상처와 문화 비평의 차원을 완전히 말살해 버렸고, 취미와 소비라는 철판 한 조각으로 축소시켰다. 결국, 『風月報』가 주창하는 대중문예는 사실상 한문 남녀 독자대중의 현실을 제대로 반영했다고 볼 수 없다. 『風月報』의 취미와 유행, 비평과 논의 등은 모두 약세문화집단이 복잡한 집체적 도덕과 문화에 대한 미련 속에서 집에 틀어박혀 창조해낸 그리고 동시에 스스로 소비하는 일종의 우세대중에 대한 추수이자 모방이며 아우성이다.

6. 제국을 넘어서는 언어

이상을 종합해 볼 때, 『三六九小報』의 성취는 통속 문예를 책략으로 한 식민지 한학과 한문 그리고 한문문예가 정합과 유지, 갱신 그리고 변화의 과정을 거치는 가운데 부활했다는 것이며, 그러한 결과로 전통문인과 한문 독자 사이의 유대를 강화하고 신세대 한문 독자를 지속적으로 개발하고 양성함으로써 타이완 통속 문예의 본격적인 장을 열었다고 하는 것이다. 식민주의 문화개조라는 강력한 침략에 맞서, 『三六九小報』는 일종의 '속(通俗)'이면서 '동(同化)'이 아닌 위치에서 한문 문예, 통속화의 길을 걸음으로써 일부 본토 문화자원을 정합하는 효과를 거두었고, 타이완 문화주체의 정비와 건립이라는 측면에서도 무시할 수 없는 영향력을 발휘하였다. 또한 1930년대 후기에서 1940년대 초기의 『風月報』에 대해 내용 분석을 진행한 결과, 필자가 내린 결론은 한문 통속문예의 문화적 성격과 비판 기제가 마찬가지로 통속적인 소보 형태를 취하고 있는 『風月報』 속에서 점차 통속적이지만은 않은 현대적 의미를 갖춘 대중문예로 의미변화를 겪었다는 것이다. 이러한 변화들은 일본 식민주의의 영향을 받은 것이지만 오히려 본토 문화의 자기규율의 강인한 힘을 보여주는 것이다.

통속문예의 생산 외에도 더욱 근본적인 것이라 할 수 있는 언어문자의 문제도 식민지 문화 청산 과정 속에서 시급히 정리해야 할 문제이다. 19세기 후반과 20세기 초반, 일본 식민체제의 건립 과정 속에 숨겨져 들어온 현대성 담론과 민족국가 담론 등 서방 식민주의의 핵심 개념과 제도들은 타이완 사회 기존의 문화구조, 지식체계, 가치관념, 도덕윤리 그리고 어문(語文), 교육, 창작, 출판 등과 관련된 모든 문화적 전파, 생산, 소비, 비평의 환경에 전에 없이 강력한 충격을 가져다주었다. 이백여 년 동안 입신출세의 길로 여겨졌던 과거제가 폐지되고, 일본식 교육이 강력하게 시행되고 또 서당 교육이 억압을 받는 등의 체제적 요소와 일상적인 생활현장 속으로 수입된 일본서적이나 외국작품의 번역물, 중국 백화문 운동의 흥기, 일본어보급운동의 삼투, 타이완 본토어의 현대화(台灣話文) 실험, 그리고 꺼자이(歌仔) 책 등의 민간오락 교화독본의 다원적 발전 등은 모두 20세기 전반의 타이완으로 하여금 다어문(多語文)이 합종연횡하고 상호 쟁투하는 '어문의 춘추전국시대'로 접어들게 하였다. 식민종주국 언어의 진주, 중문(中文) 현대화의 파동, 타이완문(台文) 서면화의 창시 외에도 타이완 지식인들은 외국어의 국어화, 고문의 현대화, 모어의 문자화 등 중첩적이고 다면적인 해결하기 힘든 과제들과 직면해 있었다.

민족어문의 보존, 어문의 현대화, 문화정체성, 조국과의 연관성, 문맹퇴
치, 표기체계의 취사선택 등은 논쟁이 끊이지 않는 어려운 문제들이다.
이러한 복잡한 언어 환경 즉, 일상용어의 혼합화와 다어문의 서면화 과
정 속에서 한자의 첨삭과 전유, 번역 그리고 혼종어 서면화 과정 속에서
의 서로 다른 문자, 어휘, 어법, 문제 사이의 문화 알선과 상호 침투, 과
거 타이완에서 이백여 년 동안 유지되어 왔던 한문/한학 중심의 지식구
조와 문화체계, 또 엘리트 지식인들의 문화상상과 문화기억, 이러한 모
든 것들은 헤아리기 힘들 정도의 심대한 영향을 끼쳤다. 한문/한어의 지
식 기능은 문어문(文言文) 용자(用字) 체계가 지향하는 중국문화상상으로부
터 점차 현대문이나 혼종어문이 지향하는 다원적 현대문화상상으로 변
화해 나갔다. 한문/한자가 제국의 언어와 지식층의 언어, 일반 민중의
언어, 선교사의 언어 등과 혼종화 되어가는 속에서 복잡한 차용, 전유,
혼용, 기용(棄用)을 거치게 되고, 이러한 어문의 요동과 문화의 중복편제,
불균등한 삼투 과정 속에서 타이완 지식층이 어떻게 자신들의 문화 생산
전략을 사고하고 있고 그들의 문화활동이 어떻게 이러한 환경에 영향을
받는지 등은 앞으로 진일보해 사고해야 할 문제이다.

❛번역__송승석❜

附表一：日據時期書房生百分比暨漢文世代及年齡對照表*

年代	學生總數			傳統文人及衍生世代最高年齡					
	公學校	書房	書房生百分比 （書房生/全島台灣 人初教生）	祖代 （1860~1985） 最高　中間		父代 （1986~1910） 最高　中間		孫代 （1911~1935） 最高　中間	
1898	7838	27568	77.9%	39	26	13	1		
1899	9817	25215	72.0%	40	27	14	2		
1900	12363	26186	68.9%	41	28	15	3		
1901	16315	28064	63.2%	42	29	16	4		
1902	18845	29056	60.7%	43	30	17	5		
1903	21406	26898	55.7%	44	31	18	6		
1904	23178	21661	48.3% 公學校規則修訂 人數逆轉	45	32	19	7		
1905	27445	19255	41.2%	46	33	20	8		
1906	31798	19915	38.5%	47	34	21	9		
1907	34382	18612	35.1%	48	35	22	10		
1908	35898	14782	29.2%	49	36	23	11		
1909	39012	17101	30.5%	50	37	24	12		
1910	41400	15811	27.6%	51	38	25	13		
1911	44670	15759	26.1%	52	39	26	14	1	
1912	49554	16302	24.8%	53	40	27	15	2	
1913	54712	17284	24.0%	54	41	28	16	3	
1914	60404	19257	24.2%	55	42	29	17	4	
1915	66078	18000	21.4%	56	43	30	18	5	
1916	75545	19230	20.3%	57	44	31	19	6	
1917	88099	17641	16.7%	58	45	32	20	7	
1918	107659	13314	11.0%	59	46	33	21	8	
1919	125135	10936	8% 跌破萬人	60	47	34	22	9	
1920	151093	7639	4.8%	61	48	35	23	10	
1921	173795	6962	3.9%	62	49	36	24	11	

* 以下兩附表, 均爲筆者所製.

| 年代 | 學生總數 | | | 傳統文人及衍生世代最高年齡 | | | | | |
	公學校	書房	書房生百分比 (書房生/全島台灣 人初教生)	祖代 (1860~1985) 最高	中間	父代 (1986~1910) 最高	中間	孫代 (1911~1935) 最高	中間
1922	195783	3664	1.8% 台灣教育令頒布 漢文改選修	63	50	37	25	12	
1923	209946	5283	2.5%	64	51	38	26	13	1
1924	214068	5165	2.4%	65	52	39	27	14	2
1925	213948	4805	2.2%	66	53	40	28	15	3
1926	209591	5507	2.6%	67	54	41	29	16	4
1927	212809	5376	2.5%	68	55	42	30	17	5
1928	217053	5597	2.5%	69	56	43	31	18	6
1929	226646	5805	2.5%	70	57	44	32	19	7
1930	242046	5964	2.4%	71	58	45	33	20	8
1931	258465	5383	2.0%	72	59	46	34	21	9
1932	274551	4700	1.7%	73	60	47	35	22	10
1933	301974	4494	1.5%	74	61	48	36	23	11
1934	324891	3524	1.1%	75	62	49	37	24	12
1935	356570	3099	0.9%	76	63	50	38	25	13
1936	396932	2411	0.6%	77	64	51	39	26	14
1937	443652	1407	0.3% 公學校規則修訂 廢漢文選修	78	65	52	40	27	15
1938	498302	1001	0.2%	79	66	53	41	28	
1939	546209	931	跌破百人0.2%	80	67	54	42	29	
1940	618512			81	68	55	43	30	

附表二：日據時期公學校女生/書房女生之性別比，域比與新舊比

年代	公學教育			書房教育					
	全島公學生	女學生	公學女生百分比(性別比)	全島書房生	女學生	書房女生百分比(性別比)	台北州女書房生	台北州女書房生百分比(地域比)	舊學女生百分比(新舊比)
1898	7838	90	0.38%	27568					
1899	9817	382	3.89%	25215	126	0.49%			24%
1900	12363	986	7.97%	26186	135	0.51%			12.04%
1901	16315	1509	9.24%	28064	166	0.59%			9.91%
1902	18845	1888	10.01%	29056	114	0.39%			
1903	21406	2275	10.62%	26898	206	0.76%			8.3%
1904	23178	2655	11.45%	21661	235	1.08%			
1905	27445	3411	12.42%	19255	246	1.27%			
1906	31798	3961	12.45%	19915	331	1.66%			
1907	34382	3770	10.76%	18612	376	2.02%			
1908	35898	3438	9.57%	14782	291	1.96%			7.8%
1909	39012	3462	8.87%	17101	400	2.33%			
1910	41400	3712	8.96%	15811	437	2.76%			
1911	44670	3913	8.75%	15759	449	2.84%			
1912	49554	4702	9.48%	16302	555	3.4%			
1913	54712	5542	10.12%	17284	555	3.21%			9.1%
1914	60404	6455	10.68%	19257	561	2.91%			
1915	66078	7493	11.33%	18000	567	3.15%			
1916	75545	9377	12.41%	19230	758	3.94%			
1917	88099	11951	13.56%	17641	802 次高峰	4.54%			6.4 %
1918	107659	16543	15.36%	13314	589	4.42%			
1919	125135	20833	16.64%	10936	589	5.38%			
1920	151093	26492	13.56%	7639	471	6.16%	193	40.97%	1.7%
1921	173795	30669	17.64%	6962	472	6.77%	226	47.88%	
1922	195783	35374	18.06%	3664	425	11.59%	332	78.11%	
1923	209946	38587	18.37%	5283	607	11.48%	396	65.23%	
1924	214068	40397	18.87%	5165	625	12.10%	427	68.32%	
1925	213948	41465	19.38%	4805	647	13.46%	403	62.28%	1.5%
1926	209591	41800	19.94%	5507	657	11.93%	433	76.36%	
1927	212809	44516	20.91%	5376	658	12.23%	420	63.82%	
1928	217053	47165	21.72%	5597	741	13.23%	494	66.66%	
1929	226646	51008	22.50%	5805	762	13.12%	424	55.64	
1930	242046	56698	23.42%	5964	799	13.39%	491	61.45%	

年代	公 學 敎 育			書 房 敎 育					
	全島 公學生	女學生	公學女生 百分比 (性別比)	全島 書房生	女學生	書房女生 百分比 (性別比)	台北州女 書房生	台北州女 書房生 百分比 (地域比)	舊學女生 百分比 (新舊比)
1931	258465	62914	24.34%	5383	862 最高峰	16.01%	622	72.15%	1.3%
1932	274551	69895	25.45%	4700	742	15.78%	533	71.83%	
1933	301974	80313	26.59%	4494	788	17.53%	485	61.54%	
1934	324891	89499	27.54%	3524	642	18.21%	435	67.75%	
1935	356570	101597	28.49%	3099	646	20.84%	440	68.11%	
1936	396932	117416	29.58%	2411	491	20.36%	328	66.8%	
1937	443652	135559	30.55%	1407	355	25.23%	286	80.56%	0.03%
1938	498302	161252	30.36%	1001	311	31.06%	280	90.03%	
1939	546209	185141	33.89%	931	299	32.11%			0.16%
1940	618512	218110	35.26%						
1941	675581	251635	37.24%						

순혈주의(純血主義)에 대한 패배 / 도피

천훠취엔(陳火泉)의 「도(道)」를 중심으로

송승석

1. 타이완의 황민문학

이른바 타이완 황민문학(皇民文學)은 황민화운동 시기의 모든 문학적 행위 및 작가, 작품을 통칭하여 이르는 말이 아니다. 그것은 이 시기 일본의 식민주의 동화정책의 가장 극단적 형태라 할 수 있는 황민화운동에 적극 호응함으로써 일본의 군국주의적 파시즘을 앞장서 선전하고 나아가 타이완의 민중을 침략전쟁의 '인적자원'으로 동원하는데 이론적 무기로서의 역할을 자임했던 일부 타이완 작가와 그들의 작품을 칭하는 말이다. 그런 의미에서 타이완 황민문학은 우리가 국문학사에서 '친일문학(親日文學)'이라 규정하는 것과 거의 동일한 의미를 갖는다.[1]

따라서 황민문학이라고 하면 일본의 식민주의 담론을 앵무새처럼 그대로 반복함으로써 그것과 완전히 일치된 주장을 했다고 생각하는 것이 일반적이다. 그러나 그러한 반복의 과정 속에는 간혹 글쓰기 주체가 의

---

[1] 졸고, 「일제말기 타이완 일본어문학 연구」(박사학위논문), 2004, 125면 참조.

도하지 않은 차이가 노정되기도 한다. 다시 말해, 황민화 담론을 자신의 창작 속에 용해시키는 과정 속에서 다분히 무의식적으로 일본 식민주의의 모순을 드러내기도 하고, 그것에 대한 회의와 의문을 표하기도 하는 것이다. 이것은 창작 주체가 의도하지 않았다는 점에서 상당부분 일본 식민주의 담론이 자체 내에 포함하고 있는 모순의 현현이라 할 수 있다. 그러기에 이러한 모순과 차이의 노정을 식민주의에 대한 저항의 과정으로 승격시킬 필요까지는 없겠지만, 오히려 철저한 황민화론자의 입을 통해 식민주의의 모순을 직접 들을 수 있다는 점에서 식민체제의 부당성을 일깨우는데 유효한 증거로 삼을 수 있다. 그러나 반드시 짚고 넘어가야 할 것은, 1940년대 전반기 이른바 타이완 황민문학이라고 규정되어지는 문학들이 그 이전의 타이완문학들과 확연히 구별되어지는 지점은 바로 그러한 차이를 더 이상 확대시키지 못하고 상상 속에서 급격히 봉합해버리거나 혹은 그러한 차이를 제3자에게 전가하는 방식으로 식민종주국과의 차이를 무화시키고자 했다는 것이다.

여기서는 식민종주국과 식민지 사이에 도저히 건널 수 없는 거대한 강처럼 놓여있는 모순과 차이를 목도하면서도 애써 그것을 외면한 채, 거의 맹목적이다 싶을 정도로 관념적 동일성만을 쫓으며 그 길로 일로매진하는 타이완의 한 인물을 추적해보고자 한다. 그가 바로 일제말기 타이완의 신진작가 천휘취엔(陳火泉)이다.

2. 천휘취엔(陳火泉)과 그의 일본어소설 「도(道)」

천휘취엔은 타이완이 일본의 식민지가 된 지 10여 년이 지난 1908년에 출생하였다. 일반적으로 식민지 이후의 이른바 일본어 세대가 그렇듯, 천휘취엔 역시 기본적인 한학(漢學) 교육의 기회마저 상실한 채, 식민주의 공교육 체제하에서 오로지 국어(일본어)교육과 식민주의 교육만을 받고 자랐다. 그러기에 그에게 있어 모어(母語)는 매우 낯선 언어였고, 오히려 일본어가 보다 더 친숙하고 익숙한 언어였음에 틀림없다.[2] 이런 그에게 타이완 신문학 전통 속에서 모어로 창작하기를 기대한다는 것은 애초부터 불가능한 일이었을 것이다. 더구나 법률적으로 일본인으로 태어나 일본인으로 성장한 그에게 제국주의 일본에 대한 식민지 타이완의 피지배자로서의 저항성을 기대한다는 것 역시 어쩌면 무망한 일일지도 모르겠다. 그도 그럴 것이 그를 포함한 이른바 일본어 세대에게 있어 타이완인이라고 하는 신분은 거의 구조적 망각에 가까울 정도로 과거의 기억으로 잊혀져가는 것이었고 또 그렇게 되기를 그들 스스로 갈망할 수밖에 없었던 시대적 상황이 엄존하고 있었기 때문이다. 아마도 이것이 그 이전의 세대와 이들이 구분되는 지점일 것이다. 그럼에도 불구하고 그들의 바람과는 달리, 그들 뒤에는 항상 본도인(本島人)이라는 태생적 꼬리표가 매우 억울하게도 항상 따라다녀야 하는 식민지 이민족의 신세였음은 부정할 수 없는 사실이다.

법률적으로는 일본인이지만 태생은 식민지 타이완인일 수밖에 없는 작가 천훠취엔이 처한 현실은 그의 자전적 성격의 소설이라고 할 수 있는 「도(道)」(1943년 7월, 『문예타이완(文藝臺灣)』)에 그대로 투영되어 있다.

천훠취엔의 처녀작이자 사실상 대표작이라 할 수 있는 소설 「도」는 황민문학이라는 관점에서 보면, 분명 이에 해당하는 작품이다. 태평양전쟁의 병참기지로서 타이완을 효과적으로 동원하기 위한 지원병 제도에 대해 열렬한 지지와 적극적인 참여를 보여주고 있고, 일본어 전용, 까이싱밍(改姓名)[3] 등의 황민화 시책을 충실히 수행하려 하고 있다는 점에

---

2) 이른바 타이완의 '일본어세대'에 관한 보다 구체적인 설명은 졸고, 『일제말기 타이완 일본어문학 연구』(박사학위논문), 제2장 일본어 글쓰기의 의미(50~87면) 참조.
3) 일제가 식민지 조선에서 황민화운동의 일환으로 시행하였던 창씨개명(創氏改名)과 매우

서 그렇다. 더욱이 당시 타이완에서 활동하던 일본인 작가 니시카와 미츠루(西川滿), 하마다 하야오(濱田隼雄) 등으로부터 타이완 황민문학 최고의 결작4)이란 극찬 아닌 극찬을 받았고, 발표된 그 해(1943년) 일본 최고의 문학상이라 할 수 있는 아쿠타카와상(芥川賞) 후보작 다섯 편 가운데 하나로 선정되었다는 것은 그것이 황민문학의 대표작이라는 확신을 더욱 강하게 심어준다.

그러나 반면에, 동시기 그 어떤 작가의 작품과 비교해 보더라도 「도」만큼 황민화 담론의 모순과 그 실행 주체인 일본 내지인들의 이중성에 대해 강한 회의와 의문을 던지고 있는 작품도 드물다. 소설 전반부만 두고 보면 이것이 과연 황민문학일까 하는 의심마저 갖게 할 정도로 저항과 협력의 경계 위를 오가고 있다.

이 글은 바로 소설 「도」의 분석을 통해 1940년대 전반기 타이완 신진작가의 내면을 들여다보는 것을 과제로 삼는다.

3. '피'의 차이 ─ 제국과 제국주의

「도」의 주인공 세이난(靑楠, 본명 陳火泉)5)은 그 어느 누구보다도 일본에 대한 동경과 일본인이 되고 싶은 열망을 가지고 있는 인물이다. 가령, 직

유사한 정책이다.
4) 濱田隼雄·西川滿, 「評小說「道」」, 『文藝臺灣』 6:3(1943. 7. 1), 黃英哲 主編, 『日治時期臺灣文藝評論集』(雜誌篇·第四冊), 國家臺灣文學館籌備處, 2006, 220~221면 참조.
5) 작품 속에서 세이난의 본명은 천휘취엔(陳火泉)으로 작가의 이름과 동일하다. 이 작품은 여러 정황(성명의 동일, 실제 이력의 동일 등)으로 보아 작가 천휘취엔의 자전적 성격이 짙은 소설이다. 垂水千惠의 『台灣の日本語文學─日本統治時代の作家たち』, 日本·五柳書院(1995. 1). 이 책은 1998년 2월에 타이완 전위(前衛)출판사에 의해 『台灣的日本語文學─日本統治時代的作家』란 서명으로 중역 출간되었다. 여기서는 주로 중역본을 참고하였다. 85면 참조.

접 하이쿠(俳句)를 지어 읊조리고 다니는 것이 거의 생활화되어 있다거나, 일본의 신화나 역사에 대해 지대한 관심을 가지고 탐구한다거나 하는 등은 일본인보다 더욱 일본인다워짐으로써 진정한 일본인이 되고자 하는 그의 필사적인 박투이다. 그러나 분명한 것은, 그는 자신을 일본인으로 인정해 주지 않는 일본인들 앞에서 자신이 일본인이라는 것을 자신의 모든 논리와 지식을 동원하여 설명하고 설득해야 하는 어쩔 수 없는 식민지 타이완인이라는 엄연한 사실이다.

> 그는 자신이 탁월한 일본인이라고 믿었다. 이른바 내지인이라고 하는 이 말과 그것과 상대되어 사용되어지는 본도인(本島人)이라는 말, 이런 말들은 어감 상으로 상당히 불쾌하게 느껴졌다. 그는 원래부터 "만일 내지인이었다면 ……", "만일 본도인이었다면……" 하는 이런 생각들이 그 무엇보다도 제일 바보 같은 짓이라고 생각해왔다. 다른 것은 차치하더라도 우선 자신을 무조건 본도인이라는 이름으로 낙인찍어버리는 것 자체가 정말 감당하기 힘든 일이었다.
>
> ＿졸역, 『식민주의, 저항에서 협력으로』, 317면

> 또한 선천적인 일본인이 아닌 사람들, 즉 본도인과 같은 사람들을 보고, '본도인 주제에 네가 일본정신을 알아?'라고 하면서 본도인을 어디까지나 본도인으로만 생각하고 사사건건 높다란 장벽을 치고서 그야말로 일본정신을 독점이라도 하고 있는 듯한 인상을 주는 경우도 있습니다. 하지만 저는 일본정신은 그렇게 편협한 것이 결코 아니라고 생각합니다.
>
> ＿위의 책, 329면

세이난은 이른바 '선천적인 일본인'들이 내지인과 본도인을 애써 구별하려 하고, 또 자신을 본도인으로 한정하는 것에 대해 거부감을 갖고 있다. 선천적인 일본인과 선천적인 타이완인을 구분하는 유일한 기준은 바로 종족의 차이, 즉 '피'의 차이이다. 세이난은 바로 그 '피'의 차이에 따

라 일본 제국의 국민을 차별적으로 대우하려는 식민종주국 일본과 일본인들의 편협함에 대해 불만을 표시하고 있는 것이다. 황민화 담론을 충실히 따르게 되면, 누구나 차별 없이 일본 제국의 국민이 될 수 있다는 강한 믿음의 소유자인 세이난이었기에 '내대일여(內臺一如)'의 대전제를 거부하고 여전히 식민지인들과의 절대적 차별성을 강조하며 동종성(同種性)이나 순혈성(純血性)을 내세우는 일본인들은 그가 보기에 그야말로 진정한 "일본정신을 모태 안에 놔두고"(위의 책, 329면) 나온 사람들에 지나지 않는 것으로 비쳐질 뿐이었다. 그래서 그는 처음에 그러한 일본인에 대해 다소 불만은 있었지만 그로 인해 심각하게 갈등을 하지는 않는다. 왜냐하면 그에게는 자신은 일본의 동화주의 정책의 충실한 수행자라는 강한 믿음과 자신감이 있었기 때문이다. 이후 그가 가야할 길은 진정한 일본 제국의 국민, 황민이 되기 위해 더욱 더 매진하는 길뿐이었다.

그럼, 그가 생각하는 진정한 황민의 길, 진정한 일본인이란 과연 무엇인가?

> 그러나 제 생각엔, 피라는 것도 물론 중요하지만 역사에 의한 연성(鍊成)도 중요하다고 봅니다. (…중략…) 토요토미 히데요시(豊臣秀吉)는 조선에서 많은 조선인들을 데리고 일본으로 돌아왔습니다. 그런데 다음 시대에 그들은 모두 하나가 되어 '메이지유신(明治維新)'을 만들어내지 않았습니까? 피를 초월한 역사적 연성의 좋은 예입니다. 왜구들이 많은 지나인들과 조선인들을 데리고 일본으로 돌아온 것 역시 마찬가지입니다. 무로마치(室町) 중엽까지는 일본 국내에서 이국인이라는 것에 대한 인식은 전혀 없었습니다. 더구나 헤이안(平安) 시대로 거슬러 올라가면 지식계급, 유식계급의 대략 삼분의 일이 바로 귀화인의 자손이었습니다. 사카노우에노 다무라마로(坂上田村麻呂)니, 오오우치(大內)씨니, 고지마다카노리(兒島高德) 등은 모두 귀화인의 자손이라고들 합니다. 이런 사실들은 피를 초월해서 역사에 의해 연성된 것이라고 밖에는 볼 수 없다고 생각합니다. …… 타이완이 일본의 영토로 귀속된 지 벌써 오십년이 되었습니다. 따라서 벌써

오십년간이나 역사적 연성을 실행하여 왔던 것입니다. 오십년은 길다고도 할 수 없고 짧다고도 할 수 없습니다. 다만 저는 연성을 실행한 사람만이 황민으로서 구제받을 것이라는 점만은 믿고 싶습니다.

_위의 책, 339~340면

위 인용문을 보게 되면, 세이난이 이 '피'라는 문제에 대해 의외로 낙관적인 태도를 견지하고 있음을 알 수 있다. 그가 생각하기에 진정한 일본인이 되기 위한 전제 조건은 '피'가 아니라 이른바 '일본정신'이다. 따라서 아무리 '본도인', '반도인(조선인)', '만주인'이 야마토(大和) 종족의 혈통을 가지고 태어나지 못했다 하더라도, 역사적 연성을 통해 일본정신을 체현할 수 있기만 하다면 능히 일본인이 될 수 있다고 믿었던 것이다. 이는 사실, 식민지 이민족을 통치해야 하는 입장에서 이른바 '혼합 민족론'을 주창하는 총독부의 황민화 담론에 대한 철저한 자기내면화를 통해 가능한 결론이다. 그러나 당시, 일본 사회가 일본 민족의 본질을 두고 혼합 민족론과 순혈 민족론으로 갈리고 있었다는 데에서 알 수 있듯이, 식민지를 바라보는 일본인들의 입장은 천휘취엔이 순진하게 생각하듯 그리 간단한 것이 아니었다.

전쟁이 장기화되면서, 일본 후생성은 '인적자원'의 증가를 목표로 혼인장려정책과 출산장려정책을 실시하였다. 그러나 한편으로 인구의 양적 증가뿐만이 아니라 인적자원의 질적 제고를 기하기 위해 1940년 '국민우생법(國民優生法)'을 통과시켰다. 그 조문에는 이렇게 되어 있다. "본 법률은 악성의 유전적 질병을 발할 수 있는 인구의 증가를 억지하고 건전한 소질을 가지고 있는 자들의 증가를 목표로 하여 전체 국민의 소질을 제고하고자 한다."[6] 이른바 후생성이 주창하는 단종법(斷種法)이다. 그렇

---

6) 星名宏修,「'血液'的政治學—閱讀台灣'皇民化時期文學」,『台灣文學學報』第六期(2005. 2), 24면 참조.

다면 이러한 우생학적 입장을 견지하는 후생성은 '내대일여'에 대해 과연 어떠한 태도를 취하고 있었을까? 황민화운동의 실행 주체인 총독부는 당연히 '내대일여'를 장려하고 있었지만, 우등한 지배자 민족의 피가 열등한 피지배 민족의 피와 융합하여 더럽혀지는 것을 허용해서는 안 된다는 우생학적 입장에 서 있는 후생성과 그 이론적 지지기반인 일본민족후생협회는 '내대일여'에 대해 곳곳에서 반대 이론을 설파하고 있었다. 즉, 아시아 제민족의 일본국민화를 기도하는 황민화운동을 두고 일본 식민당국 내에서도 분명한 결론을 내리지 못하고 있었던 것이다. 이러한 일본 식민당국의 정책 혼선은 일본 내지인에게도 그대로 전해져 식민지인을 바라보는 그들의 눈마저 이중적으로 만들어 버렸다. 세이난의 직장 상사인 계장이 세이난의 역사적 연성을 통한 일본인화에 대해 동감을 표하면서도 한편으로는 "그래도 역시 피라고 하는 것은 무시할 수 없어." (위의 책, 339면)라고 이야기하는 데에서 식민지인을 바라보는 일본인의 이중적 시선을 감지할 수 있다.

식민지인을 바라보는 일본 내지인의 이중성이 작품 속에서 극명하게 드러나고 있는 부분은 세이난이 자신의 절친한 직장 동료였던 내지인 다케다(武田)로부터 폭행을 당할 뻔한 사건이 발생하면서부터이다. 이 사건을 계기로 세이난은 자신이 그동안 의식적이든 무의식적이든지 간에 애써 무시하고 회피하고자 했던 식민지 차별구조에 대해 새삼 절감하게 되고 그로 인해 자기 정체성에 대해 새삼 고민을 하게 된다. 세이난은 억울함과 분노의 심정으로 그동안 일본인들이 자행했던 이해할 수 없는 행동들을 머릿속에 떠올리며 다음과 같이 분개한다.

다케다처럼 현명하고 남에게 사려 깊은 사람이, 그토록 사리에 밝은 사람이 ……그에게 특별히 버릇없이 굴지도 않았는데 그는 왜 저토록 집요하게 나를 때리려 드는 것일까? (…중략…) 도대체 무엇 때문이란 말인가?

술 때문인가? 세이난은 이리저리 생각해 보았지만 아무리 생각해도 이해가 되지 않았다.

—위의 책, 314면

다케다는 어떤 마음으로 때리려고 했던 것일까? 부모가 아이를 때리는 심정으로? 아니면 남편이 아내를 때리는 그런 심정으로? ……자신은 남들 앞에서 자기 아내를 때린 적이 한 번도 없었다. 아무리 술좌석이라고는 하지만 많은 사람들이 보는 앞에서……아, 이 얼마나 참담한 일인가! ……이게 바로 일본 정신이란 말인가?

  (…중략…)

이게 바로 소위 말하는 숙명이란 것인가?

—위의 책, 315면

"흥! 만일 그런 경우에 상대가 내가 아니라 같은 내지인이었더라도 그 사람은 그래도 감히 바둑판을 뒤엎었을까? 또 손에 들고 있던 패를 함부로 던져버렸을까? ……"

세이난은 자신이 어떤 부모에게서 태어났는지, 어떤 환경에서 자랐는지 또 자신의 정신적인 성장은 어땠는지…… 등의 문제에 대해 이때부터 비로소 진지하게 생각하기 시작했다.

—위의 책, 317면

그동안 세이난은 자신이 타이완인이라는 종족적 신분에도 불구하고 일본 국민의 일원임을 사실로써 믿어 의심치 않아왔다. 그래서 식민지 내적 차별구조가 엄존함에도 불구하고 줄곧 그러한 사실을 무의미한 것으로 치부해 왔던 것이다. 그런데 혈통을 기준으로 한 종족적 차별을 자신이 몸소 체험하게 되면서 식민지 내적 차별구조는 더 이상 무시하거나 회피할 수 없는 객관적 현실이라는 것을 깨닫게 된다. 특히 그가 본도인으로서의 한계를 절감하게 되는 것은 자신이 승진에서 누락되는 일로 인해서이다. 본도 출신의 세이난은 타이완 총독부 전매국 총국에서 직할하는 장뇌(樟腦) 제조 실험실에서 임시직으로 일하면서 정식 직원인 기사(技手)로의 승진을 갈망하고 있었다. 그러나 그는 개인적으로 장뇌 증산에 혁혁한 성과를 올렸음에도 불구하고 본도 출신이라는 이유로 승진에서 내지 출신의 동료 다케다에게 밀리고 만다. 그는 일본인인 다케다보다도 훨씬 더 능력이 있었고 심지어 일반 일본인들이 그토록 '일본정신의 정수'라고 떠받드는 하이쿠나 탄카(短歌) 등에도 일본인들보다 훨씬 조예가 깊었지만 이러한 것들은 내지 출신의 상사에게는 하나도 받아들여지지 않았던 것이다. 단지 그가 승진에서 누락될 수밖에 없었던 데에는 그가 본도인이라는 바로 그 이유 하나만이 작용했던 것이다. 그런데 여기서 주목해야 할 것은, 그의 승진 누락의 이유로 내지인들이 표면적으로 내세우고 있는 것은 단순한 '피'의 차이가 아니라 그의 일본인으로서의 불철저성이라는 사실이다.

　　그런데 자넨 왜 아직 창씨개명을 하지 않은 건가?

_위의 책, 344면

　　본도인이기 때문에 승진할 수 없는 건 아니네. 하지만 그동안 본도인은 일단 어렵고 힘든 시기가 되면 별로 쓸모가 없었던 게 사실이었네. 자네는 본도인 중에서도 우수한 부류에 속하고 더욱이 평소에도 일본인의 좋은 점을 체득하려고 했다는 건 나도 잘 알고 있네. 그렇지만 솔직히 말해 본도인은 ○○[7]가 아니야!

_위의 책, 346면

　위의 인용은 계장 히로다(廣田)가 세이난의 승진 누락에 대해 해명하는 가운데 나온 언급인데, 여기서 히로다는 승진 누락의 이유로 본도인이라는 태생적 신분이 아닌 세이난의 일본인으로서의 불철저성을 들고 있다.

---

7) 여기의 ○○는 원작에는 '人間'으로 되어 있는데 발표할 당시에는 '○○'으로 바뀌었다.

즉, 황민화 시책 가운데 하나인 창씨개명을 하지 않았다는 것과 정작 어렵고 힘든 시기가 되면 본도인은 내지인만큼 신뢰감을 주지 못한다는 것이다. 이는 생물학적·유전적 측면에서 일본 종족의 우월성을 증명함으로써 식민지인의 차별을 정당화하고자 했던 일본 우생학자들이, 정작 그것이 설득력을 얻을 수 없게 되자, 다시 차별의 근거로 식민지인들의 애국심과 일본정신의 부족을 들고 나오는 것과 같은 맥락이다. 다시 말해, 히로다를 비롯한 직장 내 일본 상사들은 세이난을 단지 '피'의 차이만으로 승진에서 누락시키기에는 그의 능력과 그동안의 성과가 너무 뛰어났고, 또 그렇다고 해서 내지인을 제치고 승진을 시키기에는 그의 본도인적 신분이 심리적으로 용납될 수 없게 되자, 이번엔 그의 일본인으로서의 소양부족과 애국심의 결여를 이유로 들고 나오는 것이다. 그러나 정작 문제의 핵심은 역시 '피'의 차이에서 기인하는 것임은 틀림없는 사실이다. 식민주의는 식민지인들이 차별화를 주장할 때에는 동질화로 맞서고 식민지인들이 동질화를 주장할 때에는 차별화로 맞서면서 식민지인이 자신과 똑같아지는 것을 결코 허용하지 않는다[8]는 것을 새삼 일깨우는 대목이라 아니 할 수 없다.

이러한 일본인들의 이중성과 종족적 편협함을 확인한 세이난은 까이싱밍을 하지 않은 것에 대한 히로다의 핀잔에 마음속으로 다음과 같이 반박한다.

그는 법정에 서게 된 피고가 진술하는 듯한 말투로 떠듬떠듬 대답을 했다. 왜 자신이 힐문을 당하는 범인처럼 이렇게 낭패한 표정으로 서 있어야 하는 건지, 그 스스로 생각해도 참으로 어이가 없었다. 왜 좀 더 침착할 수 없는 걸까? 너무나 속상하고 억울해서 속이 부글부글 끓었다.

평소 같으면 세이난은 자신의 이름을 변경하는 것에 대한 견해를 당당

---

8) 윤대석, 『식민지국민문학론』, 역락, 2006, 36면 참조.

히 피력하고 계장의 비평을 구했을 것이다. 그의 견해에 따르면 이렇다.
(…중략…) 그러나 만일 여기에 일본인이 있는데 그의 이름은 천쭝허우(陳
忠厚)이고, 저기에도 일본인이 있는데 그는 왕용청(王永成)이라고 한다. 또
중국에도 만주국에도 일본인들이 있다. 그들의 이름은 스원(施文), 장우(張
武) 따위들이다. 이 얼마나 기쁜 일인가? 이건 오히려 대일본제국의 폭을
더욱 넓고 더욱 크게 떨치는 것이 아닐까? 그 깊이를 더욱 더 깊게 파는
것이 아닐까?

(…중략…)

결국, 이름이야 어떻든 간에, 일본인이라면 그 자체가 일본인이란 증거
가 되는 것이다. 어리석은 자들은 이름을 바꾸고서는 마치 한 사람의 일
본인이 된 양 행세를 하고, 이름을 바꾸지 못하면 자신의 불행함을 비관
한다. 그러나 이 얼마나 바보 같은 짓인가? 변경하려고 안달할 필요도, 변
경하지 않으려고 피할 필요도 없다. 때가 되면 그때 가서 흔쾌히 하면 되
는 것이다. 그는 이러한 견해를 가지고 있었다.

_위의 책, 345~346면

이상에서 우리는 다음과 같은 결론을 얻을 수 있다.

세이난이 그동안 고락을 함께 했던 직장동료와 진정으로 믿고 따랐던
직장상사로부터 자신이 일본인임을 부정당하게 되는 결정적인 이유는
결국 그가 일본 종족의 혈통을 갖고 태어나지 못했다는 것이다. 법적으
로나 그 스스로 생각하기에 자신은 일본인이지만, 태생적으로는 일본인
이 아닌 것이다. 결국 그는 일본인이면서 일본인이 아닌 존재, 즉 식민제
국주의의 이등국민으로 위치 지어져 있는 것이다. 본래 세이난이 생각했
던 진정한 일본인이란 제국주의 일본의 국민이 아니라 제국으로서의 일
본의 국민이었다. 근대적 개념인 제국주의는 국민국가의 확장된 형태로
서 '문명의 이념'에 그 기반을 두고 있기 때문에 개별 민족의 자율성은
근본적으로 인정되지 않는다. 제국주의의 질서는 그것이 "뿌리를 내리는
곳 어디에서나, 자기 자신의 정체성의 순수함을 단속하고 다른 모든 것

을 배제"[9]해 버리는 것이다. 아시아 민족에 대한 일본의 침략행위도 본
래는 이러한 민족본질의 확대 재생산으로서의 성격, 즉 제국주의적 성격
을 가지고 있었다. 그러나 당시의 세계질서는 이러한 폐쇄적 제국주의
측면만으로 자신을 정당화하는 것을 허락하지 않았다. 때문에 오히려 일
본은 각 종족의 정체성(Identity)을 비교적 그대로 유지하면서 느슨한 통일
을 지향하는 형태, 예를 들면 만주의 '오족협화(五族協和)'나 아시아 민족
이 각기 제 권리와 자율성을 가질 수 있다는 이른바 '대동아공영권(大東亞
共榮圈)'을 대외적으로 선전하였던 것이다. 다시 말해, 일본은 자신이 제
국주의가 아닌 제국의 위치에 있음을 스스로 공언하는 것에 다름 아니었
다. 이런 의미에서 본다면 세이난이 정의하는 일본인은 제국의 신민(臣民)
이었다는 점에서 당시 일본이 표방했던 식민주의 정책에 절대적으로 부
합하는 것이라 볼 수 있다. 그러나 현실에서 일본 혹은 일본인은 자신들
의 공언에도 불구하고 스스로를 제국으로 위치지어야 하는지 제국주의
로 위치지어야 하는지 명확히 하지 못했기 때문에 모순이 발생하게 되었
다. 아니 더 솔직하게 말하면 중심이 없이 권력이 편제된 상태의 제국보
다는 여전히 중심이 확장된 제국주의를 견지하고자 했던 것이 사실이
다.[10] 따라서 권력이 편제된 제국으로서의 일본을 상상했던 세이난이 결
코 그것을 용인할 수 없는 제국주의 일본에 실망하고 절망하는 것은 극
히 당연한 일이다. 이때 그는 분명히 깨달았을 것이다. 자신이 식민지 이
등 국민이고, 일본인은 은연중에 자신들 위에 군림하고 있다는 것을. 또
그처럼 오만한 일본인의 태도가 우생학에 근거한 일본종족 우월론에 그
뿌리가 있으며, 따라서 자신과 일본인의 차이와 간극은 결코 메울 수 없
다는 것을. 더욱이 스스로를 가장 자각적인 내대일여론자, 훌륭한 일본
인으로 믿었던 그였기에 혈통적으로 이미 일본인이 자기보다 앞서 있으

---

9) Michael Hardt · Antonio negri 저, 윤수종 역, 『제국(Empire)』, 이학사, 2001, 17면.
10) 제국과 제국주의에 관한 설명은 윤대석, 앞의 책, 165면 참조.

며 도저히 그것을 따라잡을 수 없다는 사실에 그 간의 자신의 모든 노력
이 허사였음을 깨달았을 것이다. 그는 결국 절망 속에서 죽음의 꿈을 꾸
고, 신경쇠약에 걸리게 된다. 그러나 여기서 세이난이 보여주는 일본에
대한 이러한 의문과 회의는 사실, 그가 의도한 것이라기보다는 식민종주
국 일본이 설정한 차이에 근거한 것이라 할 수 있다. 호미 바바에 따르
면 식민지인이 양가성을 보이는 것은 식민지 본국인이 차이를 설정하고
양가성을 보이기 때문이라고 한다. 식민지 본국인은 식민지인으로 하여
금 자신을 모방하도록 하지만 결코 동일화할 수 없는 차이들을 설정해둔
다는 것이다.

4. 순혈주의에 대한 패배 그리고 도피
─차이의 무화 / 차이의 전가

그렇다면, '내대일여', '대동아공영권'의 모순을 이미 보아버린 세이난
의 다음 선택은 무엇이었을까? 애초 식민지의 내적 차별구조의 상존을
체감하고 깨달았을 때처럼, 자신의 본도인적 혹은 피지배자로서의 자기
정체성을 되찾으려 했을까? 결론적으로 말하면, 그는 다소 의외의 선택
을 하게 된다.

한참을 망설이다가 돌연 그는 최후의 결론을 내리듯 혼잣말로 중얼거
렸다.
"그래, 그거야! 아, 나는 결국 본도인이었던 거야!"

_위의 책, 359면

"뭐 그리 거창할 것이 있겠는가? ……아아! 아아! ……무슨 일본민족의
생활형태의 전승이니 가령 언어, 문자, 종교, 역사, 풍속, 습관, 정치 형태

등의 생활 각 방면의 일본화를 말했지만……난 왜 그리 거창한 것들만을
말하고 주장했던 것일까?”

_위의 책, 360면

그렇습니다. 함께 피를 흘리지 않으면 황민이 될 수 없습니다. 다행히
이번의 지원병 제도 때문에 기회가 주어진 것입니다. 그런데 어떻게 지원
하지 않을 수 있겠습니까?

_위의 책, 375~376면

아니 그렇지 않아요. 소위 황민으로 가는 길이란 바로 순국하는 걸 의
미하는 겁니다. 생과 사의 갈림길에서 하나를 선택한다면 그건 바로 빠르
고 편안하게 죽는 길뿐이지요. 우리는 지금 역사의 중요한 순간에 서 있
어요. 피의 역사를 창조해야 합니다.

_위의 책, 376면

세이난은 그동안 거창한 것들만을 들먹이며 논리적으로 설파하려 했던
자신을 반성하며, 죽음을 통해 피의 역사를 창조하리라 사뭇 비장한 결의
를 다지고 있다. 결국 그가 선택한 길은 타이완인이면서도 일본인인 이중
의 입장을 버리고 오로지 스스로를 순혈 일본인으로 상상하는 것이었다.
   세이난 거사(居士) 타이완에서 태어나 타이완에서 자라 일본 국민으로
죽다.

_위의 책, 378면

그렇다면, 이등국민으로서의 깨달음이 결국 ‘지원병’이라는 실천으로
귀결되는 이 다소 황당하고 비약적인 결론에 대해 우리는 어떻게 이해해
야 할 것인가? 여기서는 두 가지의 가정을 해 볼 수 있다. 첫째는 논리에
의해 풀리지 않는 모순을 비논리의 영역으로, 즉 자신이 그토록 비난해
마지 않았던 순혈주의로 귀의해 버린다는 것이다. 이는, 순수성과 다양
성의 모순도 단순히 ‘천황귀일(天皇歸一)’과 ‘팔굉일우(八紘一宇)’라는 일본

정신 속에서 모순 없이 해소될 수 있다는 안이한 시국인식이며 순혈주의
에 대한 패배이다. 사실, 이러한 형태의 결론은 또 다른 황민문학의 대표
작이라 일컬어지는 저우진보(周金波)의 「지원병(志願兵)」(1941년, 『문예타이완』)
에서도 보인다. 저우진보는 진정한 '황민'이 되는 '방법론'을 둘러싸고
벌어지는 장밍꾸이(張明貴)와 까오진류(高進六)의 논쟁 속에서, 이론적이고
논리적인 접근을 꾀하는 장밍꾸이보다는 단순한 박장(拍掌)의식과 기도를
통해 신명(神命)과 야마토고코로(大和心)를 체험할 수 있다는 다분히 비논
리적이고 종교적인 접근을 꾀하는 까오진류의 손을 들어준다. 까오진류
역시 세이난과 마찬가지로 혈서 지원까지 해가며 지원병에 참전한다. 이
렇듯, 천휘취엔이나 저우진보의 이른바 '황민문학'의 결론은 결국 자신
의 타이완인으로서의 '피'를 부정하고 진정한 황민이 되기 위해, 자신의
피를 정화하기 위해 지원병을 선택하는 것으로 끝이 난다. 다시 말해, 전
쟁에 참가하여 일본인과 똑같이 피를 흘리며 죽는 것으로, 즉, '유혈(流
血)'의 방법으로나마 상상 속에서 일본인의 피를 획득하려는 것이다. 이
는 엄연히 존재하는 모순을 근원적으로 치료하는 것이 아니라, 처음부터
없었던 것처럼 봉합해서 닫아버리는 것에 다름 아니다.

둘째, 지원병을 통해 '남방행'을 결정했다는 것은 그러한 순혈주의로
부터의 도피이자 새로운 제3의 길에 대한 모색으로 볼 수 있다.

> 오늘날 남쪽에서 새로운 '국가의 탄생'이 이루어지고 있습니다. 새로운
> '신화'가 퍼지고 있습니다. 바로 이때에 우리 육백만 도민 전체가 '황민'
> 이 되지 못한다면 언제 우리가 '황민'이 되어 구원을 받을 수 있겠습니까?
> 바로 지금입니다. 천황의 방패가 되어 목숨을 바칠 수 있는 것은 바로 지
> 금입니다.
>
> _위의 책, 377면

이 말은 세이난이 지원종군을 결정한 후에 자신의 동료에게 자신의 심

경을 토로하는 대목이다. 여기서 그가 말하는 '신화'는 혈통이 서로 다른 민족을 일본 제국 안에서 하나가 되게 하는 '역사적 연성'을 의미한다. 그는 줄곧 이러한 신화가 하루빨리 완성되어 자신도 정식으로 일본의 국민이 될 수 있기를 갈망하고 있었다. 그런데 드디어 그의 눈에 그 신화가 '남방'에서 서서히 형성되고 있는 조짐이 보이기 시작했던 것이다. 적어도 그는 그렇게 믿었을 것이다. 다시 말해, 태평양전쟁을 통해 아시아 전역에 일본 제국의 식민지가 하나하나 늘어나는 것을 보고, 그는 이것이야말로 남방에서 신화가 완성되고 있고 자신이 꿈꾸었던 이 신화가 완성되는데 자신이 적극적으로 참여하는 것은 당연한 일이라고 생각했던 것이다. 이런 의미에서 세이난이 지원병을 자청해서 남방의 전장으로 간다는 것은 일본 식민당국이 소리 높여 외쳤던 '황민화'와 '남진기지화'라는 시국 정책에 적극적으로 동참하는 것이기도 하지만 동시에 그가 보기에 새로운 신화가 펼쳐지는 이상의 땅이자 구원의 길이었다. 앞서도 언급했듯이, 저우진보의 「지원병」에서도 등장인물이 타이완을 떠나 남방의 전장으로 가는 것으로 결론을 맺고 있다. 이는 한마디로 일본에 의해 유린된 '남방' 지역에서 2차 지배자로서의 역할을 기꺼이 자임하는 것이다. 사실, 일본의 타이완 점령 자체가 그들의 남진에 대한 야심을 처음으로 선보인 하나의 예라면, 1930년대의 이른바 '대동아공영권'의 구상은 그것의 가장 구체적인 실천이라 할 수 있다. 중국 대륙 이남과 동남아 지역을 아우르는 이른바 '남방'은 석유와 광물 등 천연자원이 풍부한 지역이었기 때문에 만주 점령 이후 일본이 가장 역점을 두고 있던 세력 확장의 또 다른 거점 지역이었다. 따라서 일본과 난양(南洋)의 중간 지점에 위치해 있던 타이완은 그 지리적 위치 때문에 자연 남방 진출의 기지이자 주요 거점이 될 수밖에 없었다. 또한 역사적으로 볼 때에도 동남아시아와 타이완은 공히 청조 이래로 푸지엔(福建)과 광뚱(廣東) 지역 한족들의 주요 이민지였기 때문에 일본이 남방 지역에 새로운 식민지를 개척함에

있어 화교들과 언어 소통이 가능했던 타이완인들이야말로 가장 쓸모 있
는 인적 자원이었음은 물론이다. 게다가 지리적으로 일본과 남방 간의
거리는 타이완과 일본 간의 거리보다도 훨씬 멀었다. 그리고 무엇보다도
중요한 것은 이른바 일본의 '외지'라는 영예 아닌 영예를 안게 된 것도
타이완에 비해 40년이나 늦었던 것이다. 이는 타이완인 입장에서는 남방
의 근대화 속도가 그만큼 늦었다는 것을 의미했을 수도 있다. 이러한 제
반 여건들을 종합해 볼 때, 타이완인들이 남방 지역의 사람들을 자신보다
열세에 놓인 사람들로 인식했음을 가히 짐작하고도 남을 일이다. 「도」의
세이난이나 「지원병」의 까오진류가 남하하게 된 데에도 이러한 것이 하
나의 이유로 작용했을 것이다. 다시 말해, 타이완 스스로가 안고 있는 그
외지성을 탈피하기 위해 자신에 비해 일본과 훨씬 멀리 위치해 있는 남
방이라는 또 다른 외지가 필요했던 것이다. 이렇게 볼 때, 이른바 타이완
인들의 남방에 대한 동경은 단순히 일본 제국주의의 강압에 못이긴 어쩔
수 없는 선택으로만 볼 수 없는 측면이 있다. 물론, 남방에 대한 이러한
이상화는 일본인의 시선에서 바라보았을 때 가능한 것이다. 거기에는 남
방에 살고 있는 원주민에 대한 배제가 전제되어 있는 것이고, 나아가 타
이완인과 일본인의 구별이, 남방의 원주민이라는 제3자의 개입에 의해
무화되는 지점에서 가능한 인식이라 하지 않을 수 없다. 즉, 순혈주의라
는 식민종주국과의 차이를 제3자인 다른 종족에게 전가함으로써 자신은
그곳에서 벗어나고자 하는 것이다. 식민화의 타자가 그러한 타자성을 또
다른 식민화의 주체를 꿈꾸는 것으로 상쇄하려는 욕망을 고모리 요이치
(小森陽一)는 '식민지적 무의식'이라고 부르고 있는데, 이는 자기 식민지화
를 은폐하고 망각함으로써 발생하는 것이다.

5. 식민주의의 반복

이 글은 이른바 황민문학의 범주 안에서 거론되어지는 타이완의 신진 작가 천훠취엔의 일본어 소설 「도」에 대한 분석을 통해 식민주의 담론이 자체 내에 내재하고 있는 모순과 그로 인해 필연적으로 그것과는 차이가 날 수밖에 없는 식민지인의 다른 목소리를 듣고자 했다. 그러나 이미 서두에서도 밝혔듯이, 그러한 다른 목소리로부터 식민주의에 대한 저항의 단서를 찾고자 한다거나, 혹은 그 안에서 탈식민적 근거를 발견하여 황민문학을 구제하고 복권시키려고 시도한 것은 결코 아니다. 왜냐하면 그들의 다른 목소리는 식민주의에 대해 더 큰 목소리로 따지지 못하고 오히려 대부분 스스로의 입을 다물어버리거나 혹은 다른 제3자에게 대리 발화하는 형식을 취하고 있기 때문이다. 그럼에도 불구하고, 우리가 여기서 반드시 지적해야 할 것은 이러한 차이의 무화 혹은 차이의 전가가 모두 식민주의가 던져주는 열매가 결국은 독과였다는 깨달음과 그로 인한 좌절에서 기인하고 있으며, 그럼에도 불구하고 그러한 독과를 버리지 못하고 오히려 또 다른 약자를 찾아내 그들에게 던져줌으로써 독과의 양산을 꾀하고 있다는 것이다. 구체적으로 말해, 일본과 타이완의 관계 속에서 '외지'로 배척을 받았던 타이완인들은 그러한 차별에 따른 식민지인으로서의 열등감을 맛보았지만, 동시에 자신들보다 훨씬 후진적이라고 생각되는 남방에 대해서는 일종의 알 수 없는 우월감을 가지고 그들에게서 일본으로부터 받았던 차별과 멸시에 대한 보상을 받고자 했다는 것이다. 이는 결국 차별 받는 객체에서 차별하는 주체로의 등장을 꿈꾸는 것으로 볼 수 있다. 그러나 더욱 더 애석한 것은, 그러한 독과의 전수 과정이 식민시기 이후에도 그대로 전수되어 끊임없이 복제되고 확대 재생산되고 있다는 점이다. 우리 자신이 가지고 있는 배타적인 인종의식이나 피부색에 따른 편견도 마찬가지거니와, 타이완이 한때 일본의 그것과 유사한 '남진론'을 통해 동남아시아의 맹주로 군림하려고 했던 것 등은 과거 식민 지배를 경험했던 나라들이 지금은 제국주의 혹은 제국주의와 식민지의 이중적인 위치로의 승격을 희망하고 그러기 위해 발버둥을 치고 있는 것에 다름 아닐 것이다. 식민주의의 망령은 여전히 우리를 맴돌고 있다.

제 3 부

중　국

일본에서의 '만주국'의 문학연구의 경향

오카다 히데끼

1. 오자키 호츠키 「'만주국'에 관한 문학의 다양상」의 배경

일본연구자가 처음으로 만주국의 문학을 연구한 논문으로서 오자키 호츠키의 「'만주국'에 관한 문학의 다양상−어느 전설의 시대」(이하 「문학의 다양상」으로 줄임. 『구 식민지문학의 연구』)를 거론하는데 이론(異論)은 없을 것이다. 「문학의 다양상」은 그 연구분야에서 선두에 선 논문일 뿐만 아니라, 오자키가 만주의 문학 동향을 개관하고, "『작문』파와 『만주낭만』 그룹과 나란히 『예문지』의 만계작가와 대륙개척문예간화회에 대표되는 일본 문학자의 활동을 넓히는 데 크게 이바지했다."고 서술되고 있다. 하지만, 중국문헌에까지 살피지 못하고 古丁들을 축으로 한 『예문지』파 그룹밖에 다룰 수밖에 없는 한계가 있지만, 당시로써 가능한 한 문헌에 접근했고, 폭넓게 만주에 관한 문학 활동을 조감한 역작으로서 현재도 그 빛을 잃지 않고 있다.

우선 오자키의 「문학의 다양상」이 태어나게 된 배경에 대해 서술하고자 한다.

위와 같이 오자키는 『구 식민지문학의 연구』, 「늦은 발언-후기를 대신해서」의 중에서 다음과 같이 설명하고 있다.

여기에 수록된 논고의 대부분은, 이시나미서점 발행의 잡지 『문학』 편집부가 주최한 공동연구 「전시하의 문학」의 일부를 이루는 것이다. 그 공동연구에는, 다케우치 요시미, 히라노 켄, 하시카와 분조, 야스다 타케시, 이시다 타케시, 우치카와 요시미가 참가하고 1960년 3월 7일부터 그 해의 연말까지 계속되었고 그 내용은 1961년 5월부터 몇 회에 걸쳐 『문학』란에 기재되었다. 따라서 『구 식민지문학 연구』는 한 사람의 개인 노력으로 만들어진 것이 아니며, 그 공동연구에 참가한 사람들의 적극적인 노력에 힘입어 탄생했다는 점을 미리 말해 두고 싶다.

이 공동연구에 참여한 다케우치 요시미도 그의 일기 중에 다음과 같은 특집에 관하여 언급하고 있다.

잡지 『문학』의 모임에 나간다. 작년 4회에 걸쳐 「전시하의 문학」의 특집을 행하며, 그 준비를 위해 정기 모임이 아닌 몇 번의 집회를 가졌고, 그것이 마지막 결말을 맞는 계기가 되었다. 그 특집은 중요한 문제를 품고 있지 않았다. 그러나 일단 정리 역할을 수행했다고 할 수 있다. 수확만을 목표로 중요한 문제를 간과해서는 안될 것이다. 그러나 그 특집은 수확이 전혀 없는 것은 아니다. 다만 이대로 계속해서 앞서가야 한다는 지엽말단의 우려가 있으므로, 특집형식은 일단 중지하게 되었다.

　　　　　　_「일기」 1962년 6월 25일, 전집 전16권, 1981, 247~248면

잡지 한 권 전체가 특집을 다뤘고, 게다가 4회 연속이라는 것은 편집부의 강한 의욕을 보이는 느낌을 준다. 전후 15년을 경과한 시점에서, 전시하의 문학·예술의 실태를 재 수정하고, 전쟁을 일으킨 데 대한 책임 구분도 지어야 한다라는 큰 기획이다. 중요한 문제에 대해 간과하지 말고 다시 되짚어봐야 한다는 다케우치의 말에 참가자의 생각은 집약되어

있다. 그러나 그『문학』의 특집이, 일본 국내의 문화인, 문화단체의 동향
에 초점이 맞춰져 있는 점에 주의해 두고 싶다. 즉, 일본인의 '전쟁책임'
추궁은 명확하지만, '외지' — 일본의 식민지, 점령지에 있어서 문화생활,
혹은 현지주민의 협력·비협력의 실태까지 시선이 미치지 못한 한계에
대해 지적할 수 있다.

그러나 오자키의 「문학의 다양상」은, 여기에는 포함되어 있지 않다.
실은 거의 같은 시기의 <만주국 연구회>에 포함되어 있다. 이것도 다케
우치 요시미의 일기 중에서 찾아 볼 수 있다.

"밤, 중공사에서 만주국연구회의 제1회, 하시가와, 노무라, 오자키 다
른 중공의 와다, 츠네다, 후시다만이 결석. 논의."(앞의 글, 「일기」, 1961년 4
월 25일, 149면)라고 있지만, 그 후에도 거의 1개월마다 연구회가 개최되고
있었다는 것을 알 수 있다. 그 후, 중앙공론사와 일절 손을 끊고, 연구회
도 개인적으로 독립하는 형태로 되었다. 다케우치의 일기에는 "만주국
연구회에 참석했다. 오늘 보고는 멤버 중 가장 젊은이들로 구성됐다. 이
모임도 1년이 지나서야 겨우 성격이 드러나는 느낌이 든다. 1개월 이후,
중공사를 떠나 독립한 것은 잘한 일이다."(앞의 글,『전집』제16권, 1962년 4
월 19일, 221면)라고 회고하고 있다.

이 연구회에 접근한 다케우치의 열정적인 생각을 확인할 수 있다.

　　최근 몇 년 동안, 나는 동료와 <만주국연구회>라는 작은 모임 활동을
하고 있다. (…중략…) 진보파에서 반동단체라고 비춰질 수도 있지만, 우
리들에게 있어서 역사의 결말을 짓는 일은 누군가가 하지 않으면 안 되는
일이라고 생각한다. 원래는 일본국가가 그것을 응당 해야 하지만, '일신동
체'라든가 '同甘共死'라든가, 그것이 입에 발린 속임수라고 밖에 할 수 없
다면, 국가의 도의적 주체성은 상실한다. '만주국'은 1945년 해체 선언을
발표한다. 그러나 '만주국'을 날조한 일본국가는 '만주국'의 소멸을 알리
지 않았다. 알고 있으면서도 모르는 척을 하고 있다. 이것은 역사 및 이성

에 대한 배신행위이다.

_다케우치 요시키, 「만주국연구의 의의」, 『전집』 제4권, 1980, 416면

『문학』이 기획한 「전시하의 문학·예술」 특집도, 다케우치 등의 <만주국연구회>도, 시대는 1960년대 초반이며, 일본의 정치는 미일안보조약의 개정을 둘러싸고, 격렬하게 요동을 치고 있었다. 미국의 군사전략에 편입시키려는 전쟁으로 진출인가, 평화헌법의 길을 지키려는 것인가라는 일본의 진로를 결정해야 하는 중요한 선택의 시기였다. 그 뜨거운 정치의 소용돌이 안에서, 잡지 『문학』은, 전쟁수행에 협력·가담한 지식인들의 소행을 속속히 밝혀, 개혁을 일으키려고 하고 있다. 또한 <만주국연구회>는, 일본이 조작한 괴뢰국가가, 어떤 실태였는지를 밝힘으로써, '역사의 결말을 짓는 작업'이라는 책임을 맡았다. 오자키호츠키의 「대동아 문학자대회에 관하여」, 「대동아 공동선언과 2편의 작품」, 「결전하의 대만문학」, 그리고 「문학의 여러 가지 모습」이라는 일련의 역작은, 이렇게 해서 생각을 공유한 연구자들과 함께 창출된 성과 중 한가지이다. 「문학의 다양상」은 『문학』 1963-2(一), 1963-5(二), 1963-6(完), 1966-2(보유)에 연재되고, 1971년에 『구 식민지문학의연구』에 의해 정리되었다. 물론 오자키의 이러한 '외지'의 집념은 그의 형 오자키 호츠미의 '조르게 사건'에 의해, '국적' 비난을 받고, 냉담을 받으면서도 식민지·대만에서 살았던 그의 체험이 배경이 된 점은 말할 것도 없다. 그러나 그의 두드러진 업적도, 사회의 큰 흐름 속에서 평가해야 한다고 생각한다.

2. 1990년대의 '만주국'의 문학연구

오자키의 선행연구에서 다음 세대의 '만주국' 문학연구가 태어나기까지는 20년간의 공백이 있었다. 물론, 쇼군, 쇼훙을 대표로 하는 '동북작가'의 연구는 계속되고 있었지만, 관내항일 문학, 혹은 좌익문학의 일익을 담당하는 연구이자, '만주국'에서 태어난 문학을 대상으로 하는 것은 없었다. 중국문학연구자 오카다 에이키의 「'만주국'에 관한 '문화교류'의 실태」(『외국문학연구』, 제62호, 1984)가, '재만' 중국인작가의 번역 작품만 정리해 둔 것이 있었지만, 가장 빠른 성과라고 말할 수 있을 것이다. 또한, 다나카는 「만주와 문학」라는 제목의 논문을 『법정대학대학원기요』에 연재했는데(1987년 제19에서부터 1990년까지 6회분을 확인), 일본문학연구자 중 비교적 빠른 시기의 업적이라고 할 수 있다. 그리고 <자료 2>에서 제시한 것과 같이 이 분야에서의 본격적인 연구의 전개는 90년대 들어와서부터라고 해도 과언이 아니다. 더구나 그 시기에는 지금까지의 공백이 거짓말처럼, 개인의 연구논문뿐만 아니라 잡지의 특집과 논문집(공동연구의 성과) 등으로 확산되어 전문적인 연구회도 생겨났다. 연구대상도 문학에 국한되지 않고, 영화, 음악, 교육, 출판, 도서관 등 다방면으로 확대되었다.

90년대에 들어와 활기를 띤 '만주국'의 문학·문화연구의 동기는 무엇일까. 우선 빠른 시기에 『타향의 쇼와문학』(이시나미서점, 1990)을 세상에 묻고자 한 카와무라 미나토의 말을 인용한다.

① 문화와 가치관을 일원화하는 점이 일본의 조선반도와 만주에의 침략과 중국의 문화대혁명과 같은 참혹한 희생을 치르면서, 결과적으로 실패했다는 사실에 우리들은 더 겸허하게 받아들여야 할 것이다. 다양하고 다채로운 다원적 정신의 "복합민족"화가 지금이야 말로 필요한 시기라는 생각이 든다. 이 책은 만주에 대해 일본 문학자들이 무엇을 느끼고, 무엇을 생각하고, 그리고 그것들에 대해 어떤 식

으로 표현했는가를 알아가자는 점에 있다.

_「서장 부산에서 만주까지」, 9면

오카다 히데끼는, 위의 다케우치 요시미의 「만주국 연구의 의의」를 인용한 후에,

② 만주국이 해체된 지 55년, 다케우치의 경고가 있은 지 37년, 유감스럽게도 아직도 일본국가에 의한 만주국의 소멸을 인정하지 않고 있다. 저는 글 첫머리에 서술한 것처럼 문제의식(21세기에의 국경의 경계가 무너지고, '국가', '민족'이라는 의식은 불분명해져 가고 있는 것은 아닐까)을 가지고, 만주국이라는 무대를 빌려, 일본의 내셔널리즘 — 그것은 국가권력으로서 발로하는 경우도 있겠고, 개인의 의식에서 확연히 드러나는 경우도 있다 — 에 대항해서 드러나는 중국인의 의식을 고찰하고자 한다. (⋯중략⋯) 본서의 목적은 인물 평가를 하고자 함이 아니라 인간의 내면을 포함한 만주국의 실태 파악에 두고 있다.

_「서」, 『문학에서 본 '만주국'의 위상』, 연문출판, 2000

라고, 가와무라와는 표현을 달리하고 있지만 다문화공생의 시점으로부터 '만주국'의 문제를 역사의 귀감으로 생각하고자 한다고 있다.

아래의 두 문장은, 특집을 엮은 잡지편집자의 말이다.

③ 그러나 현재 우리들 일본인에 있어서 '만주' 문제는 해결된 것인가. 올해로 중일국교회복 30년을 맞이하고 있다. 최근 중일 문화교류 경제교류도 매년 활발해지고 있다. 다만, '만주문제'에 있어서는 적극적으로 교류를 할 수 없는 무언가를 느낀다. 그 무언가는 무엇일까? 그것을 발견해 가는 일이 본 기획의 취지이다. (⋯중략⋯) 일본에게서 '만주'는 무엇을 의미하는 것인가. 또한 일본은 '만주'에서 무엇을 이루었는가. 21세기의 시작을 맞이한 현재야말로 당시의 국제정

세부터, 전후의 동아시아 역사까지 시야에 넣고, 세계사 속에서 '만주'라는 장이 가진 의미를 재고찰하지 않으면 안 된다.

　　　　　　　　　　　_특집 「만주는 무엇이었는가」, 후지와라서점, 2002

④ '오족협화'를 표방하고, '왕도락토'의 건설이라는 환상에 사로잡혀있던 일본의 행위는 수많은 사람들의 슬픔의 원인이 된 침략행위라고 볼 수밖에 없다. 우리들은 그 과오를 망각한 사실을 용서할 수 없다. 그렇지만, 역사는 뉘우치는 것만으로 끝나는 것이 아니라, 배움을 깨닫고 의미를 완성해 내는 것이다. / 현재의 그리고 앞으로 아시아 지역의 나아갈 방향을 생각하고, 다시 '구만주'라는 특수한 지역을 만들어낸 시대에 주목하여 해명하려는 의도는 무언가 유효한 단서를 우리들에게 제공하려 함이다. 본 특집이 그 일익을 담당할 수 있다면 기쁠 것이다.

　　　　　　　　　　　_「편집후기」, 특집 「중일로부터 보는 『구만주』」,
　　　　　　　　　　　『아시아유학』 No.44, 2002

　논문집 『만주국의 문화』를 편집한 편집자 니시와라는, 이와 같은 '만주국' 문화연구의 의의를 두고 있다.

⑤ 이것은 단지, 일본의 근대사에 차지하는 만주국의 위치의 중요성에 그치지 않고, 다만 지금의 세계에 던지는 만주국의 그림자의 크기를 말해도 좋을 것이다. 현재와 미래에 있어서 예를 들어 일본과 중국, 일본과 아시아와의 관계의 문제, 혹은 국가와 민족과 개인의 관계라는 문제 등 어느 것에서도 만주국의 문제가 반드시 드러나게 되는 것이다.

　　　　　　　　　　　_「머릿말」, 『만주국의 문화』, 2005

　젊은 연구자들로 조직된 '만주국' 문화연구회는 그 「설립선언」에 다음과 같이 진술하고 있다.

⑥ 우리들의 작업은, '만주국' 자체를 근대일본의 식민지라는 한마디 아래에서 결론을 지으려는 것이 아니다. 그러한 의식에서 나오는 문학작품의 접근은 작가들이 쓰는 말을 독자가 선취한 역사평가를 서술하기 위한 제재로 사용하고 만다. 안전한 대답에는 보상된 분석작업은, '만주국'의 작가들의 복잡한 작품과 언표행위에 어디까지 진실로 다가갈 수 있을 것인가. 이것은 연구의 도중에 자칫 치우치기 쉬운 우리들 스스로 경계해야 한다.

'만주국' 문학연구회로써 우리들이 요구하는 것은, 어디까지나 '만주국' 당시 작가들이 썼던 언어와 작품, 혹은 그들이 쓴=살아있는 자취이다. 이것을 명확히 하고 기록해야 할 것이다. 이 추궁 대상을 근대 식민지를 둘러 싼 역사평가에 결부시키는 것은 우리들의 출발점에 있어서는 목적이 될 수 없다. 그곳에 가기까지 우리들이 해결해야 할 일은 산처럼 높은 일이다.

___'만주국', 문학연구회의 설립의 선언(2001년 4월 10일), 공동연구회 홈페이지

식민지문화연구회기관지 『식민지문화연구』의 「창간사」에서 이렇게 말하고 있다.

⑦ 결국 근대일본 역사, 근대일본 문화와 사상의 참된 모습을 알기 위해서는 근대일본의 발자취를 지구적인 시야에서, 적어도 아시아 · 태평양의 시야에서 볼 필요가 있다. 지금부터 57년 전, 패전 직후야 말로 이러한 시야를 유지하여 반성과 탐구가 민족적인 규모로 행해져 그 결과로서 전체적이고 보편적인 근대일본사상이 정착될 수 있는 절호의 기회이지만, 이윽고 세계가 '냉전' 시대에 돌입, 일본은 제2의 '쇄국'상태에 빠져 절호의 기회를 놓치고 말았다. 그러나 그로부터 44년, '냉전'체제가 붕괴되고 그에 따라 이전부터 시작되고 있던 일본기업의 아시아 · 태평양으로의 진출이 전면적인 전개기를 맞이하여 일본은 과거의 아시아 태평양의 침략 점령 식민지화의 역사에 정면으로 대면하지 않으면 안되었다. 다시 전체적인 보편적인 근대 일본 역사상을 국민적으로 형성 정착시키는 계기가 도래 했다고 말할 수 있을 것이다. 그러한 인식에서 일본사회 문학회는 1979년 가을

이래, 지구교류국의 사업으로서 110수년에 이르는 국제심포지움을 개최했다. 그리고 여전히 진행 중에 있다. 그 사업을 계승하여, 나아가 전문적으로 발전시키기 위해 넓게는 해당 학회를 넘어 뜻을 같이하는 새로운 학자들도 초대하여 작년 가을 결성된 것이 식민지 문화연구회이며, 본 잡지사는 그 기관지

_창간사『식민지문화연구』창간호, 2002

중국의 (개혁 개방 정책에) 의해, 80년대는 일본과 중국의 교류가 비약적으로 확대 된 시기였다. 또한 ⑦이 말하는 '냉전' 체제 붕괴는 90년대 들어 일본기업이 아시아·태평양지역으로 진출이 전면적인 전개를 맞이하는 계기로도 이어졌다. 이러한 글로벌화는 동시에 과거의 침략 점령 식민지화라는 역사적인 책임을 피할 수 없는 정황을 맞이했다고 할 수 있다. 덧붙여 1995년에는 종전 50년이기도 하며, ③이 말하는 바와 같이 2002년은 중일 국교 회복 30년이다. 이러한 고비의 해가 구 식민화를 생각하고 중국문제를 역사적으로 돌아보는 계기가 되었다고 말할 수 있을 것이다. 그러나 오자키의 업적에서 엿볼 수 있는 개인적인 전쟁책임의 추궁이라는 측면은 희미해졌으며 일본의 근대화의 역사를 재검토하고 '일본과 중국, 일본과 아시아의 관계 혹은 국가와 민족과 개인 관계' ⑤를 탐구하여 일본의 미래상을 전망한다는 새로운 지평으로의 나아갈 수 있을 것이다.

최근에 생겨난 '포스트콜로니알'과 '젠더론'이라는 새로운 시점도 받아들여 '만주국'의 문학연구는 한층 다양화되는 양상을 보이고 있다.

『백란의 노래(白兰之歌)』 번역으로부터 『교민(侨民)』까지
梅娘의 창작 궤적에 대한 분석

키시 요코

1. 『백란의 노래(白兰之歌)』에 관하여

久米正雄이 쓴 『백란의 노래(白兰之歌)』는 『東京日日新聞』(즉 지금의 『每日新聞』)과 『大阪每日新聞』에 동시에 발표된 신문 연재소설이다. 1939년 8월 3일에 시작하여 모두 158회 연재되었는데, 1940년 1월 9일, 작자의 다음과 같은 설명을 끝으로 종료되었다.

> "이 소설을 처음 쓰기 시작할 때 원래는 150회를 예정하고 있었는데, 이렇게 자신도 모르게 길어져 어떻게 마무리해야 할지 모르는 상황이 될 줄은 생각지도 못하였습니다. 그러므로 여기서 잠시 멈추고자 합니다. 오랜 기간 동안 애독해 주신 독자들에게 감사 드립니다."
> (本小说动笔之初原打算写一百五十回, 没曾想不知不觉中拖得太长以至于无法收笔, 因此在这里暂且中止。感谢各位读者长期以来的热心阅读。)

다음 날부터 이 신문은 菊池寬의 연재소설 『여인의 숙원(女人的夙愿)』을 싣기 시작하였으니, 이 점으로부터 보면 『백란의 노래』가 연재를 중지하게 된 것은 아마도 정말 작자가 말한 이유에서일 것이라고 여겨진다. 그 후 久米正雄은 이 소설을 계속 써서 완성하였고, 1940년 3월 단행본으로 新潮社에서 출판하였다.[1]

『백란의 노래』의 내용은 대략 다음과 같다.

남만주 철도주식회사(南滿洲鐵道株式會社, 일반적으로 '만철滿鐵'이라 한 다) 건설과에서 일하는 松本康吉는 비록 대학을 마치지는 못하였지만 유능 한 측량 설계 기사로 상사 및 동료들의 신임을 얻고 있었다. 그는 병세가 위중한 부친을 마지막으로 모시기 위하여 10년 동안 떠나와 있던 고향으 로 돌아가게 된다 — 일본 澁江村. 생명이 위독한 부친은 康吉에게 집과 전 답은 모두 이미 대출 때문에 저당 잡히고, 그 외에 적지 않은 빚도 지고 있음을 말해 준다. 집안의 곤궁한 처지를 알게 된 康吉은 철도회사를 그만 두고 퇴직금으로 빚을 갚으리라 결심한다. 아울러 그는 부친의 또 한 가 지 부탁에 응하여, 부친의 은인의 딸 京子와 결혼할 것을 승낙한다. 그러 나 혼례가 있기 바로 전날 康吉은 동생 德男 또한 京子를 사랑하고 있음을 알게 된다. 그래서 康吉와 京子는 일단 형식상의 부부가 된 다음, 앞으로 어떻게 할 지는 시간이 지난 후 다시 결정하기로 한다. 康吉는 친구 貴司 의 건의를 받아들여 세 사람이 함께 만주(滿洲)로 가서 땅을 개간하기로 한다. 1년 동안 열심히 황무지를 개간하며 대자연 속에서 경작하고 생활 하는 가운데, 그 기간 동안 세 사람의 감정이 어떻게 되는가에 따라 결정 을 내리기로 한다. 이들 세 사람을 둘러싸고 또 다른 몇몇 인물들이 설정 되어 있다. 康吉을 사모하는 먼 친척 — 모던 여성 規矩子, '만철'사업에 몸 과 마음을 다 바친 상사와 그 딸 杏子 — 마찬가지로 마음 속으로 康吉을 사모한다. 그 외 만주라는 무대를 배경으로 설정된 인물로서 康吉의 중국 어 선생이자 일편단심 康吉를 사랑하는 아름다운 '만주 여성' 李雪香이 있 고, 또 雪香과의 결혼을 갈망하는 그녀의 사촌 程梯云이 있다. 이 두 사람 은 康吉의 인생에 파란을 일으키게 된다. 한 쪽은 康吉이 아내가 있다는

---

1) 본문에서 인용한 『백란의 노래』 원작 및 梅娘의 중국어 번역문은 모두 岡田英樹씨가 당 시의 신문 연재를 복사, 정리한 자료에 근거한 것으로 분명하고 읽기 쉽다. 이 자리를 빌어 특별히 감사 드린다.

것을 분명 알면서도 康吉에 대한 깊은 사랑을 멈추지 못하는 雪香이고 한 쪽은 康吉에게 심지어 애원하며 雪香에게 절교의 편지를 써서 그녀의 마음을 돌려 달라는 梯云이다.

오래지 않아 노구교(盧溝橋) 사변이 발발하자 '만철'은 중·일 간에 전면전이 일어날 것이라 예상하고 만주와 북경(北京)을 연결하는 '승고선(承古線)' 철로(승덕承德－고북구古北口－북경北京)건설에 착수한다. 康吉은 일종의 강렬한 사명감에 사로잡혀 '만철'에 복직하여 일하게 되고 곧바로 철로 공사장에 투입된다. 그 곳에서 '만철'의 측량 대원이 열하(熱河) 일대에서 활발히 활동하고 있는 공산당 유격대원에게 납치되는 사건이 발생한다. 康吉은 중국어를 할 줄 알았으므로 군사(軍使) 신분으로 포로 석방을 교섭하는 일에 파견되는데, 공교롭게도 유격대의 군사로 교섭 자리에 나온 사람이 雪香으로, 두 사람은 예기치 못하게 재회하게 된다. 알고 보니 雪香은 康吉의 절교 서신을 받은 후 결연히 공산당 유격대에 들어갔고 康吉에게 雪香과 헤어질 것을 애원하던 梯云은 그녀가 들어 간 유격대의 지도자가 되어 있었다. 康吉이 쓴 절교 서신의 진상을 알게 된 雪香은 마음의 동요를 일으키게 된다. 뿐만 아니라 康吉은 雪香의 아버지에게 들었던 雪香의 출생에 관한 비밀을 그녀에게 말해 준다. 雪香은 일본인이라는 것이다. 그 말을 들은 후 雪香은 경악한다. 그 날 저녁 雪香은 梯云을 죽이고 유격대의 거점을 표시한 지도를 탈취하여 康吉에게로 도망친다. 雪香과 康吉은 그 후 추격하는 유격대원과 결사적으로 싸우다가 원군이 도착한다는 나팔 소리가 울릴 때 두 사람은 함께 숨을 거둔다.

이상이 소설의 대략적인 내용이다. 지금 보면 이 소설은 '대륙 웅비(大陸雄飛)'라는 낭만적인 몽상을 이용하여 국가 정책을 포장한 러브스토리이다.

그러나 당시 일본에서는 '대륙 웅비'라는 몽상의 광적인 열풍이 온 나라에 휘몰아치고 있었기 때문에 이 작품 또한 빠른 속도로 주목받게 되었고, 연재를 시작한 지 얼마 되지 않은 8월 23일에 일본 東宝 영화사는 이 작품을 영화로 제작할 것을 결정하였다. 당시 이미 만주에서 큰 인기를 얻고 있었던 李香兰(즉 山口淑子)과 長谷川一夫가 주인공을 맡고 고속

촬영으로 이름 높았던 渡邊邦男이 감독을 맡아 영화와 신문 연재가 동시
에 진행되는 방식으로 촬영에 들어갔다. 李香兰의 입장에서 보면 이 작
품은 그녀가 최초로 주연을 맡게 된 일본 영화이므로 당시 그녀가 소속
되어 있던 만주 영화사는 이 영화를 대대적으로 홍보하였다. 여름에 북
경과 열하성(熱河省)에서 현지 야외 촬영이 진행되었고 10월에는 도쿄(東
京)의 촬영장에서 촬영하여 11월 중순『백란의 노래』는 완성되었다. 일본
극장에서 상, 하 2부가 연속 상연되었는데, 전체 영화의 촬영 과정이 실
로 초고속으로 이루어졌다고 말할 수 있겠다.[2] 이 日·滿 친선을 선전하
는 국책 영화는 큰 성공을 거두어, 이후 연이어 李香兰과 長谷川一夫가
똑같이 주연으로 출연한 『차이나의 밤(支那之夜)』(상·하, 감독 伏水修)이
1940년 6월에 상해(上海)를 배경으로 촬영되었고, 또 같은 해 11월 북경을
배경으로 한『뜨거운 맹세(熱沙之誓)』(상·하, 감독 渡邊邦男)가 촬영되었다.

　이 두 편의 영화와 『백란의 노래』는 함께 '대륙 삼부곡(大陸三部曲)'이
라 일컬어졌는데, 내용의 주된 골격은 모두 한 준수한 일본 남성과 그를
깊이 사랑하는 아름다운 중국 여성의 러브스토리이다. 이 영화들은 일본
젊은이들이 중국 대륙으로 가고자 하는 열망을 부추기며 공전의 대 흥행
을 기록하였다.

　영화뿐만 아니라『백란의 노래』는 아직 연재 중인 11월에 신파극단이
연출하고 花柳章太郎이 주연을 맡아 明治座극장에서 무대에 올려졌다.
그 외에 콜롬비아 레코드사는 12월에『백란의 노래』주제곡의 공식 음
반을 발행하였다. 주제가는 霧島升과 二叶晶子가 불렀고 久米正雄, 佐藤
八郎이 작사하였으며 竹岡信幸, 服部良一이 작곡하였다.

　이상에서 기술한 바와 같이 『백란의 노래』는 당시 일본에서 거센 열
풍을 불러일으켰다.

---

2) 山口淑子·藤原作弥 저작,『李香兰·私の半生』(新潮社, 1988年, 東京).

2. 梅娘과『백란의 노래』

梅娘은 '만주국(滿洲國)'의 여성 작가로서 등단하였다. 그 후 남편 柳龍
光을 따라 북경(北京)으로 옮겼다. 梅娘의 작품은 남성 우위 사회의 갖가
지 폐단을 심도 있게 파헤치며 여성의 입장에서 통절하게 고발한다. 그
가운데 소설『게(蟹)』는 일찍이 '대동아문학상(大東亞文學賞)'을 획득하였는
데, 이로 인하여 신중국 성립 후 오랜 기간 불공정한 대우를 받기도 하
였다.

梅娘은 부친과 애인 사이에 태어난 딸로서 블라디보스톡에서 출생하
였다. 그녀의 부친은 중국 동북의 기업가였다. 그녀가 출생한 후 부친이
그녀를 고향으로 데리고 왔다. 비록 생활에는 부족함이 없었으나 너무
일찍 세상을 떠난 박명한 생모는 梅娘으로 하여금 일찍부터 인생의 고통
을 맛보게 하였다. 이로 인하여 梅娘은 날카로운 시선으로 허황한 인생
살이와 여성의 다난한 운명을 바라보게 되었다.

1936년, 梅娘이 16세 되던 해 장춘(長春)의 익지(益知)서점이 그녀의 첫
번째 작품집『소저집(小姐集)』을 출판하여 梅娘은 조숙한 문학소녀로서
사회의 주목을 받게 되었다. 그런 다음 작가로서 그녀가 진정으로 문단
에 들어서게 된 것은 1940년 익지(益知)서점에서 소설집『제2대(第二代)』
를 출판하게 된 이후이다. 당시 만주국(滿洲國)에서 유명한 작가 梁山丁은
이 책을 평하여 다음과 같이 말하였다.3)

  "일반 문인들이 감히 쓰지 못하는 어휘를 거침없이 쓰고, 일반 문인들
  이 취하지 못하는 제재를 대담하게 선택하여 그녀의 정평 난 필치로 생명
  없이 휩쓸려 다니는 듯한 남녀와 방황하는 자손들을 신랄하게 묘사하고
  있다."

---

3) 梁山丁,「关于梅娘的制作」(『华文大阪每日』, 1940年 11月 15日).

(狂野地运用了文士所不敢用的语汇，大胆地采取了文士所不能取的题材，以他那
枝获有定评的笔，泼辣地描写着一群游尸似的男女和一群浮浪的子孙。)

위에서 평한 바와 같이 『제2대(第二代)』는 상당히 높은 평가를 받아 梅
娘은 이로부터 한 작가로서 '만주국'에서의 지위를 확립하게 되었다.

1937년, 부친 별세 후 梅娘은 부친의 고향에 있는 부인에게서 출생한
이복 오빠 및 계모(명의상 본처) 출생의 남동생, 여동생과 함께 도쿄(東京)
로 유학을 떠났다. 梅娘의 자서전에 따르면,[4] 당시 그녀는 한 여대에서
가정학(그러나 대학 명칭은 알 수 없다)을 전공하였는데, 그 기간 동안 專修
대학에서 유학하던 柳龍光을 알게 되었다. 그녀가 말한 바에 따르면 梅
娘은 도쿄(東京)에 있는 內山 서점에서 魯迅, 茅盾 등의 五・四운동 이후
의 문학작품을 접하게 되어 갈증을 느끼듯 그들 작품을 대량 탐독하게
되었다고 한다.

오래지 않아 梅娘은 가족과 친척의 반대를 무릅쓰고 柳龍光과 결혼하
고 1938년 『大阪每日新聞』의 기자로 임용된 남편을 따라 다시 일본으로
와서 阪急線 夙川站 부근에서 살았다.

久米正雄의 『백란의 노래』가 연재되기 시작할 무렵은 梅娘이 일본에
온 후 2년째 되던 해인 1939년 8월이다. 이때, 梅娘은 이미 일본 생활에
적응하여 일본어도 잘 할 수 있었다. 당시, 소설 『백란의 노래』의 대 유
행은 梅娘에게도 영향을 미쳐 이 소설을 번역해야겠다는 생각에 이르게
되었다. 비록 『소저집』이 이미 출판되기는 하였지만, 아직 무명이라 할
수 있는 '만주국'의 젊은 작가인 梅娘이 일본에서 선풍적인 인기를 끌고
있는 이 작품을 번역하리라 생각하게 된 것은, 꼭 이 작품에 특별히 공
감하거나 감동해서라기보다는 오히려 일종의 공명심에서였을 것이다. 梅

---

4) 梅娘：「我的靑少年時代」(『作家』, 1996年 第9期, 長春). 이하 본문에서 梅娘의 일생에 관한
   서술은 기본적으로 이 자서전에 근거한다.

娘이 이를 한번에 유명해 지는 기회로 잡고자 하였을 것이라는 것은 어렵지 않게 예상할 수 있다.

『백란의 노래』가 梅娘의 번역으로 '만주국' 신문 『大同報』에 연재되기 시작한 때는 1939년 11월 28일이다. 그런데 梅娘은 이미 1939년 11월 1일에 『華文大阪每日』에서 『백란의 노래』의 독자에게 한 편의 「헌사(獻辭)」를 발표하였다.5)

> "전쟁의 발단은 정치 때문이라고 할 수도 있고 문화 때문이라고 할 수도 있다. 현대 유행하였던 데모크라시즘이나 파시즘 및 마르크시즘의 존재 가치가 문화에 속한다 말할 수도 있고 정치에 속한다 말할 수 있는 것과 같다. 그러므로 전쟁 또한 정치와 문화의 진화의 일면이라고 말할 수 있다. 사실 또 어떤 경우에 정치는 완전히 문화의 일부분이 되기도 한다.
>
> 이러한 정치와 문화의 진화 속에서, 정치와 문화는 자연히 생성과 지양을 계속하는데, 그 생성과 지양의 과정 속에서 그것의 진정한 가치를 알려면 그것의 존재 자체에 항구성이 있는지 없는지를 보면 된다. 이른바 항구성이란 바로 그것이 항구적으로 대중에게 속할 수 있는지 없는지를 말하는 것이다.
>
> 문화의 일부분인 문학은 이러한 생성과 지양의 작용에 대해 특히 그것을 조장하거나 억제하는 능력을 가지고 있다.
>
> 문학에 종사하는 사람을 문화인이라고도 말할 수 있는데, 문화인이 정치인에 속하게 되는지 아니면 대중에 속하게 되는지에 따라 그러한 조장과 억제에 대해 일으키는 효과는 절대적으로 다르다.
>
> 久米正雄의 『백란의 노래』를 번역하고서 나는 이 점을 절감하였다.
>
> 만약 『보리밭의 군대(麥田里的兵隊)』나 『땅과 군대(土与兵隊)』6)가 현대 일본 문학의 일면이라면, 『백란의 노래』 또한 현대 일본 문학의 또 다른 일면이다. 당연히 이들 모두는 현대 일본 정치 환경 아래의 산물이다.
>
> 『백란의 노래』는 일본인이 일본인에게 쓴 것인데, 글의 내용은 또한 우리 향토의 일이다.

---

5) 梅娘;「献」(『华文大阪毎日』, 1939年 11月 1日;『大同报』, 1939年 1月 28日).
6) 모두 火野葦平이 쓴 중국 전선을 배경으로 한 전쟁소설인데 일찍이 한 시대를 풍미하였다.

나는 이 번역문을 우리 동포들에게 바치는 동시에 나아가 내가 앞에서 말한 내용 또한 이것을 읽는 분들에게 바치고자 한다. 바라건대 비판적인 태도로 봐주길 바란다. 우리가 어떤 책을 읽을 때는, 반드시 그것의 현대 정치와 문화에 대한 생성과 지양 관계를 인식해야 한다.

끝으로 원작자에 가장 큰 경의를 표하고자 한다. 아울러 이 책을 번역하도록 허락한 것에 대해 감사 드린다."

(战争底开始可以说是由于政治, 但也可以说是由于文化。就如同现代流行的德谟克拉西主义, 法西斯主义, 以及马克斯主义底存在价值, 说它们是寓于文化也可, 说它们是寓于政治也可。所以战争也可以说是政治和文化的演进。固然也有的时候, 政治是完全属于文化底一部分。在这种演进中, 政治与文化的本身, 自然就免不了有生发与扬弃, 在它生发与扬弃的过程中, 认识它底真正的价值, 那就只有看一看它底存在有没有恒久性, 所说的恒久性, 就是说它是不是能恒久地属于大众。文化一部门的文学, 对于这种生发与扬弃的作用, 尤其是有着助长与抑制的能力的。从事文学的人, 也可以说是文化人, 在文化人属于为政者时, 与属于大众者时, 对于那助长与抑制, 其间所产生的效果, 是有着绝大的不同的。译了久米正雄先生的白兰之歌, 我痛感到这一点。如果说『麦田里的兵队』, 『土与兵队』均为火野苇平创作的以中国战线为背景的战争小说, 并曾风靡一时。是现代日本文学底一面, 那么白兰之歌也可以说是现代日本文学底又一面了。自然, 这都是现代日本政治下的产物。白兰之歌是日本人写给日本人底事情, 它写的也是我门底乡土上的事情。我把这一篇译文献给我们底同胞的同时, 更愿意把我前面的话也献给读它的人。希望能批判地接受它。在我们的读一部书时, 是必须要认识它对现代政治与文化生发与扬弃的关系的。末了我要对原作者表示最大的敬意, 并且感谢他允许我翻译。)

비록 이 글을 이해하기 쉽지 않지만 우리는 적어도 『백란의 노래』를 번역한 것은 梅娘 자신의 생각이었지 결코 다른 사람의 강제에 의한 것이 아님을 알 수 있다.

久米正雄은 1940년 1월 9일에 소설 연재를 중지한 이후, 계속 끝 부분을 써서 완성하여, 3월에 新潮社에서 단행본으로 출판·발행하였다. 중국어 번역 연재가 1939년 11월에 시작되었으므로 梅娘은 원작의 연재를 좇아 바로 번역해 나갔음을 알 수 있다. 그러므로 줄거리의 결말은 단행본이 출판된 이후에야 알 수 있었을 것이다. 그런데, 일편단심 사랑을 위해 희생을 감행하는 사랑스러운 만주 여성이 사실 일본인이라는 것은 중국어 번역자에게 뿐만 아니라 日·滿 친선 선전 영화를 찍고자 한 일본 영화계 인사들에게도 의외의 결말이었을 것이다. 그러니 木村千依男이 원작을 각색하여 극본을 쓴 것을 보면 李香兰이 맡은 만주 여성(영화 속에서의 이름은 秀香이다)은 처음부터 끝까지 중국인으로 그려질 뿐만 아니라, 유격대원과의 전투 중 순직한 두 사람의 기념비에는 "松村康吉과 아내 秀香을 기리며(地松村康吉, 令妻秀香 芳魂紀念之地)"라고 새겨져 두 사람을 정식 부부로 묘사하고 있다. '민족 화합'의 국책을 엿볼 수 있는 부분이다.

또 한 가지, 중국인 번역자를 난처하게 하는 것은, 여주인공이 열하성의 산 속에 숨어 있는 공산당 유격대의 거점을 표시한 지도를 탈취하여 사랑하는 일본 남자가 있는 일본 군대에 투항하는 대목일 것이다. 만약 그녀가 중국인이라면 대부분의 중국인은 모두 그녀를 매국노라 여길 것이고 만약 그녀가 정말 일본인이라면 '민족을 초월한 사랑'이라는 이 논지가 성립되기 어려워진다.

연재 번역의 마지막 회에서 梅娘은 다음과 같은 「번역 후기(譯后記)」를 적고 있다.

"『백란의 노래』 마지막회 번역을 송고하고 나서 나는 무거운 짐을 내려 놓은 듯 홀가분한 기분이다. 그러나 그러한 홀가분함은 금새 사라지고 나는 다시 곤경에 빠졌다. 『백란의 노래』는 차라리 우리의 소설이라고 말하는 것이 더욱 적절해 보인다. 이는 우리와 같은 땅의 공기를 마시고 있는 康吉 다음의 사람들이 우리에게 주는 계시로서 우리는 그것을 무시해서도 안되고 무시할 수도 없다. 초보적인 번역이어서 틀린 곳이 분명 많을 것이다. 독자 여러분의 질정을 바란다."

(发出去最末的一批白兰之歌的译稿, 我宛如脱去了重荷似地感到了轻快, 但轻快很快地消逝了去, 我再陷入困惑中。白兰之歌毋宁说是我们底小说倒更合适的。这和我们呼吸着同一土地上的空气的康吉以次的诸人给与我们的启示我们是不该忽略也不能忽略的。是试译, 错误一定很多, 我盼望着指正。)

앞에서 인용한 「헌사(獻辭)」를 보나 여기 「번역후기(譯后記)」를 보나 모두 이해하기 힘들기도 하고 또 뜻이 명확하지 않은 글이라고 말할 수도 있다. 만약 그녀가 일본 생활 기간 동안 이미 구상하기 시작한 몇 편의 작품이라고 여겨지는 것 — 예를 들어 1941년 『新滿洲』에 발표한 단편소설 『교민(僑民)』 등 — 을 자세히 검토한 후 다시 『백란의 노래』를 읽으면 이 번역 작업을 통해 梅娘이 일본 및 일본인에 대한 인식이 훨씬 더 깊어졌음을 볼 수 있다.

거의 무명의 '만주국' 여성 작가로서 梅娘은 당시 일본에서 큰 반향을 불러일으킨 日·滿 친선을 선양하는 소설을 중국어로 번역하기로 결심한 것은 아마도 우리가 충분히 예상할 수 있는 일종의 공명심에서 비롯된 것이라 볼 수 있다. 그러나 작품의 번역 과정에서 梅娘은 오히려 곤혹스러움 속에서 어쩔 수 없는 깊은 굴욕을 맛보아야 했을 것이다. 그래서 그녀는 일본의 문학가에 대해서도 실망하기 시작하였다. 『백란의 노래』 번역 가운데 글의 행간에서도 梅娘의 이러한 마음을 읽을 수 있다.

「헌사(獻辭)」와 「번역 후기(譯后記)」를 梅娘이 '만주국'의 중국인에게는 굴욕적인 이 작품을 번역한 이후 나름대로 생각해 낸 하나의 최선의 변명으로 볼 수 있지는 않을까.

3. 梅娘의 원작에 대한 곤혹감

梅娘이 번역한 『백란의 노래』 중국어판은 1939년 11월 28일부터 '만주국'의 『大同報』에서 연재되기 시작하였다. 일본어를 중국어로 바꾼 후 글자수가 대략 3분의 1정도 줄어들어서, 매번 연재하는 내용은 상대적으로 증가하였다. 이렇게 해서 1941년 1월 23일에 모두 117회를 끝으로 연재를 종료하게 되었다.

막 일본에서 생활하기 시작한 지 얼마 되지 않는 梅娘이 당시의 일본어 실력으로 일본어 문예 작품을 번역하려 하는 것은 다소 무리가 없지 않다. 이 점은 전체 번역문에서 매우 분명하게 드러나며, 오역 또한 비교적 많다. 여기에서는 두 가지 예를 들어 분석해 보겠다.

> 原文：「うむ. 敵はなかなか派手に出たな。共产匪に似合わぬ, 白马金鞍の御曹司か何かを軍使に仕立てて寄起して, 此方の意表に出る積りかもしれない。」/「丁度平家の末路ですね。」/「何しろ宣传は向こうが本場だからな。」
>
> 譯文：아니! 적군은 정말 화려하게 차려입었구나! 공비 같지 않고 오히려 백마에 금 안장을 한 귀공자 같구나. <u>이런 軍使 직분에 어울리지 않는 차림은 바로 우리에게 보여주기 위한 것일 거다.</u> 정말 이 놈들의 말로로구나. <u>어찌 되었든 적군의 의도는 우리에게 과시하려는 것이다.</u>
>
> (唔! 敵人真装扮得挺华丽呢! 这不像共匪, 倒像白马金鞍的贵公子什么的呢。<u>这样出乎军使的装饰正是夸耀给我们看的呢。</u>正是<u>小鬼</u>的末路呢。<u>无论怎样敌人本意是向咱们夸耀的。</u>) (밑줄 친 부분이 오역이다)

"헤이케 일가(平家)"를 "이 놈들(小鬼)"이라 번역한 이 부분에서 보면 이는 단순히 어휘의 뜻을 잘못 해석한 것일 뿐 아니라 번역자가 일본의 역사, 문화에 대해 아직 깊이 이해하고 있지 못한 상황에서 번역을 시작하였기 때문인 것으로 보인다.

전체 작품을 보면, 어떤 것은 원문의 구절 해석이 잘못 되었고, 어떤 것은 일본어 원문 가운데 미묘한 어감 차이를 제대로 이해하지 못하는 것이 있는 등 오역의 양상이 다양하다. 그러나 또 한 가지 추청할 수 있는 것은 번역자가 고의로 원문의 구절을 바꾸거나 번역을 틀리게 한 부분도 적지 않다는 것이다. 여기에서는 『백란의 노래』에서 고의로 원문의 구절을 바꾸거나 생략하고 번역하지 않은 부분을 예로 들어 梅娘이 원작을 대할 때의 곤혹감을 살펴보고자 한다 ─ 아마도 그녀는 드러나지 않게 항의를 하고 있었던 것인지도 모른다.

우선 먼저 梅娘이 고의로 생략하고 번역하지 않은 민족 차별 경향의 발언이 있는 대목을 보겠다. 원작 제32회 연재의 한 장면인데, 고향으로 돌아간 康吉은 雪香의 편지를 받는다. 京子는 康吉에게 그 편지를 읽어 달라고 하며 그에게 다음과 같이 말한다. "그녀는 분명 매우 아름다운 아가씨겠죠. 그리고 틀림없이 똑똑하고 …… 그렇지 않다면 어떻게 당신의 (중국어)선생님이 되었겠어요……." 京子의 이 말에 康吉는 다음과 같이 대답한다.

> "여성으로서 보자면 그녀는 분명 일본인이 좋아할 만한 그런 사람이오. 큰 눈에 서구적인 생김새에 …… <u>그러나 만주 여성은 결국 만주 여성일 뿐이오.</u>"
> (作为一个姑娘嘛, 她当然算是日本人喜欢的那一类型, 大眼睛, 长相洋气……。<u>可'满洲'姑娘也只不过就是个'满洲'姑娘罢了。</u>) (밑줄은 필자가 표시한 것이다)

중국어 번역문에서는 이렇게 밑줄 친 부분은 고의적으로 삭제되었다. 그 외, 또 많은 부분에서 번역자는 의도적으로 원작에서 중국인을 멸시하는 어감이 있는 말들을 삭제하였다. 예를 들어 제37회 연재에서, 康吉의 먼 친척 規矩子는 康吉과 일본 전통 여성형인 京子의 결혼을 반대하며, "저 만주의 李雪香도 京子보다는 그나마 낫겠어요(あの満洲の李雪香さんだつて京子さんよりまだしも増しだわ)"라고 말한다. 梅娘은 이 말을 이렇게 번역하였다. "그 만주의 李雪香이 京子보다 훨씬 적합하지 않아요?" 여기에서도 일본어에서 중국인을 멸시하는 어감을 지닌 표현을 삭제하였다.

또 고의로 원문의 어구를 바꾼 부분이 있다. 제96회 연재에서 雪香을 깊이 사랑하는 사촌 오빠 程梯云은 康吉에게 雪香을 향해 절교 서신을 보내 달라고 간청한다. 원작에서 작자는 중국 청년으로 하여금 다음과 같은 말을 하게 한다.

原文：「先生ノ方ニハ, 何モワザワザアアイウ満州姑娘ヲ結婚ノ相 トシナクトモ, 日本人ノ娘サンノ中ニ几ラモ美シクテ立派ナノガイルデハアリマセンカ。ダガ雪香ノヨウナノハ, 私ニ取ツテ唯一无二デス。ドウゾ可哀ソウダト思ツテ, アレハ私ニ让ツテクダサイ。」(밑줄은 필자가 표시한 것이다)

譯文："선생님 쪽에서 보면 꼭 이런 평범한 만주 여성과 결혼할 필요가 없잖아요. 일본인 가운데도 아름답고 예쁜 사람이 얼마든지 있어요. 그런데 雪香은 제게는 유일한 사람입니다. 부디 동점심을 발휘하여 제게 양보해 주십시오.
(在先生那方面, 不必一定和这个平凡的满洲姑娘结婚, 在日本人里, 好看的, 漂亮的也有的是。然而, 雪香, 在我则是唯一无二的, 请拿出一点怜悯的心来, 让给我吧。」

밑줄 친 부분의 원래 의미는 "당신 같은 사람이 왜 꼭 일개 만주 계집애와 결혼하려 합니까"이다. 이 단락의 번역문에서도 梅娘은 원작의 멸시적인 어감을 주는 말을 삭제하였다.

위에 열거한 몇 가지 예만 보아도 번역 과정에서 梅娘이 대대적으로 '日・満 친선'과 '五族 화합'을 선전하던 일본 문학가의 뼛속 깊이 보편적으로 존재하는 뿌리깊은 중국에 대한 멸시의 감정을 분명 느꼈을 거라는 것은 쉽게 예상할 수 있다. 또한 앞에서 말한 바와 같이 번역자를 더욱 곤경에 빠뜨리는 것은 日・満 친선을 선전하기 위해 창작된 이 소설이 끝 부분에 가서는 작자가 마치 처음의 창작 의도를 바꾼 듯 독자에게 의외의 결말을 보여주기 때문이다.

공산당 유격대원에게 납치된 측량 대원의 석방을 요구하기 위해 군사로서 교섭에 참가한 康吉은 유격대 측의 군사로서 등장한 雪香과 우연히 재회하게 되고 康吉은 雪香에게 그녀가 사실은 일본인의 딸이라는 것을 알려주며 그녀의 출생의 비밀을 말해 준다. 번역문에서는 비록 康吉이 雪香이 일본인임을 암시하는 대화를 번역하기는 하였지만, 원문에서 꽤 긴 단락으로 雪香의 출생의 비밀에 대해 구체적으로 묘사하는 것을 전부 생략하고 다만 암시적으로 처리하고 있을 뿐이다.

그러면 번역문에서 梅娘은 왜 원문에서 康吉이 말한 雪香이 일본인임을 증명하는 결정적인 내용을 생략했을까. 만약 雪香이 일본인이라면 日・滿 친선을 선전하는 소설 주제가 성립될 수 없다는 것을 고려하였기 때문일까? 아니면 梅娘이 그 사랑스러운 순정의 여성, 찬미할 만한 여성이 일본인이 아니면 안 된다는 이 설정 자체가 원작자의 차별적 감정을 드러내는 것임을 민감하게 의식하였기 때문일까? 그래서 원문을 삭제하는 방식으로 드러나지 않게 그에 대해 항의하고 있는 것일까? 번역자가 원문을 삭제하거나 고의로 바꾸는 등과 같은 측면에서 보면 필자가 보기에 그 원인은 마땅히 후자가 되어야 할 것이다.

梅娘은 자서전에서 그녀가 처음 일본에 가서 유학하는 동안 도쿄(東京) 內山 서점에서 魯迅을 중심으로 한 五・四 이후의 중국 신 문학작품을 접할 수 있는 행운을 얻었으며 많은 작품을 읽을 수 있는 기회를 얻게 되었다고 하였다. 이러한 독서 경험을 가진 梅娘이 『백란의 노래』 원작 가운데 "언젠가는 우리 일본이 만리장성의 심장을 뚫고 중국 내륙으로 진격하여 대 일본 황도 문화를 곧바로 전파하는 가을을 맞이하게 될 것이다"와 같은 구절을 대하였을 때, 어떤 마음으로 이 구절을 번역하겠는가? 이 작품의 번역 작업은 한 '만주국' 여성 작가로서 막 문단에 발을 들여놓기 시작한 梅娘이 일본 문학가에 대해 일찍이 품고 있던 환상을 일거에 부수어 버렸다.

4. 『백란의 노래』로부터 『교민』까지

久米正雄은 일찍이 '대동아 문학자 대회'의 개최를 기획하고 대회의 비서장을 맡아 중국에 대해 상당한 관심을 보여 왔다. 『백란의 노래』가 연재되기 전 날 久米正雄은 「작가의 말(作者的話)」에서 다음과 같이 말하였다.

"이번에, 저는 장차 우리나라 대륙 정책의 근원이 될 '만주국'을 무대 배경으로 하는 소설을 창작하기 시작하였습니다. 만약 말끝마다 이 소설을 대륙 소설이라 한다면 내게는 다소 지나친 영광이라 여겨집니다. 어찌 되었든 이 소설은 그저 무대 배경만을 멀리 만주로 설정한 것이니 여러분들이 제가 구상한 청사진을 받아들일 수 있기만을 바랄 뿐입니다. 다만 반드시 짚고 넘어가야 할 것은 오늘날까지 (중국)대륙을 묘사한 작품은 대부분 예외 없이 내용이 빈약하거나 판에 박혀 독자의 흥미를 끌지 못하는 경향이 있었던 것 같습니다. 이것을 거울삼아 깊이 숙고한 후 본인은 일반 독자들이 모두 흥미를 느낄 만한 소설을 쓰리라 결심하였습니다. 눈물과 기쁨이 있을 뿐만 아니라 책을 읽는 동시에 만약 한 두 개의 만주 지명도 기억할 수 있다면 이 소설은 성공한 셈이라고 말할 수 있을 것입니다. 지식인 가운데에서 牡丹江에 대해서는 아마도 모두 들어본 적이 있을 것이나 佳木斯를 알지 못하는 사람은 아마 분명 있을 것입니다. 그러므로 제가 위에서 말한 것은 결코 근거 없는 말이 아닙니다. 어찌 되었든 저 또한 오랜 공백 기간을 가진 후에 이 새 작품을 내게 된 것이므로 대단한 의욕과 열의로 붓을 들었습니다. 독자 여러분의 애독을 간절히 바라며 인내 어린 질정을 바라는 바입니다."

（这次，我将以成为我国的大陆政策之根源的满洲国为舞台背景开始创作小说。如果口口声声称其为大陆小说，则多少有些令我感到过于荣耀，然而无论如何，仅仅将舞台背景设定在远方的满洲，希望大家也能接受我构想的蓝图。只是，应该指出的是，迄今为止，描写(中国)大陆的作品，似乎都有枯燥古板，勾不起读者兴趣的倾向，无一例外。鉴于此，经过深思熟虑，我决定写一部一般读者都能感兴趣的小说。不仅有眼泪，有欢笑，而且在阅读的同时如果能顺便记住一两个满洲的地名的话，那么，也就可以说这部小说是成功之作了。在知识分子中，牡丹江或许都有所耳闻，而不知道佳木斯的人恐怕不会没有吧。因此，我的上述言论绝非无稽之谈。无论如何，我本人也是沉寂许久后推出了这部新作，因此，提起笔来也是摩拳擦掌，干劲十足，也恳请读者诸君热心阅读并耐心指正。』

『백란의 노래』를 소개하는 글에 따르면 久米正雄은 이 새 작품을 최선을 다해 창작하기 위해 일찍이 두 달여 동안 만주 각지를 돌아보았다고 한다. 그가 말한 대로 '대륙 웅비'를 노래하는 소설을 창작하려 한다는 것은 분명 사실임을 알 수 있다. 그러나 久米正雄이 쓰려는 것은 결국은 만주를 무대 배경으로 하는 일본인 자신의 이야기에 지나지 않는다. 어쩌면 그저 소설 줄거리를 더욱 복잡하게 하기 위해 雪香에게 험난한 일생을 설정하였을지도 모른다. 혹은 久米正雄에게 있어 雪香이 원래 일본인이라는 설정은 원래부터의 구상이지 결코 의외의 끝맺음일 아닐 것이다. 그러나 시대적 추세는 독자로 하여금 이 작품을 민족 화합과 日・滿 친선을 노래하는 작품으로 읽게 하였고 久米 또한 그러한 독서 경향에 영합하였다. 그러므로 영화에서의 결말은 원작의 줄거리를 그대로 반영하지 않았다. 어찌 되었든 梅娘에게 있어서 『백란의 노래』를 번역하는 작업은 매우 굴욕적인 경험이었을 것이라는 점은 틀림없어 보인다.

번역 작업이 진행되는 동안 梅娘은 몇 편의 자신의 소설을 썼다. 이 시기의 작품은 1940년 10월 익지(益知)서점이 하나로 묶어 『제2대(第二代)』라는 제목으로 출판하였다. 이 작품집에는 日・滿 친선을 노래하지 않은 작품이 없다. 뿐만 아니라 1941년에 梅娘은 『新滿洲』(第3卷 第6号)에 단편소설 『교민(僑民)』을 발표하였다.

『교민』은 일본에 거주하는 한 만주 여성의 시각을 통해 일상생활에서의 식민지 풍경을 묘사하고 있다. 그 풍경은 그녀 자신의 심상 풍경과 다르지 않다. 梅娘은 이 작품에서 암암리에 식민지인의 억울한 감정을 세밀하게 묘사해 낸다.[7] 일본 阪神 전차에서 한 조선인 부부가 주인공인 '나'에게 자리를 양보한다. 그들이 자리를 양보하는 행동에 '나'는 이상하다고 여긴다.

> "내가 여자이기 때문이겠지!
> 아마도 내 주위에 다른 여자가 없었나 보다. 막 차에 올랐을 때 화려하게 차려 입은 두 여성이 나와 같은 자리에 서 있었는데, <u>그들은 모두 부드럽고 흰 손수건으로 입을 가리고 차 칸의 저 편 예쁜 옷을 입은 사람들 사이로 옮겨가 버렸다.</u>"
> (为我是女人吧！也许，我底身边没有另外的女性，刚上车的时候，曾有两位艳装的姑娘和我站在同一的地方。<u>但她们都用细白的手帕掩着嘴走到车厢那端的穿着漂亮的衣裳的人们之间去了。</u>) (밑줄은 필자가 가한 것이다)

늘 마늘을 먹는 조선인이나 만주인에 대해 일본인은 "악취가 난다"고 여겼는데, 이러한 생활 습관의 다름도 민족 우열의 표지처럼 동시에 멸시 대상이 되었다. 이러한 일상 생활의 세부 묘사를 통해 梅娘은 힘들이지 않고 '五族 화합'이라는 구호의 허상을 드러내었다. 그에 대한 인식은 아마 맨 처음 『백란의 노래』를 번역할 때 생겨났을 것이다.

『백난의 노래』 제89회 연재에서 한 장면은 雪香이 아직 어떻게 할지 결정하지 못하는 康吉의 품으로 주저 없이 뛰어들어 그에게 자신의 순정을 그대로 고백하는데, 이 클라이막스 장면에서 원작자는 雪香을 통해 다음과 같은 대사를 말한다. "왜인가요? 康吉! …… 내 입에서 아직 마늘 냄새가 나나요? …… 내 입술이 그렇게 더러운가요?"

『교민』에서 위에서 말한 묘사와 『백란의 노래』에서 '마늘' 이야기와 관련이 있음을 볼 수 있지 않는가?

---

7) 岸阳子의 『「满洲国」の女性作家梅娘を读む』(『中国知识人の百年』, 早稻田大学出版部, 2004年, 东京) 참고.

만주국 중국인에게는 큰 굴욕인 이 소설을 번역하는 과정을 통해 梅娘
은 日·滿 친선이 허황된 말에 지나지 않음을 분명하게 인식하게 된다.
원작 제95회 康吉과 程梯云의 대화 가운데 다음과 같은 단락이 있다.

"사실을 말하자면 나는 그래도 이 만주 땅에서 지금 일본인이 무사(武
士)를 하고 지도자를 하는 것이 가장 낫다고 여깁니다. 만약 무사의 명실
상부한 행동 …… 게다가 그러한 무사의 지도를 통해 우리는 장차 계속
앞으로 전진하게 될 것이고 머지 않아 사농공상이 평등을 이루는 유신과
만주의 유신이 분명 실현될 것입니다. 또 바로 그 때야말로 우리 만주가
진정한 왕도(王道) 낙토이자 민족 화합의 극락이 되는 날일 것입니다. 우
리는 바로 그 날이 오기만을 희망하며 일하는 것입니다. 일본 국민 또한
그 날을 위해 일하는 것이겠지요."
"맞아요, 지당하신 말씀입니다."
"저는 이것이 만주인만이 일방적으로 마음대로 제기한 이론만은 아니
라고 생각하는데 당신 생각은 어떻습니까?"
"물론이지요, 일부 만주인이 마음대로 제기한 이론도 있습니다만, 그러
나 전체적으로 보면 어떤 일본인이든 식견이 있는 사람이라면 아마 그렇
게 생각할 겁니다."

마음속으로부터 이 일을 그대로 믿는 중국인은 분명 없을 것이다. 그러
나 혹 어떤 사람들은 이렇게 생각한 적이 있을지도 모른다— 일본이 만
약 보다 빨리 근대화를 실현시켜 줄 수 있다면 그럼 우선 그 기회를 이용
한 다음 이후에 다시 그들을 몰아낼 방안을 강구하면 좋지 않겠는가?
관동군 만행의 존재에 대해 중국인은 모두 매우·분명하게 알고 있다.
그러나 일본 지식인에 대해서는 어떤 사람들은 모종의 환상을 품고 있었
던 것 같다. 梅娘이 처음 『백란의 노래』를 번역하기로 결심하였을 때에
도 일본 문학가에게 아직 어떤 환상을 갖고 있었기 때문은 아닐까? 그러
나 『백란의 노래』의 번역을 거치면서 梅娘의 환상은 철저하게 무너졌다.

오늘날에 이르러 梅娘의 저작·번역 일람표에는 일찍이『백란의 노래』
를 번역한 적이 있다는 기록이 없다. 1993년 재판된『久米正雄全集』(書友社
출판)에도『백란의 노래』를 수록하지 않았다. 그러나 '대륙 웅비(大陸雄飛)'
라는 낭만 환상으로서 일찍이 한 시대를 풍미하였던 영화『백란의 노래』
는 그 주제가와 함께 많은 일본인의 기억 속에 또렷하게 새겨져 있다.8)

『교민』의 여주인공은 만주국에서 온 중국 소녀임을 어렵지 않게 알
수 있다. 그녀는 전차에서 스치고 지나간 조선인 부부의 일을 계기로 자
기 의식 심층에 갇혀 있었던 모호하고 분명치 않은 억울한 감정의 근원
을 탐색하기 시작한다. 작자는 "그저 순순히 노예임을 받아들이는", "교
민"은 바로 그녀 자신의 초상이고, 그렇게 전전긍긍 남편 눈치를 보는
가여운 아내 또한 장차 자신의 그림자일 것이라 생각을 한다. 우리는 여
주인공의 마음을 누르는 것이 결코 그 음울하고 흐린 하늘이 아니라 자
기 정체성을 잃어버린 삶의 억울함이라는 것을 알게 된다.

梅娘은 한 식민 강점 지역의 여성 작가로서 '만주국' 및 일본 통치 아래
의 북경에서 적지 않은 소설을 썼다. 본인은 이 짧은 작품 안에 梅娘 문학
의 관건이 되는 실마리가 있다고 생각한다. 하나는 그녀의 잠재의식 속의
부친(남성)에 대한 원망으로 일어난 '성차별 이데올로기'(gender ideology)에
대한 회의이다. 또 하나는 일상 생활 속의 식민 체험이다.

---

8) 西原春夫·平山郁夫·松本健一·山口淑子의 대화,『21世紀のアジアと日本』(成文堂, 2002年,
東京) 참고. 당시, 西原春夫는 아직 20세가 되지 않은 청년이었는데,『백란의 노래』에 대
해 그는 다음과 같이 회고한다. "듣기에 만주국에서 중국인은 그다지 보지 않은 것 같
은데 일본에서는 크게 성행하였습니다. 그래서 저도 무엇에 홀린 것처럼 그 영화를 보
았습니다."

5. 「말함과 말하지 않음」 사이에 있는 '만주국' 여성 작가

1999년, 중국 광서교육(广西教育)출판사는 전7권의 『중국 식민강점지구 문학 대계(中國淪陷區文學大系)』를 출판하였는데, 이로부터 '만주국'의 식민 강점지구 문학은 비로소 그 고난으로 충만한 언어로 중국 현대 문학사의 공백을 메울 수 있게 되었다. 편집자 錢里群은 서문 「말함과 말하지 않음 사이에서(言与不言之間)」에서 식민강점지구 문학을 연구하는 새로운 시각을 제기하는데 매우 음미할 만하다. 그는 식민강점지구 문학을 연구하는 사람은 반드시 "자신을 실제 그러한 처지에 놓고(設身處地)" 이해하는 것으로부터 시작하여야 한다고 강조하면서 '만주국' 작가 季瘋이 쓴 「말함과 말하지 않음(言与不言)」 중의 다음과 같은 말을 인용하였다.[9]

"사람이 응당 해야 하는 말이라면 반드시 말해야 하고, 능히 할 수 있는 말이라면 반드시 말해야 한다. 그러나 응당 해야 하는 말인데 "어떤 때는 말할 수 없게 되기 때문에, 그럴 때의 기분은 '무언'의 인사가 만분의 일이라도 이해할 수 있는 것이 아니다!" 어떤 사람이 다른 사람이 응당 해야 하는 말을 억지로 막는다면 그는 악한이다. 다른 사람이 할 수 없는 말을 억지로 하게 한다면 그는 바보이다. 그러므로 "말하는" 자는 나름대로 그가 "말하는" 이유가 있고, "말하지 않는" 자 또한 나름대로 "말하지 않는" 고충이 있다. 만약 "말하지만" 별다른 이유가 없고, "말하지 않지만" 별다른 고충이 없다면, 이렇게 언어를 잃어버린 사람들을 "벙어리"라고 불러도 지나친 표현이 아닐 것이다."

(一个人应该说的话，一定要说，能够说的话，一定要说；可是因该说的话"有时却不能够说，这其中的甘苦，决非'无言'之士所能领略其万一！" 一个人压制别人应该说的话，那是恶汉；逼人说不能够说的话，那是蠢才。所以"言"之者，自有他"言"的道理；"不言"之者，也自有他"不言"的苦在。倘若他"言"而无何道理，"不言"而无何苦衷，这种失掉了语言的人类，就名之为"哑巴"，也不为形容过甚。")

---

9) 季瘋, 『杂感之感』(益智书店, 1940年, 长春).

이어서 錢理群은 다음과 같이 적고 있다.

  "강점지구의 작가는 보다 구체적으로 고려해야 한다. 즉 다른 민족이
통치하는 특수한 환경 아래에서 무엇이 자신이 말하고 싶은데 말할 수 없
는 것인지, 무엇이 다른 사람이(당국) 자신에게 말하도록 시키는데 자신은
말하고 싶지 않은 것인지, 무엇이 자신이 말하고 싶은데 또 능히 말할 수
있는 것인지, 그리고 어떤 방식으로 말할 것인지에 관해서 말이다."
  (沦陷区作家更要具体的考虑：在异族统治的特殊环境下, 什么是自己想说而不能
说的话；什么是别人(当局)要自己说, 自己又不想说的话；什么是自己想说, 而又
能够说的话, 以及以什么样的方式去说。)

  "정치를 논하지도 풍월을 논하지도 않는다(不談政治也不談風月)"는 것은
강점지구 작가들을 극한의 선택이다. 그들은 일본 통치하에서 어찌 할
수 없는 상황에서 부득이하게 자신의 문학 주제를 시대의 중심 담론인
'애국항일'로부터 '일상생활'이나 '영원한 인생'으로 전환할 수밖에 없다.
그들은 부득이 하게 '이상주의'나 '영웅주의'와 같은 낭만주의 색채로 충
만한 시대의 의식 주류를 버릴 수밖에 없는데 바로 그 때문에 그들은 시
선을 줄곧 잊혀져 왔던 '일상성'과 '항상성'에 던진다. 錢理群은, 강점지구
의 작가들은 그들의 난삽하고 복잡한 필치로 당시 뒤엉켜 있는 모순된 현
실 생활의 사소한 일들을 세부 묘사하는데, 이러한 방법을 통해 보다 심도
깊게 그 시대 사람들의 지극히 복잡한 정신세계를 묘사한다고 여긴다.
  梅娘뿐만 아니라 몇몇 '만주국' 여성 작가들은 모두 복잡하고 교묘한
방법으로 "자신이 하고 싶은, 그리고 할 수 있는" 말을 그려낸다.
  예를 들어 但娣[10]는 그녀가 일본에서 유학하는 동안 몇몇 소설을 썼
는데, 작품들의 공통적인 주제는 각기 다른 운명의 수난을 겪는 자들의

---

10) 岸阳子, 「『満洲国』の女性作家但娣を読む」(『中国知识人の百年』, 早稲田大学出版部, 2004年, 东
    京) 참고.

분노와 비애이고, 이야기는 모두 구제 받을 수 없는 잔혹한 결말로 끝난
다. 그런데 但娣의 작품들에서는 아무리 잔혹한 운명을 맞이하여 고통을
견디며 살아가는 인물을 묘사한다 하더라도 유독 어떠한 가해자도 등장
하지 않는다. 이는 분명 일본의 엄격한 사상 통제 아래에 있는 작자가
선택한 하나의 책략일 것이다. 수난자의 불행과 처참한 경우를 지극히
미세한 부분까지 묘사하는 방식을 통해 표면에 드러나지 않게 식민지 폭
력을 고발한다. 但娣의 이러한 책략은 매우 큰 효과를 거두어 이들 작품
은 교묘하게 엄격한 출판 심사를 빠져나와 식민지의 매체를 통해 '만주
국'의 중국인 대중에게 전달되었다.

또 주목할 만한 '만주국'의 여성 작가는 吳瑛[11]이다. 吳瑛의 글은 매
우 난해하다. 그 원인은 그녀가 동북 방언을 대량으로 사용하고 있기 때
문이기도 하고 또 독자들에게 익숙치 않은 리듬을 가진 그녀의 독특한
문체 때문이기도 하다. 그밖에, 예를 들어 일부 작품에서 나오는 인명 같
지 않은 인물 명명 방식(예를 들어 '心', '聰'과 같은 단음절의 이름) 또한 고의
적으로 글을 읽는 흐름을 혼란스럽게 하는, 그의 글을 읽기 어렵게 만드
는 일종의 전술이라고 말할 수 있을 지도 모르겠다. 이는 '만주국' 경찰
당국이 줄곧 吳瑛을 의심하여 그녀의 작품 내용을 감시하고 있었다는 한
기록에서도 증명된다.

吳瑛은 만족(滿族) 출신의 작가이다. 그러기에 더더욱 '만주국'에 이용
되지만 그녀의 작품 속에서는 암암리에 식민지가 '피식민인'에게 가하는
깊은 폭력성을 폭로해 낸다.

그녀의 작품『양극(兩极)』에는 모두 10편의 작품이 있는데,「망향(望鄕)」
이외의 모든 작품의 주인공이 모두 여성이다. '五·四' 문화혁명 이후 일
찍이 많은 작품들이 구 예교의 울타리 속에 갇혀 굴욕적인 생활을 하는

11) 岸阳子,『「滿洲国」の女性作家吳瑛を读む』(『中国知识人の百年』, 早稲田大学出版部, 2004年, 東京) 참고.

여성들의 비참한 일생을 그려내었다. 실로 억압받는 여성들의 잔혹한 인생 역경은 분명 계속해서 써야 할 주제이다. 그러나 본인이 생각하기에, 吳瑛은 과거 기타 작품들과 다른 입장에 서서 여주인공들의 비극을 드러내고 있다. 그녀가 응시하는 것은 식민지 환경 아래에 있는 '신·구(新·旧)'의 관계이다.

당시 동북에서 구세계는 여전히 존재하고 있었고 '근대'라는 새로운 세계는 식민지화의 강제 속에서 진행되고 있었다. 여기에는 구세계와 신세계, 구사상과 신사상의 서로 만나는 조건이 결코 존재하지 않는다. 두 세계는 어떠한 '마찰'없이 병존하고 있다. 吳瑛 소설 속의 여주인공들의 비극은, 바로 그들 내부에서 '옛 것[旧]'과 '새 것[新]' 사이의 '마찰'을 미처 경험하지 못한 채 '구[旧]' 세계를 안고 그대로 '신[新]' 세계 속으로 뛰어 들어 간다는 데에 있다. 식민지화의 폭력에 의해 강제된 소위 '근대화'란 전통사상과 신사상이 만나는 계기를 잃어버리게 할 수밖에 없고, 그로 인하여 자기 정체성이 공동화(空洞化)되는 결과가 야기되는 것이다. 吳瑛의 『양극(兩极)』은 몇몇 다른 운명의 신구 양대 여성을 묘사하여 '식민지 근대'가 빚어낸 비극을 폭로한다고 할 수 있다.

이러한 관점에서 梅娘 및 기타 '만주국' 여성 작가의 작품을 분석한다면 우리는 보다 깊게 식민지의 보이지 않는 폭력을 인식할 수 있고 한 발 더 나아가 우리들의 역사 담화를 보다 심도 깊게 할 수 있을 것이다.

♦번역__안소현♦

'변경(邊境)'을 통해 본 '식민지=제국'의 언어와 문학 언어

'만주국(滿洲國)'의 〈국경지대법(國境地帶法)〉과
중국 작가 스쥔(石軍)의 소설을 중심으로

하시모토 유이치

1. '식민지=제국'의 주변

식민지의 문화적 형해(形骸)는 종종 종주국과 식민지 간의 관계 속에서 발견되곤 한다. 가령, 당시 일본어로 '만주' 혹은 '만주국'으로 칭해지던 지역의 경우, '일본제국의 생명선' 혹은 '일만(日滿)-덕(德)-심(心)'과 같은 정치적 슬로건이나 〈일만의정서(日滿議定書)〉 같은 조약들 속에서 그러한 면을 엿볼 수가 있다. 문화적 차원에서도 이와 유사한 정황이 나타난다. 즉, 상당수의 작가, 학자, 사상활동가 등이 제국 일본을 떠나 자발적으로 혹은 망명을 통해 식민지 '만주'로 흘러들어오게 되는 것이다. 종주국과 식민지라는 이러한 상호 대립관계는 당시의 정세에 있어 그리고 오늘날의 연구와 분석에 있어 하나의 기점으로 작용하고 있다 할 것이다.

나아가 이러한 상호 대립관계는 제국과 식민지 쌍방의 각자 내부의 상징적 중심을 통해 구성된다고 볼 수 있다. 가령, 당시 보편적으로 사용되던 '일만(日滿)'이라는 명칭과 개념, 혹은 동경(東京)-신경(新京)이라는 수도(首都)관계, 그리고 일본천황(쇼와천황)-푸이(溥儀)의 원수(元首) 관계 등이 그렇다.

그러나 식민지 국가 안에는 그것의 중심도 존재하지만 동시에 '주변'도 존재하기 마련이다. '만주국'의 지리적 공간이 바로 그렇다. 중심으로서의 '신경(新京)'이 있다면, 주변으로서의 '변경'도 있다(필자는, '만주국'은 특정한 역사적 시대성을 띠고 일본제국에 의해 만들어진 일종의 괴뢰국가라고 생각하기 때문에 아래에서는 이를 '식민지국가' 혹은 '식민지=제국'이라 칭하기로 한다). '식민지=제국' 안에서 당시의 변경은 중심과는 다른 정치적 관점을 가지고 바라보아야 한다. 변경은 곧 국경이다. 근대국가 모두가 자신의 지리적 영역을 가지고 있다고 한다면, 당연히 자신의 영토를 획정하는 기본선(基本線)을 가지고 있지 않을 리 없다. 이런 점에서 '식민지=제국' 역시 마찬가지이다. 국경이란 개념은 국가가 스스로를 규정하는 기본선일 뿐만 아니라 대외적으로 자신의 존재를 선언하는 일종의 공구학(工具學)이다.

'만주국'의 <국경지대법>(1936년 12월 제정, 37년 2월 시행)은 바로 이러한 '식민지=제국'에 있어서의 '국경은 무엇인가'에 대한 하나의 담론적 표명이라 할 수 있다. 필자는 이 글을 통해 '변경'이란 개념을 토대로 '식민지국가'의 언어와 식민지 안에서 중국어로 문학창작을 진행하는 중국작가의 언어를 비교하고자 한다.

2. '식민지=제국'의 언어

여기서 우선, '만주국' <국경지대법>의 몇 가지 주요 조항을 나열해 보기로 하겠다.

제1조 본 법에 있어서 국경지대라 함은 국방 및 치안 특히, 특별히 취체(取締)를 요하는 다음의 지역을 일컫는다.
지엔다오성(間島省)의 훈춘현(琿春縣) / 빈장성(濱江省)의 후린현(虎林縣), 미산현(密山縣) / 둥닝성(東寧省)의 무링현(穆稜縣) / 산쟝성(三江省)의 뤄베이현(蘿北縣), 수이빈현(綏濱縣), 퉁쟝현(同江縣), 푸웬현(撫遠縣), 라오허현(饒河縣) / 헤이허성(黑河省) 전역 / 싱안베이성(興安北省) 전역

제2조 국경지대에 거주하는 만 14세 이상의 자는 경찰관서에 신고하고 거주증명서를 발급받는다.

제3조 국경지대 내 거주자에 있어 여행 또는 이동하는 경우는 거주증명서를 휴대한다.

제5조 국경지대 외 거주자에 있어 국경지대 내로 이주하고자 하는 자는 민정부대신(民政部大臣) 또는 몽정부대신(蒙政部大臣)의 허가를 받는다. 민정부대신 또는 몽정부대신은 전항(前項)의 허가를 할 경우, 이주허가서를 발급한다.

제9조 민정부대신 또는 몽정부대신은 국경지대 내 거주자 또는 여행자에 있어 국방 및 치안상에 해가 된다고 인정될 경우, 그의 거주 또는 여행을 금지할 수 있다.

제10조 제2조 및 제6조의 규정에 위반 또는 전조(前條)의 명령에 위반하는 자는 구역(拘役) 또는 50원 이하의 벌금에 처한다. 제7조의 규정에 의거하여 취체관헌의 사열(査閱)을 거부한 자 역시 전항과 같다.

상기한 조항은 '식민지＝제국'으로서의 '만주국'이 스스로의 정치적 공간을 확정하는 일종의 방위선(防衛線)으로, 그 '식민지국가' 내외의 의심되는 자들을 취체하고 간여하는 등의 자신의 역할을 정의하는 것이다. 또한 <국경지대법>에 규정된 변경이란 공간 역시 '식민지국가'가 자신의 통제적 권위를 강화하기 위해 만든 정치공간이다.

마르티니크 섬의 에이미 세자르(Aime Ceaire)는 자신의 『식민지주의론』(1950)에서, 식민지주의의 이민족과 이인종에 대한 처리방식을 박물관에

비유하면서 다음과 같이 말하고 있다. "식민지주의는 항상 이민족과 이인종을 생명을 잃어버린 조각으로 산산이 분쇄하고 그 조각 위에 레테르를 붙여 사람들로 하여금 감상하게 한다." '만주국' <국경지대법> 제1조에도 본래 연이어져 있는 북방지대를 한 장의 서식을 펼쳐놓은 것처럼 정치구역으로 분할하고 그 각 지대에 '국경'이란 정의를 부여하고 있다. 제1조뿐만이 아니라 여타 조항에서도 마찬가지로 '국경지대' 지침과 관련된 '식민지=제국'의 '국방박물관'을 구성하고 있다.

 '식민지=제국'의 이러한 박물관식 담론형태는 '만주국'이 내건 '민족협화(民族協和)'란 슬로건 속에서, 심지어 더욱 통속적인 개념인 '오족협화(五族協和)'란 구호 속에서 발견할 수 있다. 이러한 슬로건하에서 과연 어떤 일이 발생하고 있는 것일까? 식민지 권력은 우선 각 민족이 가지고 있는 풍부한 내용(이는 변경적 국면이라고도 할 수 있을 것이다)을 포기하도록 한 연후에 그러한 상징중심으로서의 각 민족에게 하나의 정의를 부여하고, 종국에는 그들을 하나로 합치고 다시 '오족'으로 배열한다. 이러한 '오족'이 표상하는 역할은 전적으로 피상적이고 이상주의적인 '식민지국가'를 선언하고자 하는 것이다. '만주국'의 '민족협화'는 바로 이러한 '식민지=제국'의 민족박물관 안에 전시된 일종의 '감상용' 정치 서사이다.

 그렇다면, 과연 어떤 언어가 '만주국'이 기도하는 이러한 언어에 대항할 수 있는가? '만주국'에서 활약하는 중국 작가의 언어가 바로 이러한 대항성을 가진 언어 중의 하나일 것이다.

3. 중국 작가 언어 속의 '변경' 1
─문학창작을 통해 봉쇄지대로 진입하다

'식민지=제국'의 억압 속에서, 중국 작가는 어떠한 언어로 자신이 속한 공간인 변경(국경지대)을 그려나가고 있을까? 식민지와의 관계 유무를 떠나, 중국 작가는 언제나 그들 자신이 속한 본지(本地)의 문화와 역사를 간직하고 있다. 그들이 자신의 언어를 통해 그리고 있는 것은 '식민지=제국'의 중심부가 아니라 그 변경으로서의 자신의 공간이다.

'만주국'의 변경에 대한 기록에 집착했던 작가 스쥔(石軍, 본명 왕스쥔(王世俊), 1912~1950, '만주국' 성립 이전부터 시와 소설을 발표했던 대표적인 작가)은 당시 매우 인상적인 단편 소설 「심림지대(深林地帶)」(소설집 『변성집(邊城集)』, 大地圖書公司(1944. 6), 본래 이 작품은 「무주지대(無主地帶)」란 이름으로, 『중국어판 오사카 마이니치(華文大阪每日)』(1942년 4월 1일자, 15일자)에 실린 바 있다)를 쓴 바 있다. 한때 스쥔은 쑹화강(松花江)과 헤이룽강(黑龍江)이 만나는 수이빈(綏濱)현과 화촨(樺川)현에서 근무를 한 적이 있었는데(대략 1941~1943), 아마도 이때의 경험이 그의 소설집 『변성집』을 탄생케 한 것으로 보인다. 「심림지대」는 바로 이 소설집에 수록된 일종의 변경이담(邊境異譚)이다.

<줄거리 요약>

둥리엔주(董連珠)는 동북(東北) 변경에서 태어났다. 그는 어려서 부모를 잃고 하나밖에 없는 누나를 따라 누나의 시댁이 있는 마을에 가 살았다. 그는 아주 어렸을 때부터 힘든 노역에 시달리는 등 어른이 될 때까지 줄곧 온갖 시련과 고초를 겪어야 했다. 그런데 어느 날, 그는 한 과부 때문에 노름판에서 쉬에창푸(薛長富)라는 노름꾼과 싸움을 벌이게 되고 급기야는 그를 칼로 찌르고 만다. 당황한 그는 도망을 친다. 사흘 밤낮을 도주한 끝에 그가 도착한 곳은 헤이룽강 부근의 원시림이었다. 그는 그곳에서 숯을 굽는 일로 근근이 생계를 유지하며 살아간다. 그러던 차에, 그는 우연히 길을 잃은 쉬에창푸와 마주치게 된다. 쉬에창푸도 더 이상 마을에서 살 수 없게 되자 생계를 위해 외지로 나온 참이었다. 두 사람은 기묘한 동거생활을 유지하는 가운데 결국 서로 화해하고 점차 깊은 우정을 쌓아 나간다. 그러나 그러한 생활은 그리 오래가지 않았다. 쉬에창푸가 어느 날 늑대의 습격을 받아 중상을 입게 되었던 것이다. 그 전에도 그들의 동료 하나가 늑대에 물려 죽은 일이 있었다. 그 때의 슬픈 기억을 떠올리며, 둥리엔주는 만사를 제쳐놓고 어떻게 해서든 쉬에창푸를 구할 방법을 찾으러 나선다. 결국 그는 쉬에창푸를 구할 약초를 찾아 심산유곡으로 들어가게 된다.

앞서 소개한 '만주국' <국경지대법> 제1조에 따르면, 스췬이 부임한 수이빈(綏濱)은 '국경지대'에 포함되어 있다. 따라서 우리는 '심림지대'의 주인공이 도시를 떠나 도망친 산악지대(필자가 북방 지도에 의거해 따져보았을 때, 그곳은 샤오싱안링(小興安嶺)의 산계(山系)이다) 역시 '국경지대'로 지정된 곳이라는 추측이 가능하다. 만약 그것이 사실이라면, 이는 문학 작가가 자신이 창조해 낸 이야기의 서술 시점 혹은 그 이야기 내부의 주인공들을 통해 텍스트 안에서 상상력을 동원해 위법한 행동을 저지르고 있음을 말해주는 것이 아니겠는가? 다시 말해, 스췬은 비밀리에 주인공들을 국경지대에 숨겨놓은 것이며, 이는 또한 그들을 '식민지=제국'이 규정한 봉쇄지대로 옮겨놓은 것이라고도 할 수 있다. 결국, 변경이란 공간을 문학 언어는 '식민지=제국'의 언어처럼 일반 민중들의 '생존'을 제한하는 곳이 아니라, 그와는 상반된 방식으로 해석하고 있는 것으로 보인다. 즉, 문학 언어는 변경이 '생존'을 제한하는 공간이 아니라, '생존'을 전개하는 공간(개인의 '생존'을 위한 도망, 재출발, 표류), 심지어 '생존'을 보호하는 공간이라고 생각하고 있는 것이다.

4. 중국 작가 언어 속의 '변경' 2
-문학으로 봉쇄지대를 기록하다

「심림지대」에서 필자가 주목하는 것은 두 개의 묘사 단락이다. 이 두 개의 단락 속에서 작가는 주인공들에 의해 전개되는 서사 구조의 맥락과는 전혀 별개라 할 정도로, 언어 자체의 힘을 아주 강력하고 노련하게 드러내고 있다. 첫 번째 단락 ①은 주인공들이 깊은 산중으로 도망쳐 들어간 이후, 산악지대의 원생(原生)의 식물류를 묘사하는 대목이다. 그리고 두 번째 단락 ②는 둥리엔주가 원시림으로 약초를 구하러 나섰다가 돌연 헤이룽강의 장대한 정경을 발견하는 대목이다.

> ① 일망무제의 황원(荒原)이 그의 눈앞에 펼쳐졌다. 이 황원의 지맥(地脈)은 배밀이하듯 소리 없이 기어가는 한 마리의 용처럼 길게 뻗은 산령과 움푹 팬 계곡을 형성하고 있었다. 산령과 계곡 사이로는 울창한 밀림이 가득하고 그 밀림 안으로는 떡갈나무, 자작나무, 들메나무, 백양나무, 가래나무, 개암나무, 느릅나무, 상수리나무 등이 무성하게 자라고 있었다. 개중에는 이미 말라 시들어져 보는 이로 하여금 시름을 낳게 하는 것도 있었고, 또 개중에는 너무도 짙푸르고 무성하여 녹엽이 그늘을 만들고 있는 것도 있었다. 또 어떤 것은 새빨간 단풍이 들어 바람 따라 흩날리고 또 어떤 것은 이미 늙어 선 채로 죽어 있었다. 동굴과 가까운 곳의 수목들은 이미 채벌되어 쑥과 잡초만이 제 자랑하듯 파릇파릇 돋아나 있었고 간혹 이 잡초 더미 속에서 베어진 지 한참이 되어 보이는 노목이 목피가 벗겨진 채 잿빛 수간(樹幹)을 드러내놓고 마치 전장의 잔해처럼 여기저기 나뒹굴고 있었다.
> 저 멀리 보이는 밀림은 자욱한 연무(烟霧)처럼 변함없이 황혼의 천연(天緣)을 뒤덮고 있었다. 몰아치는 북풍에 초목의 처연한 울음소리가 끊임없이 들리고, 나뭇가지가 부딪는 소리는 지지배배 지저귀는 새소리처럼 처량했다. 풀대와 풀잎은 밀치락달치락 한데 뒤섞여 연

신 바스락 거리는 소리를 내고 있었고, 홀아비의 슬픈 얼굴 같은 천
상에는 산처럼 우뚝 버티고 서 있는 기암괴석 같기도 하고 입을 쫙
벌리고 발톱을 곤추세운 사나운 맹수 같기도 한 먹구름들이 한 떼
의 흉신(凶神)들처럼 무겁게 지상을 내리누르고 있었다. 멀리 목탄화
의 배경과도 같은 밀림 저 쪽은 황원의 들불이 용비봉무하듯 신출
귀몰하듯 활활 타오르고 있었다. 처음엔 짙은 검은 연기가 화설(火
舌)과도 같은 세찬 불길을 안고 소용돌이치듯 하늘로 올라가며 풍운
을 새빨갛게 물들이는가 싶더니, 어느새 완전히 사그라져 매캐한 검
은 연기만이 잿더미 속에서 피어오르니 그것이 연기인지 구름인지,
구름인지 연기인지 분간이 안 되었다. 그것도 잠시 다시 포효하듯
세찬 화염이 수 리(里)를 기복하듯 날아가니, 하늘 끝은 자연히 핏빛
으로 물들기 시작했다.

② 이튿날 해질 무렵, 그는 구사일생으로 높은 준령을 오르고, 늪을 가로
지르고, 잡초를 헤쳐 가며 밀림을 뚫고 결국 헤이룽강변에 다다랐다.
아! 이 얼마나 아름다운 한 폭의 수채화인가! 그야말로 걸작이로고!
청록색의 헤이룽강물은 천군만마가 내달리듯, 거대한 맹수가 포효하
듯 그렇게 세차게 천리를 흘러갔다. 강물은 한 점의 티끌도 보이지
않을 만큼 너무도 맑고 투명했고, 천고불변의 음악을 연주하듯 찬란
한 물보라를 일으키며 주야와 춘추를 불문하고 도도하게 흘러가고
있었다. 짙은 녹색을 띠고 있는 양안(兩岸)의 국방림(國防林)은 무성
한 고목(古木)이며 울창한 나뭇잎이며 그 밀생(密生)의 정취가 여느
때와는 달라 보였다. 또 양안에는 광활한 백사장이 끝없이 펼쳐져
있었다. 강가 여기저기에 흩어져 있는 이름난 강석(江石)들은 구슬처
럼 둥글고 옥처럼 매끄러운 자태를 한껏 뽐내고 있었다. 너무도 조
그맣고 깜찍한 강석들이 햇빛에 반사되어 내뿜는 찬란한 색채는 너
무도 아름다웠다. 담홍색도 있었고 등황색도 있었고 그 뿐이랴! 잿
빛, 옥빛, 연자줏빛도 보였다. 또 어떤 것은 호박 같기도 하고 또 어
떤 것은 마노 같기도 명주 같기도 했다. 서너 척의 고깃배가 노를
저어가며 등록색의 수면 위를 소리 없이 흘러가고 있었다. 모래사장
위로 한바탕의 물보라가 훑고 지나가자, 사장은 금세 좌하는 소리와

함께 가벼운 파열음을 냈다. 서쪽 하늘에 저녁노을이 붉게 물들자, 그 석양빛은 거울처럼 저 멀리 평정한 강의 수면을 비추었다. 강과 하늘이 잇닿아 있으니 어디가 물이고 어디가 하늘인지 구분이 되지 않았다. 정적을 깨뜨리듯 물새 몇 마리가 끽끽 소리를 내며 이 천고 비경의 강가 위를 날아갔다. 그리고 깊은 밀림 속을 뚫고 들어온 그 물새의 메아리는 다시 수천수만의 메아리가 되어 날아갔다.

　작가는 이 두 개의 단락을 묘사하면서 국경지대의 초목과 수석 하나하나를 매우 치밀하게 그려내고 있다. 심지어 이러한 언어형식은 약간은 수다스러울 정도로 장황하다. 그러나 반면, 이 두 단락의 묘사는 작품 서사 구조의 기본 골격과는 별개로 표류하고 있다. 그럼에도 불구하고 이러한 '모방묘사(模倣描寫)' 언어 작용의 첫 번째 기능은, 언어의 원형질이 이러한 분단(分段) 내에서 끊이지 않고 계속적으로 그 역량을 발휘한다는 것이다. 그런 의미에서 여기에서 드러나는 언어는 서사 언어라기보다는 시적 언어라고 할 수 있다. 그것은 텍스트 내부의 주류 언어와 격리되어 스스로 고립되어 달리고 줄곧 표류한다. 이 두 개의 특수한 언어 단락은 스쥔의 텍스트 혹은 인간이 회피할 수 없는 '이야기'라는 제도(制度)에 대해 긴장을 불러일으키는 하나의 변경이라 할 수 있다. 그렇다면, 이러한 표류하는 '변경언어'는 오늘날의 식민지 문학 연구에 있어 또 어떠한 가능성을 가지고 있는 것인가?

　작가의 시선은 변경이란 지리를 은폐하고자 하는 '식민지=제국'의 법률적 언어를 뚫고 나아가 은밀히 정치적 지리 공간으로 진입함으로써 그 변경이란 공간을 기록해 나간다. '만주국'의 정치적 중추에 의해 제정된 법률 가운데에는 <측량제한법(測量制限法)>(1934년 10월 제정, 11월 시행)이란 것도 있다. 그것의 제1조는 '국방의 필요에 따라 측량금지구역을 설정하고, 금지구역은 국방대신에 의해 지정된다'라고 되어 있다. 또한 제2조는 '측량금지구역 중 치안부대신의 허가나 위탁을 거치지 않은 지역은

사적으로 측량하거나 측량을 목적으로 수륙의 형상을 촬영할 수 없다'라
고 되어 있다. 스췐의 묘사는 '식민지＝제국'이 만들어내는 서사(국방봉쇄
에 따른 풍경)를 문학 언어를 통해 측량하고 기록한 것이다. 물론 이러한 묘
사는 '식민지국가'가 목표로 하고 경계하고 있는 '지정학적 목적'은 아니
지만, 변경이란 대지의 공간을 위한 훌륭한 증거라고 할 수 있을 것이다.

5. '식민지＝제국'의 언어 ↔ 본지(本地) 언어문학의 언어

마찬가지로 '만주국'에서 문학창작에 종사한 작가 쥐에칭(爵靑, 본명은
류페이(劉佩), 필명으로는 커친(可欽), 류페이 등이 있다. 1917~1962)의 단편 「대관
원(大觀園)」(소설집 『어우양씨네 사람들(歐陽家的人們』, 藝文書房, 1941. 2) 가운데
에는 자못 의미심장한 독백이 나온다.

> 내가 생각하기에, 그것을 만든 사람은 필시 관광국의 뇌물을 받았을 것
> 이다. 그렇지 않다면, 그 거대한 시가지 지도에 쑹화강 철교에서부터 꾸샹
> 툰(顧鄕屯)의 작은 골목에 이르기까지 세세하게 기입하면서도 유독 이 대
> 도시의 퇴락한 지역을 그려 넣지 않은 이유가 무엇이겠는가? 러시아인 공
> 동묘지, 중앙사원 (…중략…) 등 아름답기로 유명한 곳은 모두 지도 안에
> 기입되어 있다. 하지만 이 시가 지도에서 '대관원(大觀園)'이란 글자는 그
> 어디에도 보이지 않는다. 사람의 인체를 두고 말한다면, 아주 패덕한 의사
> 가 아름답고 윤기 있는 머리카락, 청초한 눈동자, 고르게 쪽 뻗은 사지만
> 을 찬미할 뿐, 이미 궤양에 걸려 그 수명을 다한 폐엽(肺葉)은 무시한 것과
> 진배없다. 폐엽은 미약한 박동이나마 인체 안에서 호흡하고 있다. 마찬가
> 지로 대관원 역시 미약한 박동이나마 이 인구 오십만의 대도시 안에서 호
> 흡하고 있는 것이다.

만일 '식민지＝제국'의 중추가 외부를 향해 그토록 자랑하고 싶어 하

는 '아름답기로 유명한 곳'(공개되기를 희망하는 공간)을 '중심'이라 칭할 수
있다면, '식민지=제국'이 외부에 대해 숨기고 싶어 하는 '퇴락한 지역'
(봉쇄되기를 희망하는 공간)은 '변경'이라 칭할 수 있다. '식민지=제국'하의
당지(當地) 문학 언어는 이러한 '퇴락'한 변경을 지향하는 하나의 증언이
다. 다시 말해, 그것은 제국의 언어를 반대하는 증언이라 할 수 있다.

   이러한 증언으로서의 문학 언어 속에서 주로 사용되는 것은 대부분 중
국 동북 방언이다. 「심림지대」는 특히 그러한 현상이 두드러진다. 중국
작가는 자신의 역사적 기원의 소재지인 지방문화를 빌어 이러한 고유한
암호('변경언어'라고도 할 수 있다)를 창조하였고 더불어 그것을 이용하여 정
밀하게 자신이 처한 지리상의 변경, 사회상의 변경을 측량하고 있는 것
이다.

   또 하나 중요한 문제는 바로 이것이다. 당시의 '변경' 개념은 '식민지=
제국'에 있어서 대외적인 국경이라는 것 외에도 대내적으로 하나의 의미
를 더 가지고 있다. 곧 '반만항일(反滿抗日)'의 유격대와 항일연합군의 근
거지라는 것이다. 필자의 향후 과제 중의 하나는 이러한 의미를 지닌 변
경이란 공간을 문학 언어 속의 변경 공간 속으로 끌어들여 연결시키는
것이다.

   이상에서, 필자는 '식민지=제국'의 언어와 그것의 규제하에서 살아남
은 문학 언어의 차이를 정리하고자 하였다.

	'식민지=제국'의 언어	본지(本地) 작가의 언어
형 식	일본표준어 → 중국표준어	중국방언
	직선성(直線性)	단열성(斷裂性)
지 향	중앙	변경
의미작용	정의=명명	묘사=분해
	전달(경고)	비(非)전달
	박물관형	현미경형

	'식민지=제국'의 언어	본지(本地) 작가의 언어
의미작용	봉쇄, 금지	개방, 확산
	응고	표류
기도(企圖)	이야기 보전	이야기 중단
시 간	국가 시간으로서의 영원	개인의 생으로서의 순간

6. '식민지=제국'하에서 살아남은 당지(當地) 언어문학의 가능성을 위하여

그동안 식민지 문학연구 속에서 비교연구를 진행할 때, 왕왕 이른바 문학이란 범주 안에 제한되고 매몰되어 온 것이 사실이다. 가령, '만주국'하의 중국현대문학과 일본현대문학, 혹은 '만주국'하의 어느 한 문학사단과 다른 문학사단의 시점 비교 등이 그러하다.

그러나 앞으로는 문학 언어와 '식민지=제국'의 권력언어의 대립관계에 대한 비교연구를 진행할 필요가 있다. '식민지=제국'이 발동한 직선성(直線性), 박물관형 언어에 맞서 당지 언어문학은 비밀스런 표창과도 같은 언어를 가지고 돌발적으로 제국의 질서를 교란하거나 혹은 상상력과 단편성이 풍부한 게릴라적인 힘을 가지고 있는 언어를 통해 자신의 생존 기회를 확립한다. 필자는, 이러한 언어활동이 당시 '만주국'과 같은 '식민지=제국'하에서 드러난 중국현대문학의 가능성 중의 하나라고 생각한다.

이상으로, 필자는 '변경'이란 개념을 위주로 '식민지=제국'의 언어와 식민지 치하에서 살면서 중국어로 문학창작을 진행한 중국 작가의 문학 언어의 비교연구에 대한 분석을 시도해 보았다.

'번역__송승석'

'펜부대'와 그들의 침화문학

왕샹위엔

7·7사변 이후 오래 지나지 않아, 일본은 침화전쟁의 전선에 문학가들로 구성된 특수한 침화 부대를 파견하였는데, 당시에 이를 가리켜 '펜부대'라고 하였다. 펜부대의 구성원들은 펜을 총으로 삼아 침화전쟁을 응원하고 사기를 진작하는 일을 하였다. 그들은 중국 편에 전쟁의 책임을 떠맡기고, 침화전쟁을 위하여 억지 변론을 펼치고, 일본 군대의 잔학한 행위를 '천황군의 사랑스러움과 용감함'으로 부각시켜 시화·미화하고, 일본이 점령한 지역 내에서 일본군과 중국 국민 사이가 얼마나 좋았는지를 터무니없는 말들로 왜곡하여 묘사하고, 자신들이 어떻게 사생결단의 의지로 전쟁을 체험하였는지를 과시하였다.

1. 중국 전선으로 초기에 특파된 작가들

1937년 7·7사변 이후, 일본은 중국 침략의 수준을 강화하여, 중일 전쟁이 전면적으로 폭발하였다. 일본 정부는 군사적 침략을 대대적으로 진행하면서 동시에 국내의 군국주의 체제를 강화하여, 전국적 범위에서 중국을 침략하는 전쟁을 진행시키는 방안을 요구하였다. 사변 발발 며칠 뒤인 7월 11일, 일본이 중국 화북 지방으로 출병하기로 성명을 발표한 날, 고노에 수상은 신문통신사의 대표를 소집하여 간담을 진행하여 전쟁에 협력하기를 요구하였다. 또한, 13일에는 일본의 유명한 잡지사들, 가령 『중앙공론(中央公論)』, 『개조(改造)』, 『일본평론(日本評論)』, 『문예춘추(文藝春秋)』의 대표를 소집하여 이와 같은 요구를 전달하였다. 8월 24일, 일본정부는 <국민정신총동원실시강요>를 발포하고, 9월 25일에는 전쟁 선전을 책임지는 육군정보위원회를 내각정보부로 승격시켰다. 이러한 상황 속에서, 일본 내의 방송 등의 여론조차 국민을 향해 침화전쟁에 관한 선전을 펼치라고 크게 요구하였다. 많은 종합잡지와 문예잡지들은 전시 편집인 등을 채용하고, 전쟁에 관한 보도와 전장을 대서특필하는 전문난 체제를 열었다. 애초에, 신문은 일반적으로 문학성이 짙은 보도는 싣지 않았었다. 문학적인 보도를 두고, 어떤 이는 '보고문학과 유사한 것으로 주로 잡지에서 발표되는 것'이라고 말하였다. 그러나 나중에는 신문에서조차 이른바 전쟁소설, 보고문학, 전쟁 시, 작가가 전하는 전장 르뽀류의 내용을 실었으며, 이윽고 독자들 사이에서도 시장이 크게 형성되어 신문잡지에서 이러한 종류의 원고에 대한 수요가 나날이 커져갔다. 그리하여 신문사와 잡지사에서는 사원 이외에 문학가들까지 중국의 전쟁터로 파견하게 되었다. 8월 3일, 당시에 영향 있는 신문 가운데 하나였던 『도쿄니치니치신문(東京日日新聞)』은 사람의 눈길을 끄는 다음과 같은 소식을 실었다. "본사는 사변 보도를 위하여 특별한 것을 보탬 / 대중문학의 거장인 요시가와 에이지(吉川英治) 씨를 특파 / 어제 텐진으로 가는 비행기에 오름." 8월 5일, 요시카와 에이지의 『텐진에서』가 신속히 송고되었고, 이 신문사에서는 톱뉴스로 찍었다. 이어서 이 신문사는 소설가 기무라(木村)를 상하이로 파견하였다. 기무라는 21일 상하이에 도착하여, 24일 상하이와 관련한 전쟁 소식을 발표하기 시작하였다.

8월 말이 되자, 잡지사에서조차 중국 전쟁터로 작가를 파견하였다.『주부의 벗(主婦の友)』과 같은 잡지는 여성작가 요시야 노부코를 파견하였고, 그녀는『주부의 벗』황군위문특파원으로서 8월 25일 천진으로 날아가, 9월 3일 도쿄로 돌아왔다. 또한, 곧이어 다시 나가사키에서 상하이로 날아갔다. 요시야 노부코(吉屋信子)는『주부의 벗』10월호에『전화에 쌓인 북지 현지행』을 발표하였고, 또 11월호에『전화가 감도는 상하이로의 결사행』을 발표하였다.

그와 동시에,『중앙공론』잡지는 하야시 후사오(林房雄)와 오자키 시로(尾崎士郎)를 각각 상하이와 중국 북방지역으로 파견시켰다. 하야시 후사오는 8월 29일 상하이로 들어갔고, 오자키 시로는 8월 31일 화북지방을 향해 출발하였다. 9월 초,『일본평론』잡지는 작가 사카키야마 준을 파견하였다. 그들은 중국의 전쟁지역에서 3주 정도를 취재한 후에 귀국하였다. 10월,『중앙공론』은 '현지보고문학' 칼럼을 만들었고, 오자키 시로의『비풍천리』와 하야시 후사오의『상하이 전선』을 발표하였고,『일본평론』잡지는 사카키야마 준(榊山潤)의『전쟁과 포화 속 상하이로 가다』를 발표하였다. 이러한 작품들은 7·7사변 이후에 나온 일본 최초의 침화전쟁과 관련있는 보고문학이었다.

이어서 11월 초『문예춘추』잡지사는 작가 기시다 구니오(岸田國士)를 화북 지역으로 파견하였고,『개조』잡지사는 미요시 다쓰지(三好達治)를 상하이로 파견하였다. 오래 지나지 않아, 기시다 쿠니오는『문예춘추』에『북지일본색』을 발표하였고, 미요시 다쓰지는『개조』에『상하이잡감』을 발표하였다. 이와 거의 동시기에,『중앙공론』잡지사는 소설가 이시가와 다쓰조(石川達三)를 파견하였고,『개조』잡지사는 작가 다테노 노부유키(立野信之)를 파견하였다. 이들 외에도, 스기야마 헤스케(杉山平助), 오오야 소우이치(大宅壯一), 다카다 다모쓰(高田保), 하야시 후미코(林芙美子), 가네코

미쓰하루(金子光晴) 등의 작가, 평론가가 잇달아 중국으로 들어가 취재하였다. 또한, 1938년 2월과 3월에, 시인 구사노 신페이(草野心平)와 평론가 고바야시 히데오(小林秀雄)가 중국 내지로 파견되었다. 그 중에서, 고바야시는『문예춘추』잡지사로부터 위임을 받아 파견되어, 특별히 항주까지 가서, 침화부대의 병사가 된, 이전에 이름이 세상에 알려지지 않았던 청년작가 히노 아시헤이(火野葦平)를 현장에서 '아쿠타가와 류노스케(芥川龍之介) 문학상'을 수여함으로써 전장작가에 대한 특별한 격려를 나타내었다. 고바야시는 중국 황저우, 난징, 쑤저우에서 한 달간 머물렀고, 귀국 후에『문예춘추』에『항저우』,『쑤저우』등의 작품을 발표하였다. 그의 귀국을 전후하여, 아사하라 로쿠로(淺原六郎), 도요타 사부로(豊田三郎), 세리자와 고지로(芹澤光治良), 야스다 요주로(保田與重郎), 사토 하루오(佐藤春夫) 등의 작가들은 각 잡지사와 문화문학단체의 특파작가가 되어 잇따라 중국으로 향했다.

결국, 7·7사변 발발 후 1년이란 시간 동안, 이렇게 많은 문학가들이 화염으로 가득한 중국내지로 향해 종군하고, 그들이 쓴 종군기와 현지보고류의 글들이 잡지와 신문지상에서 일시에 가득 채워짐으로써 전쟁에 대한 일본 국민의 광신적인 열정에 부채질을 하였다. 이때, 일본 군국정부는 이른바 '펜부대'를 조직하는 데에 아직 직접적으로 착수하지 않았다. 이러한 초기의 종군작가들은 모두 비공식적인 민간 기구에서 파견한 경우였고, 당시에는 선전매체에서 펜부대라고 부르지도 않았다. 그러나 그 성질은 나중에 나오는 펜부대와 결코 다르지 않다. 그러므로 앞에 나온 작가들은 초기의 펜부대라고 부를 수 있을 것이다. 위의 작가들은 모두 전쟁에 협력하고 중국을 침략하는 것을 선전하는 목적을 가지고서 중국의 전쟁터에 간 것으로, 일본군국주의의 침략전쟁을 위하여 자각적으로 일한 것이다. 전쟁의 성격에 대한 전도, 전쟁에 대한 광신적인 선동, 일본에 대항하는 중국 군인과 국민에 대한 희화와 비방, 중국 현재 상황에 대한 왜곡된 묘사들은 위 작가들의 대부분의 작품에서 보이는 공통점이다. 그러나 동시에 많든 적든 전쟁터에서의 진실한 정황들도 묘사하였다.

여기에 사카키야마 준의 『상하이전선』 중에서 몇 단락의 글을 예로 들어본다.

나는 이런 모양 저런 형태의 시체들을 보았다.

첫 번째로 닿은 우편선 부두에서, 죽은 말이 둥둥 떠 있는 것 같은 검은 시체가 있었는데, 보아하니 사복군인인 것 같았다. 누군가의 말에 따르자면, 황푸강의 적토색의 물은 세 개의 층으로 흐르는데, 표면상에 흐르는 물은 만조 때에 상류를 향하여 흐르고, 그 밑에 흐르는 물은 반대로 양자강을 향하여 흐르고, 가장 아래에서 흐르는 물은 표면상에 흐르는 물과 같이 상류를 향하여 흐른다고 한다. 이 말은 '상해환'의 선원이 말한 것으로, 아마 거짓은 아닐 것이다. 이런 까닭에, 물위로 떠오른 익사체는 양자강을 벗어나기가 쉽지 않다. 황푸강은 뱀장어가 많다. 지나인이 뱀장어를 먹지 않는 것처럼 보인다. 그 뱀장어들은 물 위에 떠있는 시체를 먹고 있다. 아니다. 뱀장어뿐만이 아니다. 가을이 되면, 황푸강 게가 이름난 특산물이 되는데, 여기에 남아있는 (일본) 이민자들이 나에게 말해주기를, 여기에서 자라는 가을철 게들은 매우 살이 올라 토실토실하다고 한다. 그 중 어떤 사람은 그 게의 맛을 정말로 맛본 적이 있는 것 같다. 조금 으스스하다. 전선에서 본 지나인 병사의 시체는 바로 이런 모습이다. 반라인 채로, 하늘을 보고 큰 대자로 누워 작열하는 태양빛을 쐬면서, 배조차 전부 고동색으로 변하였다. 사람들이 모두 죽었는데, 그 시체는 작열하는 태양 아래에서 또 타고 있었다. 찌는 듯한 날씨 속에서 썩어 문드러진 시체의 악취가 매우 역겹다. 나도 모르게, 풀덤불에서 나오는 열기조차 맡을 수 없음을 느꼈다. (…중략…)

쩌우산로 부근에서 본 시가전 뒤에 남겨진 타서 눌러붙은 시체가 가장 끔찍했다. 상반신만 남아 길 위에 거꾸러져 있었다. 팔은 위쪽의 반토막만 남아있었고, 머리통은 얼음처럼 차가운 기묘한 하얀빛을 철철 흘린 채로 축 늘어져 있었다. 정말이지 자세하게 써내려갈 수 없었다.

시체들의 그 끔찍한 모습은 내 머리 속에 아주 깊게 각인되었다. 마치 아이들이 겁이 나 위축된 모습처럼, 나는 기숙사로 돌아온 후에도 그 끔찍한 모습이 나를 여전히 휘감고 있었다. 위스키를 취하도록 마셨지만 털어낼 수 없었다. 저녁에 화장실에 갔는데, 흔들리는 양초 불빛으로 나아가 흐릿한 거울 속의 내 얼굴을 보니, 흡사 낮에 불에 타 죽은 시체의 넋을 보는 것 같았다. 확실히, 사람의 얼굴이 깊은 밤에 거울에 비치면 무섭다. 그것은 내 얼굴이 아닌 것 같았다. 엄격한 등화관제는 사람에게 이런 쓸데없는 공포를 더욱 불러 일으켰다.

그러나 시체는 그나마 낫다. 길 위에 흩어져 떨어져 있던 흙 포대들이 선홍색의 피로 젖어 있었다. 바로 그것은 실체가 없기 때문에 사람에게 여러 가지 상상을 불러일으키기 쉬웠다. 내 마음 속에서의 한바탕의 괴로움이 흙포대 앞에서 멍청하게 서 있었다.

이것은 일본침략자가 중국 영토 위를 답사하면서 만든 인간적인 공포이다!

초기의 특파작가의 작품 중에는 오자키 시로의 장편 종군기인 『비풍천리』가 일본독자와 학자에게서 비교적 높은 평가를 계속 받았다. 『비풍천리』는 일본군이 점거한 화북지역의 정황을 묘사하였다. 그러나 그는 오히려 이러한 인간적인 공포를 아주 소량의 기록으로 남겼을 뿐이고 대부분은 온정적이고 평화로운 모습을 그린 내용이었다. 그것은 마침 일본침화문학의 다른 유형을 대표하고 있다. 그 가운데에서, 『지나의 아이들』의 한 부분에는 다음과 같은 묘사가 있다.

지나의 아이들은 사람들이 일본 병사는 모두 '귀신'이라고 하는 말을 듣는다. 귀신과 같은 외모, 귀신과 같은 잔인함, 심지어 배가 고프면 사람을 먹으려고 하는.

동양귀신, 이 단어는 아주 현실적인 속뜻을 표시하고 있다. 누군가의 말에 근거하자면, '일본 병사가 왔다.'라고 말하기만 하면 주위에서 마침 울던 아이들 모두 감히 더 이상 울지 못하고 몸을 움츠릴 정도로 놀란다고 한다. 그러나, 일본군이 화북 지역을 공격하여 점령하고 나서야, 지나의 아이들은 진정으로 '귀신'의 진면목을 분명히 알게 되었다.

아이들은 틀림없이 은신처에서 몸을 숨기고서 목을 돌린 채로 지나를 추격하는 군대의 위엄있는 일본병사들을 슬그머니 관찰하고 있었다. — 머리에 있을 뿔도 보이지 않고, 모자 아래에조차 없고, 게다가 뾰족한 이도 없고, 찢어진 입도 없다. 지나인과 같은 모양 같은 모습으로 사람의 얼굴이다.

말하자면, 이게 바로 동양귀신이라니, 좀 이상한 걸! 물론 많이 보지는 않았지만 이 하나만 봐도 말로만 들었던 그 동양귀신이 아니었다.

그래서 아이들은 은신처에서 기어나와 동양귀신의 앞에 쭈뼛쭈뼛 나타나 멀리서 서로가 기댄 채 이 쪽을 엿보고 있었다.

그러나, 동양귀신들이 사람을 잡아먹을 낌새가 보이지 않을 뿐만 아니라 모두가 빙그레 웃는 것은 아니었는데도 이 쪽을 보고 있어? 한 사람이 손을 흔들었고, 반평생 쓰지 않아 어색한 중국어로 큰 소리로 외쳤다.

"얘야! 얘야! 이리 와라! 이리 와!"

아이들은 처음에는 감히 접근하지 못하다가 점점 익숙해짐에 따라 천천히 건너왔다. 그래서 동양귀신들은 아이들에게 우유사탕을 주었고, 아이들의 머리를 쓰다듬어 주었다. 머리를 쓰다듬으려 하자, 아이들은 펄쩍 뛰듯 놀랐다. 물론 아이들은 잡아먹히지 않았고, 그 우유사탕 속에도 독은 절대로 들어가 있지 않았다.

아이들은 벌써 동양귀신은 귀신이 아니라는 것을 알았다. 그래서 집 안으로 뛰어가 집에서 배, 감 등을 가져와 '동양귀신'에게 바쳤다.

동양귀신은 얼굴에 웃음꽃이 활짝 피듯 기뻐하였다. 그들은 과일을 받고 돈을 치루었다.

아이들은 또 한 번 집으로 돌아가 부모형제들을 데리고 왔다.

동양귀신은 귀신이 아니라는 것을, 농민과 주민들은 자신의 아이들이 이 점을 증명하는 것을 보았다. 부모형제들도 조심스럽게 걸어나왔는데, 한 편으로는 손짓을 하면서도 한 편으로는 경의를 표하는 모습이 다소 우스꽝스럽게 정성스러웠다. 한 발자국 다가옴에 따라 익숙해지자, 그들은 마음을 열고 환영의 뜻을 나타냈다. 어떤 사람은 차를 권하였고, 어떤 사람은 음식을 내왔으며, 어떤 사람은 힘을 다하여 도왔는데, 성심성의로 다른 뜻은 없었다.

일본군이 매번 이겨서 한 지점을 점령할 때면 포화로 깨진, 넓디넓고

사람이 없어 묘지같은 길 위에 한두 명의 아이들이 나타났다. 곧 아이들
이 곳곳에서 걸어 나왔고, 일본과 지나인이 악수하는 계기가 되었다.

사람들은 모두 알고 있다. 일본이 시작한 침화전쟁에서, 얼마나 많은
중국의 아이들이 '동양귀신'의 총검과 총포 아래에서 죽었으며, 얼마나
많은 아이들이 포화에 맞아 묘지와 같은 폐허 속에서 묻혔는지를! 그러
나 오자키 시로는 오히려 이 작품 속에서 '인정미 넘치는' 장면을 적지
않게 묘사하려고 힘썼는데, 이것은 어떤 일본학자가 말한 무슨 '인도주
의'가 절대로 아니라 총검과 총구 아래의 '평화'이며, 또한 일본군대가
중국에서 행한 소위 선무라는 것일 따름이고 소위 사상전, 선전전에 불
고한 것이라는 점이다.

일본이 전면적으로 침화전쟁을 발동한 초기에, 신문잡지사가 파견한
위의 작가들은 그 주관적인 동기가 일본의 침화전쟁에 협력하는 것이었
고, 사실상 그들의 작품에서도 많든 적든, 직접적이든 간접적이든 그런
작용을 하고 있다. 그러나 다른 면에서 보자면, 위의 작가들이 전쟁을 관
찰하고 표현할 때, 그 각도와 방법이 다르고, 주관적인 의도와 객관적인
효과도 완전하게 일치하지는 않는다. 예를 들어, 일본작가는 근대 이래
유럽의 자연주의의 영향을 매우 크게 받아서, 사실과 진실적인 것의 묘
사를 중시한다. 그런데 초기에 특파된 작가 중에 한사람이 이러한 사실
과 진실을 쓰는 사람이 있다면, 군국주의 정부는 이를 용납하지 않는다.
이 때문에 필화 사건이 초래되었는데, 그것이 바로 이시가와 다쓰조와
그의 중편소설『살아가는 병사』이다. 작품은 난징을 침공한 부대가 중국
에서 어떻게 방화하고, 죽이고, 빼앗음 갖은 못된 짓을 다하였는지를 묘
사하고 있다. 이시가와 다쓰조는 이 현장기록성이 강한 소설을 통해 전
쟁의 진실한 정황을 사회에 알리고자 하였다. 뜻밖에도 작품이『중앙공
론』1938년 3월호에 발표된 후, 이시가와 다쓰조는 당국에 체포되었고,

법원은 그에게 4개월의 징역, 집행유예 3년을 선고하였다. 그 이유는 천황의 병사가 평민을 살해하고 약탈하는 것을 묘사하였고, 군기가 해이한 상황을 표현하여, 질서와 안녕을 어지럽혔기 때문이었다. 이 사건은 당시 작가와 독자 사이에 대단한 충격을 주었다. 또한 군부는 한 발자국 더 나아가 여론통제를 강화하고, 작가가 창작하는 것에 관여하는 조치를 취하도록 하였다. 이와 동시에, 군부는 일본 병사 일원으로서 청년작가 히노 아시헤이가 침화 전쟁터에서 지은 소설 『보리와 병사』가 당시 120만 권 이상 발행되어 베스트셀러가 되어, 국민의 전쟁 광기를 크게 선동하는 일에도 격찬하였다. 『살아가는 병사』와 『보리와 병사』의 정반대의 사례는 일본군부와 정부가 확실한 계몽을 명확하게 주었고, 그들이 작가의 종군과 그 창작활동에 대해 관여하거나 통제하는 결과를 초래하였다. 아울러, 군부와 정부가 종군작각이 소위 펜부대를 조직하는 데 직접적으로 맡는 하나의 계기가 되었다.

2. 군부와 정부가 펜부대를 직접 조직하고 파견하다

1938년 8월 20일 저녁, 동경에 있는 많은 작가들은 일본문예가협회 회장 기쿠치 칸(菊之寬)이 보낸 속달 우편엽서를 받았다. 그 엽서 위에는 다음과 같이 써져 있었다. "내각정보부는 문예가들과 상의할 일이 있으니, 내일 즉, 23일 오후 3시에 와주십시오, 수상관저 내각정보부 회의를 엽니다." 23일, 내각정보부에서, 기쿠치 칸을 대표로 한 12명의 작가가 회합에 출석하였다. 그들은 오자키 시로(尾岐士郎), 요코미쓰 리이치(橫光利一), 고지마 마사지로(小島政二郎), 사토 하루오(佐藤春夫), 기타무라 코마쓰(北村小松), 구메 마사오(久米正雄), 요시가와 에이지(吉川英治), 카타오카 뎃페이(片岡鐵兵), 니와 후미오(丹羽文雄), 요시야 노부코(吉屋信子), 시라이 교지(白井喬仁) 등이다. 그 곳에 모였던 작가 시라이 교지의 『펜부대 조성의 경위』 중에서 회고에 따르면, 주관인은 정보부의 몇 사람이었는데 이외에 육군성 신문부의 마쓰무라(松村) 중령, 해군성 군사보급부의 이누쓰카(犬塚) 대령, 마쓰시마(松島) 중령 등의 사람이 더 있었다. 회의가 시작할 때에는 전쟁 시국과 관련한 문제들만을 편하게 이야기 나누었지만 나중에 육군성의 마츠무라 중령이 일어나 서서 벽에 걸린 큰 지도를 가리키며, 우한 공격전의 정황을 설명하였고 마지막으로 다음과 같이 제시하였다. 먼저 20명 정도의 작가를 중국 전선으로 보내어 한 번 보게 한다. 비록 말은 종군이지만 작가에게 완고한 요구를 제시하는 것은 아니며, 완전히 무조건이다. 현재 시국이 매우 중대한데, 작가들이 정확한 지식을 가지고 있을 것이라고 믿는다. 전쟁의 정황을 한 번 보고나서 곧바로 전쟁문학을 반드시 써야하는 것이 아니라 10년 후에 집필하여도 좋고, 20년 이후에 작품을 발표하여도 좋으니, 만사 분부하시는 대로 하겠습니다, 라고 운운하였다.

　오자키 시로는 『문학부대』라는 제목의 현장기록 작품에서 다음과 같이 썼다. 당시에, 군부가 작가가 종군하기를 원한다는 사정을 말한 이후에, 어떤 작가 한 사람이 불안하게 물었다. 종군은 위험하지 않나요?

　　모두가 일제히 웃기 시작했다. "문제 없습니다", 중령의 입술 위에 자신에 찬 미소가 떠올랐다. 그래서 기쿠치 칸은 이번 회의에 소집된 작가 구메 마사오와 함께 곱고 낭랑한 어조로 말했다. "아마도 문단의 모든 작가들이 종군을 희망할 것이지만, 사람을 뽑아 확정하려면 하루 이틀의 시간이 필요합니다. 물론 어떻게든 최소한 스무 명이 필요합니다." 중령이 당장 대답하였다. "가능합니다." 또 말하였다. "그리고, 전쟁터에서는 불가피한 만일의 일이 생기니, 생명보험 같은 것에 들어도 좋다. 당연히 여러분 모두 군인가족의 대우를 받게 될 것이고, 여러분에게 야스쿠니 신사에 유골을 안치하는 수속을 먼저 주어 잘 처리해야 함을 안다."

또한, 시라이 교지는 『펜부대 조성의 경위』에서 다음과 같이 썼다.

> 우리들은 일제히 큰 감동을 받았다. 모두들 마음 속에 서로 같은 생각
> 이 형성된 것 같았다. 그것은 국민의 일원으로서 뜨거운 피가 가슴 속에
> 가득 차고, 문학가가 여린 싹을 돌보아 싹이 움텄을 때 느끼는 긍지 같은
> 것이었다. 우리들은 즉시 종군의 제의에 대하여 공감하였다. 회의에 참가
> 한 작가들 거의 전부가 종군의 포부를 품었고, 실제로도 도리로 보아 당
> 연한 일이라고 말해야 했다. 이로 인하여, 8월 23일 이 날, 문예사에 영원
> 히 새겨질 첫 번째 걸음이 시대에 한 획을 그었다.

구체적으로 군부를 도와 펜부대의 일에 관계된 안배와 처리를 계획한
기쿠치 칸은, 이 일 이 후 오래지 않아 발표한 수필 『말의 사소한 상자』
(『문예춘추』, 1938년 10월호)에서 이렇게 말하였다.

> 문예가협회 회장으로서의 나는, 애초에 네댓 명의 사람을 파견하려고
> 하였다. 왜냐하면 격전의 중심인 한커우이기에, 나는 가고자하는 사람이
> 많지 않을 것이라고 걱정하여 나와 친한 몇 사람들과 일을 해볼 생각이었
> 다. 쉽게 부탁 할 수 있는 사람들이 소집되어 정보부 회의가 열렸다. 뜻밖
> 에도, 회합에 출석한 12명의 친구 모두가 갈 것이라고 말하였다. 나 자신
> 은 애초에 갈 생각이 없었지만, 정보부 사람의 이야기를 듣고나자 어떻게
> 해서든지 가야 한다고 생각하여, 종군하기로 결심하였다. 정보부에서 말
> 하길, 20명이 개인적으로 와도 괜찮고, 내일이면 확정할 수 있을 것이라고
> 하였다. 군대의 일이 긴급하여 개별적으로 연락할 수 없었다. 그래서 내가
> 생각하기에, 만약 4, 50명과 연락을 한다면 절반이 가고자 할 것이므로,
> 곧 속달 우편을 발송하였다. 그리하여 두세 명의 사람을 제외한 모두가
> 가고 싶다고 말하였다.

8월 26일 오후, 내각정보부는 수상관저에서 정보부가 파견하기로 확
정한 종군작가의 명단을 공포하였는데, 그들은 요시가와 에이지, 기시다
쿠니오, 다카이 고사쿠(瀧井孝作), 후카다 큐야(深田久彌), 기타무라 코마쓰,

스기야마 해스케, 하야시 후미꼬, 구메 마사오, 시라이 교지, 아사노 아키라(淺野晃), 고지마 마사지로, 사토 소노스케(佐藤惣之助), 오자키 시로, 하마모토 히로시, 사토 하루오, 가와구치 마쓰타로(川口松太郎), 니와 후미오, 요시야 노부코, 가타오카 뎃페이, 나카타니 타카오(中谷孝雄), 기쿠치 칸, 도미자와 우이오(富澤有爲男), 모두 22명이다. 이후에, 일본의 신문매체는 이 종군작가들에 대하여 제멋대로 선전하여, 중국 내지를 원정하는 펜부대라고 칭하였다. 펜부대에 뽑힌 작가들은 신문잡지에 생각과 느낌을 이야기하고, 포부를 말하고, 충성심을 나타내고, 자기를 내세워 일시에 여론의 총아가 되었다. 그 중에서 원래 이름이 알려지지 않았던 몇몇 작가들은 일약 유명인사가 되었다. 이 종군부대는 고액의 보조금과 군복, 군용 칼, 권총, 가죽 각반 등을 받았는데, 흡사 한 무리의 출정하는 장군들과 같았다. 출발 전 정부의 군부와 매체는 그들을 위하여 성대한 환송회를 거행시켜 주었고, 그 후에 그들은 '해군 분대'와 '육군 분대' 두 가지 길로 나누어 비행기를 타고 중국 전쟁터로 날아갔다. 당시 어떤 인쇄물에서 펜부대의 출정을 두고 '대명여행 – 제후가 순시한다는 의미' 이라고 말하였으나 전혀 이상할 것이 없었다. 선택받지 못한 작가들은 누구라도 하늘을 원망하고 남을 탓하면서 기쿠치 칸 등의 사람들이 한 일, 뽑힌 대다수가 그가 맡고 있는『문예춘추』잡지와 관계가 있는 사람이라서 불공평하다고 원망을 품었다. 유명한 작가인 히로쓰 가즈오(廣津和郎)와 같은 사람은『미야코신문(都新聞)』에서 다음의 글을 지어 실망을 표시하였다. "어떤 이가 내게 묻기를, 당신은 종군하여 우한 공격전에 참가하시겠습니까? 나는 정말 그렇게 하기를 아침저녁으로 생각하였다고 말하고, 마음이 기쁘게 뛰기 시작하였다. 예상을 빗나간 행운의 사정이다. 그래서 나는 빨리 좋은 소식을 얻기를 기대하였다. 그러나, 공포된 명단 안에 내 이름이 없는 것을 보자, 모든 게 헛된 기쁨이 되고 말았다. 가슴에 품은 기대가 클수록 실망도 큰 법이다."

제1펜부대가 중국으로 보내졌을 때가 바로 규모가 전대미문으로 큰 우한대전이 결정에 다다른 시기였다. 우한대전은 6월 11일에 일어나, 8, 9월에 진입하였는데 이미 공격한지 2, 3개월이 지났다. 일본은 최종적으로 우한을 함락시키기 위하여, 우한 외곽의 전략적 요지들을 공격하고 점령하는 데 박차를 가했고, 중국군대도 모든 힘을 집중시켜 우한을 지켰다. 일본의 취재 탐방하러 우한 전선으로 향하는 해군 부대의 작가 일행으로, 기쿠치 칸, 요시가와 에이지, 사토 하루오, 하마모토 히로시, 고지마 마사지로, 기타무라 코마쓰, 요시야 노부코, 스기야마 헤스케 등이 포함되어 있었다. 그들은 먼저 상하이로 날아가 일본 육전대 본부를 방문하였고, 이튿날 일본이 키우고 있는 괴뢰정권인 중화국민유신정부를 방문하였다. 이후 난징에서 장강을 따라 거슬러 올라가 지유쟝에 도착하였고, 9월 말 10월 초에는 우한대전 전선에 도착하여 마침 전쟁 상황이 치열한 농가 마을의 임무를 보게 되었다. 10월 11일, 우한이 함락되는 것을 목격하고 계속 전선에 남을 것이라고 희망한 스기야마 헤스케를 제외한 나머지 일곱 사람은 귀국하였다. 육군 분대에 속한 펜부대는 어떤 사람은 난징에 먼저 가고, 어떤 사람은 항주, 소주를 거쳐 난징에 도착하였고, 어떤 이는 군대를 따라 대별산 지역으로 갔다. 제1펜부대가 귀국한 이후, 군부 정부는 또 제2펜부대를 조직하였다. 그들은 하세가와 신(長谷川伸), 하지 세이지(土師淸二), 나카무라 무라오(中村武羅夫), 고카 사부로(甲賀三郎), 미나토 구니조(湊邦三), 노무라 아이세(野村愛正), 오야마 간지(小山寛二), 세키구치 지로(關口次郎), 기쿠다 카즈오(菊田一夫), 호조 히데지(北條秀司) 등이었다. 1938년 11월, 그들은 해군의 종군 펜부대가 되어 남지나, 즉 중국의 남방지역으로 보내졌다.

그렇다면, 펜부대 작가들의 당시의 심리상태는 어떠했을까? 그들은 종국에서 무엇을 했던 것일까? 펜부대의 구성원 중 한 사람이었던 오자키 시로가 쓴 특별한 작품 『종군부대』(1939년 2월)가 있다. 그 내용으로, 펜부대의 활동 자체, 펜부대의 조성에서부터 전선으로 향한 이후의 정황들이 구체적으로 묘사되어 있다. 게다가 다음과 같이 펜부대 작가 특유의 심리상태와 예상 밖의 행위들을 그리고 있다 마음 한 편으로는 펜부대에 참가하려 하고, 대명여행에 대한 비평할 마음은 있지만 망설여진다. 전쟁터에서 공을 세우고 업을 쌓으려고 생각하면서도 이런 것이 일종의 허영심이라고 깨닫는다. 한커우 점령 앞에서 귀국을 생각하면서도 사회적인 대중의 비평을 걱정한다. 또한 한 노작가는 붓 하나로 거액의 돈을 유용하고, 그 돈을 동행한 제자에게 빌려주어 사용하게 하였다. 한 시인은 전쟁터에 와서도 여인과 술을 쫓았다, 등이다. 이 작품이 발표된 후, 당시 극우적 성향의 평론가 나카무라 무라오(中村武羅夫)는 『도쿄니치니치신문』(1939년 2월 1일자), 『문예시평』란에 문장의 질 문제를 발표하였다. 『종군부대』의 작자는 도대체 무슨 의도로 썼는가? 그렇게 상황을 묘사하고, 그러한 행위를 들추어 낸 것은 결국 독자에게 무엇을 알리려는 것인가? 그렇게 긴 지면을 할애하고, 그런 제재로 글을 써서 인생의 의의를 어떻게 표현한 것인가? 아마 작자가 무슨 의의가 있다고 느껴서 오로지 그러한 사정만을 쓴 것인지 알 수 없다. 다만, 현상적으로 보자면, 그것은 작자의 흑막에서 기이함을 구하려는 천박한 취미를 나타낸 것이다. 이렇게 말하여도 지나치지 않을 것이다. 그는 작자가 묘사한 시기에 꼭 있어야 할 이른바, '성실'이 결핍되어 있음을 지적하고 있다. 현재 보더라도, 『종군부대』가 묘사하고 있는 것은 사실적인 면에서도 좋고, 허구적인 면에서도 좋아 중대한 것과는 상관이 없다. 중요한 것은 이 작품이 작가가 당시에 마치 '칙명'으로 작가가 조성한 펜부대의 신성성을 회의하고 있는 듯한 정서를 그리고 있다는 것이다. 그것은 우리에게 펜부대와 그 침화문학이 반드시 가치 있는 것이란 점을 인식시켜주고 있다.

펜부대가 조성되어 중국으로 가는 과정은, 일본 군국주의 정부가 이미 국가권력을 통하여 일본문학을 침화전쟁의 궤도에 끌어들였음을 명백하

게 나타내고 있다. 일본문학과 일본작가가 자각적으로 침략전쟁의 전면
적으로 협력한 상징적인 사건은, 비록 펜부대에 참가한 사람 수가 그리
많지는 않았다 하더라도 아주 나쁜 발단이었다. 이로부터 중국 전선으로
갔던 것은 물론, 일본의 절대 다수의 작가가 모두 다른 방식으로서 일본
제국주의적인 침화전쟁에 지지하고 협력하기 위하여 중국을 침략하는,
소위 전쟁문학의 글을 대량으로 썼기 때문이다. 펜부대의 출현은 일본문
학이 대규모로 타락하는 시작이었다고 말할 수 있는데, 그 시대에 일본
의 양심 있는 학자 한 명이 이를 잘 표현하였다. "8월 23일, 만약 오늘처
럼 이렇게 그것에게 매우 상세한 연표를 만들어주지 않는다면, 어떠한
기록조차 남길 수 없을 것이다. 그러나 전쟁 시기에 중요한 시각인 바로
이 날, 지금 반드시 상반된 의의에서 기록을 명확하게 해주어야 한다. 이
를 계기로, 몇 년 후 영국과 미국과 적이 되어, 전쟁의 불꽃을 태평양 지
역으로까지 확대하고, 더 많은 문학가를 징발하여 남쪽으로 보내면, 이
국가정권은 시작되자마자 사기군의 얼굴을 드러내면서 문학가에게 회유
정책을 사용할 것이다. 문학들은 저항하겠다고 반드시 말할 수 없고, 불
협조할 수조차 없어서, 결국 권세 있는 자에게 아부하고 아첨할 것이다.
문학가들은 이러한 치욕스러운 타락에서 역사적인 교훈을 충분히 얻어
야 한다."(다카사키 류지(高崎隆治), 『전시하의 문학의 주변』, 10면)

3. 펜부대가 꾸며낸 침화문학

1938년 말, 펜부대 대부분의 작가들이 모두 귀국하자, 일본의 많은 신
문·잡지는 펜부대 작가들을 잇달아 소집하여 좌담회를 열어 뒤질세라
앞을 다투어 펜부대 작가의 종군기, 보고문학, 소설 등을 등재하여, 침화
전쟁 기간에 소위 전쟁문학의 절정기를 형성하였다. 각 신문·잡지들이

거의 12월분에 발표한 주요 작품으로 바로 다음과 같은 것들이 있었다.

도미자와 우이오	『중앙지역 전선』, 『중앙공론』에 기재됨.
오자키 시로	『양자강의 가을』, 상동.
	『전영일기』, 『일본평론』에 기재됨.
	『최전선에 서서』, 『일출』에 기재됨.
	『전운을 헤아리며』, 『웅변』에 기재됨.
니와 후미오	『돌아오지 않은 중앙부대』, 상동.
	『상하이의 폭풍우』, 『문예』에 기재됨.
가타오카 뎃페	『전장이 눈 앞에 있다』, 『개조』
	『종군통신』, 『부인구락부』
스기야마 헤스케	『종군비망록』, 상동.
	『전장에서 아들에게 보내는 편지』, 『부인공론』에 기재됨.
	『한커우소강입성기』, 『대륙』에 기재됨.
사토 소노스케	『전화행』(시), 상동.
	『난징전망』에 기재됨.
	『중앙 지나의 자연』, 『눈초』에 기재됨.
기시다 쿠니오	『종군오십일』, 『문예춘추』에 기재됨.
요시가와 에이지	『한커우공견전종군견문』, 상동.
	『종군감격보』, 『부인구락부』에 기재됨.
기타무라 코마쓰	『전장』, 『올요미모노』에 기재됨.
	『전장풍류담』, 『대륙』에 기재됨.
하마모토 히로시	『소강부대』, 상동.
요시야 노부코, 하마모토 히로시, 사토 소노스케	『종군작전관전기』, 상동.
하마모토 히로시	『종군작가와 포탄』, 상동.
사토 하루오	『전장십일기』, 『현지보고』에 기재됨.
	『갑북삼의리전적』, 『신조』에 기재됨.
나카타니 타카오	『전선추억기-한커우공극전』, 상동.
기쿠치 칸	『종군의 사물』, 『대왕』에 기재됨.

요시야 노부코　　　　　　　『무혈등륙지일』, 『신여원』에 기재됨.
등등.

　펜부대 구성원의 이러한 작품들은 설령 쓰인 내용과 표현의 방법이 다르더라도 군부가 그들에게 완성의 사명을 요구한 것은 다른 정도로 완성되었다. 위와 같이 말하면, 군부는 작가가 종군하도록 권유했던 때에 벌써 가에게 내세운 구체적인 요구 표현하였다. 다만 그들을 중국 전선으로 보내어 보게 하였고, '완전히 무조건적인 것'이었다. 그러나 사실은 정반대였다. 그들은 일단 전선에 가면 반드시 군부의 요구에 따라 일을 하러 가야 했다. 펜부대와 동시에 우한으로 보내진 『도신문(都新聞)』 특파원, 이노우에 도모이치로(井上友一郎)는 『종군작가의 문제』(『일본평론』, 1939년 1월호)에서, 중지군보도부가 종군작가에게 건넨 『종군문예가행동표』를 인용하였다. 이 행동표에는 명확하게 다음과 같이 써있다.

　　　목적－주로 우한 점령전 중 육군부대 관병들의 영특하고 용맹한 모습,
　　　분투하는 모습, 아울러 고생하는 실상을 국민에게 보도한다. 동
　　　시에, 점령구역 내 건설 진행 상황을 보도하여 국민을 분기하게
　　　만들어 중국에 대한 문제의 근본적인 해결을 촉진시킨다.

　이러한 요구에 따라 썼는데, 펜부대 작가가 무슨 창작의 자유를 가지고 있었겠는가? 게다가, 이시가와 다쓰조는 자신의 전쟁에 대한 이해와 숨김없이 진실을 묘사하여 썼기 때문에 곧 '펜의 재앙'을 야기하였다. 군부정부가 파견한 펜부대 작가들이 어떻게 감히 그 한계를 뛰어 넘었겠는가? 다른 한 편으로, 펜부대 구성원은 히노 아시헤이, 우에다 히로시(上田廣), 히비노 시로(日比野士郎), 무네타 히로시(棟田博), 다니구치 마사루(谷口勝) 등과 같은 병사 신분의 작가와 달랐다. 그들은 전쟁터에서 머무르는 시간이 매우 한정적이었고, 그들 대부분은 단지 주마간산 식으로 관전하

였을 뿐이었다. 이러한 까닭으로 그들이 제작한 종군기는, 개념화시켜 쓰고 모피의 묘사로 심각한 전쟁 체험을 대체하거나, 천박한 감정표현과 재미없는 사소한 일, 길에서 주워들은 이야기들을 모아서 지은 글이다. 어떤 작품은 전쟁터에서의 체험을 일부러 과장해서 자신의 용감함을 뽐내거나, 군국주의를 위하여 침화전쟁을 선전하는 내용을 적나라하게 썼다. 이것이 바로 펜부대 작가의 종군기가 가진 기본적인 특징이다.

펜부대에서, 하야시 후미코(林芙美子)는 특별한 인물이다. 그녀가 펜부대 사이에서 유일한 여성작가이기 때문이다. 여성작가가 종군하여 출정한다는 이 자체가 특별한 선전적 가치를 가지고 있어서 당시 인쇄물들은 이에 대해 크게 다루었다. 『도쿄니치니치신문』 1938년 11월 30일자에 실린 글 한 편에서는 아래와 같이 말하고 있다.

> 유일한 일본여성인 하야시 후미코 여사는 한커로우의 입성에 참가하였다. (…중략…) 빠르게 이동하는 부대를 따라 필사적인 행군을 계속하고 있었다. 일본 여성이 전쟁터에 왔다! 모든 군인과 관병을 크게 놀라게 하였는데, 꿈결인 것만 같다. 하야시 여사가 황량한 우한 평원으로 간 것은 그야말로 전쟁터 위의 하나의 기적이었다. 그녀는 일시에 전쟁터에서 둘러싸여 누구나 칭찬하는 중심이 되었고, 그녀의 용감함과 겸허함은 모든 군인, 장군, 병사들을 마음 바닥에서부터 우러나오는 존경과 감동을 느끼게 하였다. 그녀는 이리저리 떠돌아다니면서 세상의 풍진을 다 겪었고, 바람 부는 데에서 밥을 먹고 이슬을 맞으며 잠을 잤다. 자동차는 때에 따라 지뢰를 밟을 수도 있었으나, 하야시 여사는 생사를 도외시하였다. (…중략…) 하야시 여사의 한커우 입성은 모든 일본 여성의 자랑이다.

종군하여 얻은 것을, 하야시 후미코는 귀국 후 서신체의 종군기인 『전선』과 일기체의 『북안부대』를 발표하였다. 『전선』 가운데 한 부분을 보자.

> 전쟁터에서는 비록 잔혹한 광경들이 있었지만 잊기 어려운 아름다운

장면과 풍부한 생활도 있었다. 내가 어떤 마을을 지나갈 적에, 일본군 한 부대가 항복한 지나의 병사를 잡는 모습을 보게 되었는데, 이런 대화가 오가고 있었다. "난 진짜로 그를 불로 태워죽일 거야!", "멍청이! 일본 남자가 쓰는 방법은 한 칼에 베어버리는 거야! 안그러면, 총 한 방에 끝내버리든가!", "아냐, 저 녀석들이 마을에서 죽은 모양들이 생각나니 정말 견디기 힘들어.", "알았어. 한 칼에 죽이자!" 이리하여, 포로로 잡힌 중국병사는 당당한 한 칼 아래 조금의 고통도 없이 단번에 목숨이 끊어졌던 것이다. 나는 그들의 대화를 들고 나서 그들을 잘 이해하게 되었다. 나는 그런 사정에는 어떠한 잔혹함도 없다고 느꼈다.

하야시 후미코의 이 종군기에 대하여, 한 일본평론가는 이것의 문제는 전쟁을 보도하는 것이 없고 사실을 기록하려는 정신만 있고, 종군 중에 신변잡기적인 일을 너무 많이 기록하였으며, 지식이 가진 품위가 없다고 보았다. 그러나 나는 그녀가 제작한 종군기 — 물론, 『전선』과 『북안부대』 —의 문제점이, 그녀가 잔혹한 전쟁을 시화하고 미화시키는데 힘쓴 데에서 직접 목도한 침화전쟁에 대하여 조금도 돌이켜 반성하며 생각해보는 일이 없었을 뿐만 아니라 자신 혹은 일본 독자의 가치관과 중국을 침략한 일본 병사의 모든 행위를 통일시키는데 노력한 것에 있다고 생각한다. "우한의 목화가 가득한 대평원을 일본 소유로 만들고 싶구나!"(『전선』) — 이 여성작가는 이처럼 천박하고 오만 방자하였다.

펜부대 사이에서, 하야시 후미코가 당신의 선전매체에 의해 육군 부대의 일등공신으로 추켜 세워졌다면, 스기야마 헤스케(杉山平助)는 해군 분대의 일등공신으로 칭해졌다. 스기야마 헤스케는 펜부대 사람들 중에서 전선에서 머문 시간이 가장 긴 사람이었다. 그는 펜부대에 들어와 중국으로 오기 전에, 일찍이 초기에 잡지사가 파견한 작가로 톈진, 멍구, 베이징, 상하이, 난징 등의 지역에 갔었다. 후에 이때 중국을 여행한 것을 제재로 수필집 『중국, 중국인과 일본』(1938년 5월, 개조출판사) 한 권을 출판하였다. 펜부대에 참가한 후에 그는 홀로 단신으로 일주일 먼저 출발하여, 양자강을 따라 거슬러 올라가 일본군이 우한을 점령하려고 할 때 군대를 따라 입성하였다. 스기야마 헤스케는 전쟁 중에 자신의 이렇게 용감한 행위를 제법 득위양양해 하였다. 그는 『종군비망록』에서 다음과 같이 말하였다. "이번에 다녀온 종군작가나 종군기자를 좀 보라. 그들은 (그 중에는 나도 포함된다) 귀국한 후 자신이 얼마나 위험을 무릅썼는지를 힘주어 강조하고 있다. 어떤 작가는 확실히 최전선에 있어서 사령관이 그들에게 증명서를 발급해주기도 하였다. 그러나 자신이 무릅쓴 위험에 대하여 과대포장하여 그들 스스로 좋다고 생각할 뿐이다." 자신만만해 하는 것 외에 '확실히 최전선에 서있었던' 스기야마 헤스케는 기타 작가에 대한 경멸감을 숨김없이 드러내었다. 스기야마 헤스케는 자신이 우한 일대에서 종군한 경험을 가지고 글을 지어 『도쿄아사히신문(東京朝日新聞)』에 투고하였고, 이 글은 일본 최초로 한커우 점령을 보고하는 글이 되었다. 귀국 후 충실하게 정리하여 『양자강함대종군기』를 출판하였다. 스기야마 헤스케는 위에서 진술한 두 권의 책에서 중국 침략에 대한 말을 퍼뜨리는데 힘쓰고, 당시 일본 국내에서 몇 명 사람들이 소위 평화주의라고 말하는 것을 비난하였다. 그는 『중국, 중국인과 일본』의 서언에서 다음과 같이 말하였다. "현재, 평화주의를 어떻게 염불하든 어리석게도 그런 책을 백만 편을 읽더라도, 현실은 한 발자국도 앞으로 나아갈 수 없다. 뿐만 아니라, 국제 상의 일본의 위엄을 망치려고 기도하는 것으로, 무형의 강철칼을 우리들의 머리 위에 거는 것과 같다. 나는 (중국) 현장에서 이 점을 직접으로 느꼈다. 이 사태를 직면하자마자, 모든 아무 것도 하지 않는 소극적인 태도를 버리고 의의를 잃어버릴 정도로 변할 것이다. 설령 이것이 정신의 영역의 일이라 하더라도, 나 예전부터 우유부단한 태도를 던져버리고 적극적인 진공으로 바꾸며, 이외에는 선택하지 않으려 하지 말라고 주장하였다. 이 책은 내가 지나를 여행한 걸 보고한 것이며, 동시에 이것은 의의 면에서 내 사상의 한 측면이다."『양자강함대종군기』에서, 그는 일본군인이 우한에서 승리함으로써, 중일 전쟁 문제와 관련해서 나오는 소위 비관론과 회의론을 비판하였다. 그는 이 책의 서언에 다음과 같이 썼다. "진부하고 상투적인 논조에서 흔한 지론들을 보면, 실제로 일어나지 않기도 전에, 비관적인 논조가 널리 퍼져있다. 이 어리석은 사람들에 대하여, 이것은 하나의 좋은 교훈이 될 것이다! 요즘 들어 일본의 일부 소위 지혜롭다는 지식인들 사이에서 슬프게도 실제로 이러한 회의론자들이 매우 많다." 그러나 이와 동시에, 우한 전선에서 친히 목격한 잔혹한 전쟁현실에서, 참혹하게 전쟁의 진흙과 재를 뒤집어 쓴 중국 민중을 보고, 그는 인간성의 양지를 한 가닥 드러내지 않을 수 없었고, 심지어 전쟁에 관해 비관한 내용도 있다. "내가 지나 민중의 처참하고 고통스러운 모습을 보게 될 때마다, 나는 참을 수 없어, 하나의 생각이 생겨나는 것을 금할 수 없었다. 그것은 나도 이 전쟁 가운데에서 죽고 싶다는 것이었다. 물론 사신이 나의 말을 듣는다면, 나는 필사적으로 벗어나려고 발버둥 칠 것이다." 스기야마 헤스케는 당시에 이러했다(나중에도 이와 같았다). 군국주의의 광기어린 침략과 인간성의 양지 사이에서 자주 배회하였는데, 그러기에 한 일본 평론가는 그를 '기회주의자'라고 인식하였다.

그러나 펜부대의 구성원 중 한 사람이었던 시라이 교지(白井喬二)의 마음속엔 중국 침략에 대한 광기어린 아우성 외에는 어떤 것도 없었다. 그는『종군작가치국민』이란 글에서 이렇게 말한 적이 있다. "나는 일본국민에게 다시 한 번 말하고 싶다. 이번 전쟁은 지나의 항일교육에서 기인한 것이다. 너희들은 왜 이에 대해 문제 삼지 않는가? 이것은 일종의 태만이지 않은가? 나는 중일 전쟁이 시작된 이유는 누가 먼저 누구에게 대포를 쏘았는지 누가 먼저 상대편 군인 한 명을 죽였는지 하는 것 이외에, 바로 (중국의) 항일교육 때문이라고 인식했다. 반드시 그들을 향해 싸움을 벌려야 했다! 우리 국가의 위엄을 위하여, 그들에게 '이러한 교육을 철회하라! 그렇지 않으면 무장충돌을 보게 될 것이다!'라고 선포를 해야 했던 것이다. 만약 우리 국가가 이러한 의지력이 없다면, 진정한 국제질서는 성립될 수 없다." 시라이 교지가 희망한 교육은 어떤 교육이었을까? 그가 쓴 글의 한 단락을 보자.

> 도중에, 협석 기차역에서, 지나의 한 소학교의 학생들이 나와서 우리를 맞이하였는데, 나는 매우 감동하였다. '일본 종군작가 일행을 환영합니다'라고 쓰인 깃발 위에는 '협석진 개지소학교 선생 학생 전체'라는 낙관이 찍혀 있었다. 지나의 소학교 학생들 모두가 의 손에 태양기를 잡고서 차창 앞에서 흔들었다. 우리들은 매우 기뻤다. 항일교육이 변하자 동양인이 평화롭게 함께 살자는 기조의 교육이 되었다. 이러한 교육은 일찍 발아하기 시작하였다. 이것은 전 세계 교육계 면에서도 제창할 가치가 있다고 말할 만하다.

이것은 시라이 교지가 본 중국인에게 매국노의 교육을 받게 하는 것을 즐기며, 일본 제국주의가 중국에서 주인임을 자처하는 교육을 하기를 간절히 바란 것이다!

결국, 펜부대가 생산한 침화문학은 완전히 일본 군국주의 국책의 산물이다. 한 편으로는, 중국을 침략하려는 국책이 펜부대를 만들었고, 다른 한 편으로는 펜부대가 만든 이와 관련있는 작품들이 다시 일본의 무력 침화를 상당히 부채질하였다. 이로부터 총자루와 펜대가 와아 소리를 지르며 함께 움직이듯, 무력으로 침략하는 것과 문화(문학)로 진공하는 두 가지 방법을 병행한 침화전쟁의 방식이 형성되었다. 펜부대는 군국주의에 의해 움직인 면도 있지만, 부인해서는 안 될 것이, 침화전쟁을 위하여 자각적이고 적극적으로 선전하고 부추긴 면도 있다. 이 때문에, 그들은 침화전쟁에 대한 남에게 미루어선 안 되는 책임을 지고 있는 것이다. 전쟁 후 문화전범이라고 선고되어지거나 처분 받은 작가들을 더욱 그 허물을 피하기 어렵다. 유감스러운 점은, 전쟁이 끝난 후 일본에서 작가의 명예롭지 않은 경력과 관련한 내용을 여러 가지 문학사와 작가평론 및 연구서에서 의도적으로 가볍게 넘어가버리거나, 의도적으로 없애버린 점이다.

더욱 유감스러운 점은, 중국에서 요즘에 나오는 일본문학의 글을 소개하고 평론하는 책들에서조차, 작가가 침화전쟁 중에 저지른 모든 행위에 대해서 소홀히 다루고 문제 삼고 있지 않는 점이다. 예를 들어, 길림인민출판사에서 출판한 『일본문학』 잡지는 1986년 제1호에 펜부대의 중요한 구성원이었던 하야시 후미코의 특집을 다루었는데, 이 특집 안에는 중국 평론가가 하야시 후미코에 대하여 쓴 글이 한 편 실렸다. 하야시 후미코의 펜부대에서의 생애에 대해서는 한마디도 언급하지 않은 채 오히려 그녀가 전쟁이 끝난 후에 전쟁에 반대했던 것만을 강조하였다. 그 글에서 다음과 같이 써있다. "설령 하야시 후미코가 침략전쟁 시기에 동원되어 전쟁터로 갔던 적이 있고 종군기와 같은 글을 쓴 적이 있다고 하더라도 그녀가 전쟁이 끝난 후 쓴 작품을 보면 반전사상이 그런대로 분명하게 드러나 있다." 우리들이 보건대, 비록 전후의 반전은 전후에도 여전히 전쟁을 그리워하는 것과 비교하여 다소 취할만한 게 있으나 전후의 반전은 적이 없는 전쟁터에서 죽이라고 외치는 것과 같이 약간 허구적이란 점을 면할 수 없는 것이다. 게다가 하야시 후미코는 전쟁이 끝난 후 정말로 전쟁에 반대했는지 그 반대인지, 소설 속에 나오는 문장 몇 구절에 근거해서 판단할 수 없다. 그렇다고 그녀가 침화전쟁에서 저지른 나쁜 행위를, 우리가 왜 감추고 말하지 않아야만 하는가? 이러한 정황은 오히려 오늘날, 일본의 중국 침략을 위한 펜부대 및 그 작가와 관련한 행위들을 자세히 살펴보고 판단하는 것이 여전히 충분히 필요한 것임을 설명해주고 있다.

짱아이링, '의복 개조'와 식민주의, 민족주의

천훼이펀

　여성과 식민주의, 민족주의 혹은 국가의 관계는 복잡하다. 울프의 화법을 빌리자면, 여자에게는 국가가 없으며, 그녀의 『세 개의 금화』를 보면 비록 여주인공이 마지막에 금화를 국가와 관련된 단체(서로 다른 두 개의 부녀 단체)에다 기부를 하지만, 오히려 계속 부녀자들은 국가의 큰 결정 밖으로 배제되어 왔다는 것이다. 따라서 소위 '우리들의 국가'라는 것은 절대적 시간 속에서 여성을 노예로 간주해 왔으며, 과거나 현재나 할 것 없이, 여성은 잉글랜드에게 감사해야 할 그 무슨 이유도 없다는 점을 그녀는 말하고 있다. 여성주의는 국가를 '부성(父性)'적인 그 무엇으로 간주하기 때문에, 특히 자유주의적 여성주의자들은, 일반적으로 국가 혹은 민족 같은 류의 문제에 대해 냉담한 태도를 견지해 왔다. 짱아이링은 상하이 윤함 시기에 혜성처럼 등장했는데, 그녀는 "일찌감치 명성이 높아 영예나 지위가 높아서, 즐거움도 그다지 별로 내키지 않는다"는 시의 말들을 몸에 달고 다니면서, 종종 사람들로 하여금 아무래도 민족의 '대의'

를 전혀 '돌보지 않는다'는 혐의를 받았으며, '아무 생각도 없고, 소갈머리도 없는' 영감에 빠져 있다고 여겨지는 것 또한 피하기 힘들었다. 그렇지만 오히려 바로 이렇게 민족의식이 박약하다고(아니 심지어는 문제가 있다고) 여겨진 젊은 여성이 당시 복잡한 '상하이 의식' 혹은 '상하이인의 관점'을 보충하여 표현하는 역할을 담당했던 것 또한 사실이다.

1943년 8월, 그녀는 소설 창작 사이의 틈에 『도대체 상하이 사람은 누구인가』란 제목의 산문집을 발표한다. 시간을 두고, 홍콩의 전쟁 분위기 때문에 약 1년 반 동안 상하이로 돌아와 있었던 것이다. 그 안에 있는 글들 속에서 그녀는 '귀향하는 오딧세우스' 같은 눈길과 어조로 종종 "도대체 상하이 사람이란 누구인가" 하는 식의 '경탄'을 토해낸다. 그리고 글의 마지막에서 또한 자신의 소설과 상하이인을 연결시킨다.

> 나는 상하이 사람들을 위해서 홍콩에 대한 전기(傳奇)를 썼다. 그 안에는 沈香屑, 一爐香, 茉莉香片, 心經, 琉璃瓦, 封鎖, 傾城之戀의 7편(역자주─7편의 소설 제목)이 있다. 그것들을 쓸 때에는 시시각각 계속 상하이인들을 생각했다. 왜냐하면 나는 상하이인의 관점으로 홍콩 사람들을 관찰해 보려 했기 때문이다. 오로지 상하이 사람들만이 내가 글 속에서 나타내지 않은 곳을 충분히 이해할 수 있을 것이다.

이듬해 그녀가 위에서 언급한 일곱 편과 그 밖의 몇 편을 합쳐 『전기(傳奇)』라는 이름으로 모아서 책을 출판했을 때, 곧 바로 센세이션을 불러일으켰다. 그리고 나서 반세기 후에, 그녀가 재차 상하이에서 뜨거운 흐름을 자극하였을 때, 어떤 이들은 도리어 그녀의 '거짓(不實)'을 지적하기도 한다. 소위 "나는 상하이 사람들을 위해 홍콩 전기를 썼다."고 하는 이야기 중 나열된 일곱 편 중에서 전부가 홍콩에서 쓴 것이 아니라는 것이다. "『도대체 상하이 사람은 누구인가』의 광고 색채는 너무 선명하고, 상하이 사람들에게 잘 보이려 하는 부분이 있었는데, 오히려 이를 독자들이(자연스럽게 주로 상하이인이지만) 싫어했다."고 한다.[1] 반면 짱아이링 스스로도 "대중은 실재로 너무나 사랑스런 고객이다"라는 식의 화법을 가지고 있어서, "잘 보이고자 했다"는 그런 언급들이 그로 인해 어렵지 않게 추인되었다. 문제는 그때그때마다 '세상 물정에 너무나 밝은' 상하이 사람들이 어떻게 저런 시골 초가집 같은 데서 처음 나온 것 같은 어린 소녀를 잘 봐줄 수 있었는가 하는 것이었다.

어떤 차원에서 이야기 해보면, '잘 보이려 했다는 것' — 이 말은 우리들의 연구에서 바로 그녀가 특수한 시기에 등단한 여성작가로서, 식민주의, 민족주의 같은 이념들이 갖는 관계들의 계기를 만들어 내었다라고 하는 점을 한 마디로 말해주고 있다.

역사의 현장으로 돌아가보는 것도 바로 우리가 바로 진입할 수 있는 한 가지 방법일 것이다. 그녀의 '등장'에 대해 주류가 갖고 있던 의식은 대부분 '물과 토양이 맞지 않는' 공간과 시간 속에서 훨씬 더 구체적인 정경 분석이 결핍되어 있다고 많이 여긴다. 그러나 이와 관련된 연구에 의하면, 짱아이링이 『도대체 상하이 사람은 누구인가』라는 책을 발표한 동년 동월에, 일본인이 상하이에서 출판하던 『상하이』 잡지는 '경축 상하이 주권 회복'(일본과 중국의 왕징웨이 어용 정권이 태평양 전쟁 이후 조계를 반환하고, 치외법권을 폐지한다는 내용으로 체결한 협의서를 가리킨다. 1943년 7월 30일 중국 왕징웨이 정권은 상하이의 프랑스 조계지를 회수하고, 8월 1일 공공 조계지를 회수한다)이라는 제목하에 특집을 출간한다. 『새롭게 태어나는 상하이의 성격』이라는 제목의 권두 문장에서, 작자는 상하이와 상하이 사람들에 대해서 다음과 같은 묘사한다 : (상하이 사람들은) 지나의 역사, 전통, 개성을 영국, 미국인들한테 푹 빠져서 모두 상실한 사람들이다. '마(魔)의 도시' 상하이는 가장 어두운 의미로서의 '국제도시' 상하이이고, 또 음모와 해괴한 말, 유언비어가 난무하는 '암흑도시' 상하이인 것이며, 과거에

---

1) 니원지엔(倪文尖), 『女作家眼中的的"双城記" : 從王安憶到張愛玲』.

의지해서 지금에까지 계속 그렇게 존재하고 있다. 상하이에는 지나가 없으며, 또 지나인이 없다. 상하이가 새롭게 태어나고자 한다면, 가장 기본적인 조건은 우선 상하이의 500만 지나 민중들의 정신이 더욱 새롭게 만들어져야 하고, 만약 영국과 미국식의 사상과 견해, 심지어 감각까지도 가슴으로부터 뇌수에 이르기까지 모두 제거하지 않는다면, 아마도 '유태적인'이라는 말과 같은 의미로서 '상하이적'이라는, 그 두려운 형용사를 떼어버리기 불가능할 것이다. 그렇게 하면 상하이와 상하이 사람이 진정으로 새롭게 태어나게 될 것이다[2]라고 쓰고 있다. 이런 진술만 있는 것이 아니라 그에 짝이 될 만한 것으로, 이전에 『꾸진(古今)』(1942)이란 책 안에 『상하이의 시장』(천꽁보)이라는 글에서는 다음과 같이 썼다. "지금의 상하이 시는 근 500만의 인구에 가깝고, 면적상으로 보자면 어떤 세계의 대도시 보다 크며, 또 인구상으로 보면 유명한 세계의 도시에 비해서 결코 적지 않다. 단지 특별한 것은 세계 대도시의 범죄는 모두 다 있으나, 세계 대도시에 있는 장점이라고 상하이에서 갖춰져 있는 것을 찾아볼 수 없다는 점이니 상하이의 특별한 점은 경제와 문화의 불일치이고 상하이에서 우리는 동양의 진정한 문화를 찾을 수 없거니와, 또한 서양의 진정한 문화도 찾아 볼 수 없다. 상하이는 무역, 교역상 대단히 번영한 시장이기는 하지만, 사상의 측면에 있어서는 너무나 참담한 사막과도 같다." 고 진술한다.

간단히 말해서, 짱아이링이 문단에 등단하던 그 시기, 특히 그녀가 『도대체 상하이 사람은 누구인가』라는 글을 발표하던 1943년 전후에, 도시의 분위기에는 상하이에 대한 모종의 '품평' 사조가 많이 돌았다. 물론 일본 점령자가 이 도시의 시장이었으나, 모두들 상하이의 '어둠'과 '꺼림직함'에 대해 이야기하고 있었다. 그러나 원조계지에서 살던 상하이 사

---

2) 邵迎建의 『傳奇文學与流言人生』에서 재인용.

람들에게 있어서는, 소위 '주권의 회복'이라는 것은 영국과 미국의 손이 일본의 손으로 옮겨진 것에 불과했고, 이는 곧 일본과 왕징웨이 어용정권 통치하의 보갑제(保甲制)에 편입된 것에 불과하거니와, 이를 통해 전통과 '근본'을 잃어버린 사람들이라고 여겨졌다. 상하이 사람들이 '더럽혀진 해안가의 중국인'이 된 것은 통상적으로 민족주의가 고조된 결과를 통해서 보는 시각인데(白魯恂), 뜻밖에도 이런 말들은 또한 상하이 윤함시기 일본 식민자들이 상하이 사람들을 공격하는 무기였던 것이다. 비록 짱아이링은 정치에 대해 관심이 없었지만, 도리어 그 중에 터무니 없는 모욕과 손해에 대해서는 민감하지 않을 수 없었다. 이는 그녀 개인으로 보았을 때, 마치 소위 '새로 태어나는' 상하이 사람에 해당하는 것과 같다. 그리고 나서 빨린 마음을 먹고 영국으로 유학을 하고 돌아와서는 "서양의 글을 팔아 생계로 삼았다." 이때는 바로 이미 '동아시아의 재화'들을 영국의 양행들이 약탈하고 있었고, 그 직무를 담당하는 중년 여인은 여전히 이전의 영국 조계지에서 살고 있었는데, 그녀 또한 '전형'적으로 '영국과 미국'에 넋이 빠져 있는 '상하이 사람'이었던 것이다. 짱아이링은 이와 같은 여성에 대한 '유머'로써 자신을 '변호'한다. "누구나 상하이 사람들은 글러 먹었다고 하지만, 그러나 내 생각엔 약간만 그렇다. '글러 먹은 것'이라는 것에 대해서 나는 다른 것들은 잘 모르지만, 내가 알고 있는 것은 모든 소설들이 못된 인간들과 떨어질래야 떨어질 수 없다는 사실이다. 괜찮은 사람은 글러먹은 인간의 이야기를 듣기 좋아하지만, 못 된 인간들은 괜찮은 사람들의 이야기를 듣기 좋아하지 않는다." 근본적으로 그녀는 상하이 사람들이 '전통의 중국인이 근대의 스트레스 많은 생활 속에서 단련된 것'에 불과하다는 사실을 인정한다. 신구 문화는 종종 기형적인 생산물을 교환하여, 그 결과는 아마도 그다지 건강에 좋지는 않고, 단지 그 안에는 기이한 지혜만이 존재하게 된다." 그러나 바로 이때, 이러저러한 근심과 아득함을 가지고 있던 사람들도 분명히 적지 않았다. 무수한 수의 상하이 사람들은 모두 서방 세계와 함께 '끊을 래야 끊을 수도 없고, 정리할래야 정리도 안 되는' 관계에 있었다. 이것이 아마도 그 당시 왜 세상 물정에 밝은 상하이 사람들에게 그녀가 '잘 보여지게 하려 했는지' 한 원인이 될 것이다. '전통적 중국인이 근대의 스트레스 많은 생활 속에 단련된 것'과 '기이한 지혜'라는 말은 그들 자신에게 자신을 표현하고 또 '신분을 다시금 만들어 낼 수 있는' 가능성을 부여했고, 초조한 사람들은 그 가운데 문득 '눈치를 보면서도 마음이 비통함'을 느끼게 하였다. 이는 왜 그녀가 당시에 한 소학도의 일부러 글 귀만 짜맞추어 하는 식의 어려운 문자놀이를 가져다 이야기를 했었는지를 설명해 주는데, 그 예가 바로 '장훈(張勛)'의 '勛'은 '功勛'의 '勛'이지만, '薰風'의 '薰'(좋은 사람의 비유로 사용됨, 薰과 勛의 발음이 중국어에서 동일하다는 점 참조 : 역자주)은 아니다"라는 식이다. 이것이 곧장 상하이 사람들로부터 '환심'을 사게 된다. 문자와 공동체의 동일시는 막대한 관계를 함유하고 있었고, '동방의 바빌론'(언어의 혼잡함)인 상하이에서도, 어느 잡화점의 나이 어린 점원도 모두 이와 같이 '국어'가 제대로 되어 있었으니, 서로 문자가 분명하게 통하면, 이것을 통해 '문화'와 '함양'상 '정통 중국인'이라는 신분적 동일시로써 상하이 사람임을 유지해 나갔다. 『도대체 상하이 사람은 누구인가』란 그녀의 책은『새로 태어나는 상하이의 성격』이란 책에 대한 직접적인 응답은 아니었고, 도리어 그 당시 사회 분위기에 대한 일종의 '반응'과 '반발'이었기 때문이라는 점은 어렵지 않게 이해된다. 이것으로 분명해진 것은, 그녀가 어떻게『沉香屑·第一爐香』를 통해 그 향기를 지피게 되었고, 또 상하이 사람들에게서 어떻게 호감을 얻게 되었는지이다.『沉香屑·第一爐香』에 나오는 꺼웨이롱은 보통 상하이의 여자아이인데, 산 중턱에 올라 종종 멀리 바라본다. 반산(半山) 허리의 그 매음하는 방은 유선형이었는데, 기하학적 도안의 구조는 마치 가장 최신의 모던한 영화관을 방불케 한다. 그리고 그것의 방 꼭대기에

는 옛 것을 본뜬 유리 기와 한 겹이 덥혀 있다. 문안으로 들어서면, 서양
식의 화로 위에 눈에 가득 들어오는 비취로 된 담배통과 상아로 된 관음
상이 있다. 곳곳에 영국풍을 모방한 고상한 마당에는 중국의 '복'자가 새
겨진 홍등이 펼쳐져 꽂혀있었다. 웨이롱은 "이 같은 동방적 색채의 존재
는 외국 친구들이 직접 보았을 때 더 선명하지."라고 말한다. 사람들은
먼데서부터 달려와 그들이 본 '중국'을 전해준다. 그와 같은 경관은 또
홍콩으로부터 막 돌아온 짱아이링이 숨막히게 살아가는 상하이인들에게
보여 주고 싶은 그런 경관이었고, 이는 이야기의 첫머리에 분명히 밝히
고 있는 것과 같이, 뜻밖에도 이때 세상을 위에서 내려다 보고 있는 것
이 바로 그 '상하이의 여자 아이'였던 것이다. 상하이가 개항한 이래로,
비록 때때로 평가를 받으면서 논해져 왔지만, 그것에 대한 느낌은 사실
너무 지속적으로 "아주 훌륭하다"라는 평만 있어왔다. 특히 2, 30년대
경제 성장과 세계의 명성을 얻었고, 엄연히 국제적인 대도시였지만, 그
러나 상하이의 여성에 대해서는 일찍이 있었던 시대적 추구의 흐름 속에
서 조금의 고민도 보이지 않았고, 그래서 그녀들의 발걸음은 보조를 맞
추지 못하고 영원히 제자리 그 위에만 머물러 있었다. 상하이 윤함구 시
기에 가득했었던 '비평'의 풍조는 상하이의 정체성으로 하여금 돌연 애
매한 변화를 맞게 한다. 예를 들자면, "식민지 홍콩은 상하이에 거주하는
중국인의 시각으로 볼 때, 줄곧 그들이 가지고 있던 반식민지적 고민들
을 일깨웠다."[3] 따라서 윤함 시기 중 상하이는 자신들 신분에 대한 의문
과 고민거리들을 홍콩에 대한 '응시' 속에 투사하였다. 홍콩의 '황망함'
은 그들로 하여금 모종의 '안위'를 얻을 수 있게 하였고, 그리하여 다음
과 같은 '확신'을 얻게 된다. "당시 홍콩은 지금 사람들이 보면 전혀 희
망이 없는 전반 식민화 속에 있었던 동시에, 반면 상하이는 모든 이역의

---

3) 리아오판(李歐梵), 『上海摩登(상하이 모던)――一种新都市文化在中國1930~1945』.

호흡들을 가지고 있지만, 그러나 여전히 중국이었던 것이다."4) 소설 중에서 이와 관련된 상하이의 '자신감'은 상하이 소녀 웨이룽의 '향수병'을 통해서 의식적으로, 직접에 가깝게 표현되고 있다. 웨이룽이 처음 홍콩의 반산 허리에 있는 몸 파는 동네에 왔을 때, 너무 불편해서 분명 집으로 돌아가려 하였고(결국 그녀는 돌아가지는 않았지만), 그러고는 생각하길, "고향 집에 있을 때 병 나서, 방안에 있으면 친구들이 보내온 꽃을 쌓아 둘 수 없을 정도였는데", 그러나 그녀의 기억 속에서 꽃에 비해서 더 아름다운 것은, 바로 유리구슬 같은 거였다. 그것은 아버지의 책상 위에서 문진으로 쓰던 것인데, 식구들은 그녀에게 그것을 쥐어주면서, 얼음이 열병이라고 하며, 그 구슬을 손 깊숙이 쥐어주었다. 그러자 그녀는 "인생 중에서 가장 두텁게 그리고 가장 의지할만한 물건이 생각났다"고 쓴다. '병'이 있을 때, 상하이는 그렇게 '두텁고도 의지할만한' 상징이 되었던 것이고, 어떤 이가 언급한 것과 같이, 말할 나위 없이 현대 중국의 역사 혹은 문학 안에서 이와 같은 시각(時刻)은 그렇게 많이 엿볼 수 없는 모습이었다.5) 그와 같은 시각을 만들어낸 이유는 오히려 '상하이 사람들의 관점' 혹은 '상하이 의식'에서의 '필요'에 의한 것이었다. 이 시간에 있어서 상하이는 홍콩의 '가벼운 부유', '황망함' 같은 것이 필요했고, 자신의 '두터움'과 '의지할 만함'의 반대 급부를 드러냄으로써, 자신이 가지고 있는 고민들을 원만히 풀어 나가는 것이었다. 앞에서 말한 것과 같이 짱아이링은 '물과 토양이 특별히 맞지 않는' 시간과 공간 속에서 두드러졌던 이유로 '민족대의'를 저버렸다는 시선을 피하기 어려웠으나, 비정상적인 시기에 두드러진 여성 작가가 된다는 것은 그녀와 사회의 보통 민중들이 민족의 운명에 대해서 동고동락한 일면이 없지 않은 것 또한 사실이다. 사실, 우리는 여성의 '제2의 성'이란 처지를 빌어서, 그녀

---

4) 리아오판(李歐梵), 『上海摩登(상하이 모던)――一种新都市文化在中國 1930~1945』.
5) 쉬쯔똥(許子東), 『一个故事的三種講法－重讀「日出」,「啼笑因緣」和「第一爐香」』.

로 하여금 점령구 평민의 애매하고도 감내하기 힘든 생존의 처지와 심리
에 대해 종종 깊이 있는 체험과 양해가 있어야 함을 요구 받았다.

　똑같이 주의할 만한 가치가 있는 것은 그녀가 상하이의 '전통 중국인'
에 대해 인정하고 양해하는 것이 '전통 중국'을 비판하거나 또는 '전반
식민화'된 홍콩에 대한 일정 정도의 감상에까지는 영향을 미치지는 않았
다는 점이다. 그렇다고 완전히 '희망이 전무한 것도 아니었다.' 이와 같
이 상하이는 본래 복잡한 성격을 지녔거니와, 개항 이래로 영미 등의 서
방 세계, 그리고 식민주의와도 그 연관관계가 대단히 복잡하게 얽혀 있
었다. 동시에 일본의 군국주의가 항상 엿보는 대상이었고, 중국과 서구
가 같이 섞여서 거주한데다, 한 도시에 3개의 시정부가 있어서 가장 극
단적으로 복잡한 국면이 만들어져 있었다. 짱아이링의 상하이에 대한 태
도 역시 복잡했다. 일본 침략자들을 대면하고 "역사 전통, 개성을 상실했
다"고 하는 인식에 대해, 짱아이링은 "상하이 사람은 전통의 중국인들이
다"라고 잘라 말한다. 그러나 그녀 또한 전통이 '그렇게 믿을 만한' 반드
시 '좋은' 그런 것은 아니라고 여기고 있었기 때문에, 그의 펜 아래에서
홍콩은 물론 '가볍게 떠다니는 황망함' 속에 존재하이긴 했지만, 그러나
상하이와 비교하였을 때는 오히려 상당한 '자유'를 가지고 있다고 인식
한다.

　그러나 사물은 다른 종류의 가능성으로 전개될 수 있다. 예를 들면, 홍
콩의 그 얕은 만에서 불어오는 가 없는 바람, 칠흑 같은 밤과 유탄의 흐
르는 소리, 이런 것들은 두 명의 개인 남녀에게 '찰나의 철저한 이해'를
야기시킬 수 있다.6) 그러나 '봉쇄'기간에 상하이 전차 안에서의 발생한
일종의 에피소드로 낭만은 낭만으로 돌아가고, 일단 봉쇄가 끝나자 또
마치 아무것도 발생하지 않은 것처럼 되돌아가, '모든 상하이가 졸다가

---

6) 짱아이링(張愛玲), 『傾城之戀』.

이치에 맞지 않는 꿈을 잠시 꾸었던' 것이 되는 것이었다.[7] 만약 여성의
'제2의 성'이라는 처지는 그녀가 '점령구의 평민'들의 애매한 처지에 대
한 이해를 도왔다면, 마찬가지로 여성의 처지와 경험은 그녀로 하여금
식민주의에 대한 모종의 복잡한 감정을 발생시켰다. "그녀는 단지 새장
속의 새가 아니었다. 새장 속의 새라면, 그 새장을 열게 되면 날아갈 수
있을 것이다. 그녀는 병풍 위에 새겨진 새인 것이다 ― 우울한 자색 비단
의 병풍 위에, 금색 실로 새겨진 구름 속의 한 마리 흰 새였다. 세월이
오래 지나자, 그 새털들은 색이 바래고, 곰팡이 슬고, 벌레들에게 좀 먹
히게 되었고, 죽었으되 아직도 병풍 위에서 죽어가고 있는 중이다."[8] 이
단락의 글들은 종종 화려한 문장으로서 많이 인용되는데, 여기에는 쩡아
이링이 그녀의 어머니에 대해서 세월이 바뀌어 가는 가운데 여성에 대한
깊은 '애도'를 표현하고 있고, 그녀의 어머니는 마치 '탈출'한 것 같다.
그래서 쩡아이링 또한 애써서 모종의 '탈출' 기회를 잡기 위해 노력했고,
지상정자(池上貞子)가 일찍이 주장한 것처럼, 홍콩에서 공부를 하던 기간
에 쩡아이링은 '자유'를 획득할 수 있었다. "홍콩 대학 시절 쩡아이링은
식민지의 또 다른 식민지에 거주하는 특권적 계급의 일원이 되었고, 분
명히 체제나 역사 그리고 그것에 상응하는 가치관과 규범 등에서 떨쳐
나올 수 있는 자유를 획득했던 것이다.", "아버지로부터, 곧 중국 전통의
가정제도로부터 해방되어 나와 다시 말하면, 이는 젊은 여성의 심적 탄
력을 되찾은 것이었다."[9] 여기서 지상정자가 주위를 기울이는 것은 바로
홍콩이 비교적 전통의 부담이 적은 식민지라는 사실이었고, 쩡아이링이
전통적 가정 제도를 도망쳐 나왔을 때, 공간과 문화가 제공한 그녀에 대
한 지지였다. '부권'의 통치로부터 멀리 떨어져 나왔을 때, 쩡아이링은

---

7) 쩡아이링(張愛玲), 『封鎖』.
8) 쩡아이링(張愛玲), 『茉莉香片』
9) 지상정자(池上貞子), 『張愛玲－愛与生与文學』.

전에 없던 심신의 자유와 해방을 얻게 된다. 그러나 그녀는 얼마간 시간이 지난 후에 직장을 얻어서 세상에서 자립을 얻게 되는데, 개인적인 재능을 제외하고, 상하이가 만들어 내는 간극과 조건들에 있어서 언제 식민주의를 이용하지 않은 적이 있겠는가? 짱아이링의 경력은 비록 그리 특수하지는 않더라도, 지상정자는 그녀가 '특권 계급의 일원'이 된 사실에 특히 주의를 기울이는데, 오히려 우리들은 이와 관련된 문제에 대해 더 깊숙이 사고해 들어가도 무방할 것이다. 여성, 특히나 도시 여성과 민족주의, 식민주의 관계는 분명히 한 마디로 개괄되거나 간단한 이론으로 그렇게 정리 될 수 있는 것은 아니다.

리오우판은 상하이의 식민 정황에 대해 이야기함에 있어서, 일찍이 지난 세기 2~30년대 중국의 이 최대 상업 해안 도시에 거주한 작가들은 비록 생활 방식과 지식 취미 등에 있어서 최고로 서양화된 집단이었음에도 불구하고, 오히려 어떤 의미에서도 그들 자신들을 서방에 의해 식민화된 '타자'라고 여긴 적은 없으며, 그들은 중국인으로서의 신분 의식에 대해 종래로 문제제기를 한적조차 없었다고 보았다. "반면 중국 작가들은 중국의 현대적 사상의 체계를 만들어 가는 과정 속에서, 서방의 이역 풍조를 끌어안다가 그 서방의 문화 본질 자체를 '타자'로 치환시켰다"고 본다. 그런 이유로 "그들이 보기에 현대성은 민족주의를 위해 복무하는 것이었다." 보통 상하이 거주민들은 비록 정신이 아뜩한 면이 없지는 않았지만, 그러나 또한 '기계적인' 형식으로라도 도래한 현대성을 반겨 맞았다.[10] 일정 정도 상하이 도시의 여성들에게도 보편적인 자태와 마음이 없었던 것은 아니다. 어떤 의미에서, 그들 중의 어떤 사람은 심지어 남성보다 훨씬 더 금기를 돌아보지 않고, 자신이 감당하면서 서방의 물질과 문화를 향유하였다. 게다가 이런 것들을 빌려다가 그녀들의 역할과

---

10) 리오우판(李歐梵), 『上海摩登――种新都市文化在中國1930~1945』.

지위에 제한을 가하고 있는 전통들을 애써서 부수려고 하였다. 만청의 기녀들은 일찍이 그 당시의 유행을 선도해서, 보통 부녀자들이 쫓아 따라 하는 대상이 되었다. 그래서 상당한 정도 서양 재화에 대해서 대담하고 솔선해 사용하였기 때문에, 바로 유행이 그들에게 달려 있는 것이었다. 청나라 광서제 중엽 이후에 상하이의 기녀 중에는 안경을 끼고, '작은 시계'를 패용하는 것이 이미 상당 부분 보편화되었고, 민국 초기에 이르러서는 기녀들이 옷을 만들어 입는데 사용하는 양사, 비단, 모직 같은 것들이 훨씬 보통 일반적인 것이 된 데다가, 양말, 양산, 향수, 스카프 등 장식품 또한 그림자처럼 쫓아다니는 것이 되었다. 지난 세기 30년대, '모던'이라는 말이 중국에서 유행함에 따라, (어떤 기발한 문인이 영문의 '현대'라는 단어를, '모등(摩登 : 모던의 음역)'으로 음역하였는지 모르겠지만, 중국 각계의 시장에다 내다팔자, 생각지도 않게 퍼져나가 다투어 사용하더니, 결국 '시대의 광풍'이 되고 말았다.")[11] 모던 여성 또한 생산되었던 것이고, 신감각파 작가들도 그녀에 대해 적지 않은 양의 글을 쓴 바가 있는데, 무스잉(穆時英)의 『낙타, 니체주의자와 여인』이란 글 중에서 의미 있는 한편을 찾을 수 있다. 자신이 니체주의자라고 여기는 남성 푸얼치아야는 커피점에서 어떤 모던한 여성을 보게 된다. 그녀는 거칠고 속되며, 일반적이지 않은 식으로 담배를 피우고 커피를 마셨는데, 그 모습이 그로 하여금 그녀에 대해서 한판 쓴 소리를 하고 싶어졌다. 그러나 결과는 도리어 뜻밖에 그녀가 그에게 373종의 담배 상표를 가르쳐 주고, 스물 여덟 종의 커피 이름을 가르쳐 주었고, 또 5,000종의 혼합주(混合酒)의 성분 배열 방식을 가르쳐 주게 된다. 작품이 끝났을 때, 자신을 니체주의자라고 여겼던 남성은 그녀의 옷이 얇아지는 듯 느끼게 된다.

'모던 여성'은 통상적으로 유행하는 외모를 가지고 있고, 그들은 서방

---

11) 1933年 2月 5日, 『申報(선빠오)』.

의 물질문명을 받아들이고 향수하는 데 있어서, 분명히 남성에 비해서
생소하거나 손색이 있어 보이지 않았다. 그냥 다른 점은 만약 리오우판
이 제기하는 남성 지식인의 입장에서 이야기 해보면, 그들의 서구화 취
향은 통상적으로 다음과 같은 논리로 의해 연결된다. 바로 '현대성은 민
족주의를 위해 복무하는 것', 그렇다면 모던 여성들의 시류에 부합하는
꾸밈들은 곧 서구풍의 '침입'의 결과로 간주되고, 종종 '민족주의'와 반
대 방향의 길로 달려간다는 것이다. 1934년 2월 짱제스 정부는 신생활
운동을 시작한다. "부녀의 풍기 문란을 금지하고 위생에 맞지 않는 기이
한 복장을 금지한다."는 것이 그 내용의 중요한 일부였고, 그것의 '전제'
중에 하나가 "근년에 들어 서구풍이 극성하는데, 기호와 취향이 사치스
럽다."는 것이다. 도시 여성이 '나쁜 일인 줄 알면서도 경쟁하듯이 따라
하고', '기이하게 꾸미는 것을 남달리 자랑하여서', '중국'의 정체성에 영
향을 미쳤다.[12] 더욱이 '상하이의 유행을 사랑하는 여성 동포'들은[13] 사
회의 보수 세력이 보기에는, 말하자면 '나라를 팔아먹는 놈'들과 조금도
다를 바가 없었던 것이다. 그녀들의 육체가 어머니 뱃속으로부터 가지고
나온 국산품임을 제외하고는, 그 나머지 몸에 달고 있는 것, 입고 있는
것, 쓰는 것, 바르는 것, 모두가 외제가 아닌 것이 없다.[14] '모던 여성'들
은 이로 인해 의심할 여지 없이 '매국을 한다는 혐의를 범'하고 있는 것
이다. 흥미로운 것은 국민당 정부가 제출한 '의복 개조'는 비록 구체적인
법률과 명령으로 규제를 하고 있고, 심지어는 초소에서 근무하는 경찰에
게까지 그 간섭할 권한을 주었으나(본 방식을 준수하지 않는 자는 초소 경찰에
게 지도되고, 그것에 대해 반항을 한다면, 경찰서에 구금되거나 처벌을 받을 수 있었
다),[15] 결국에는 '금지한 사람은 금지한대로', '입는 사람은 입는 사람'대

---

12) 뚜잉(社英), 『服裝肖像婦女亟宜愼重』, 『婦女共鳴』 36期.
13) 『生活』 2卷 42期, 1927年 8月 21日.
14) 畵舫, 『鳴鼓攻"摩登"』, 『紅玫瑰』 6卷 32期.
15) 『取締婦女奇裝异服辦法』, 지앙시(江西)성 정부가 장제스의 명령을 받아 제정한 법령.

로 생활하는 상황이 되었다. 이와 함께 각 성이나 도시에서는 '부녀의 이
상한 복장을 금지하는 것'에 호응하였고, 상하이 시는 1934년 '상하이
여성 국산품의 해'를 제정하였는데, 그 기세가 가히 자못 대단하였으나,
사회에서 활약하고 있는 이름난 여성을 포함해서 적지 않은, 유행에 민
감한 여성들이 화려한 자동차 여행을 한 번 하고 난 후엔, 다시 빨리 아
주 오래 된 묵은 버릇이 되살아 나, 여전히 배로 건너온 물건들을 자신
들의 유행으로 사용하였다.

  더 언급할 만한 가치가 있는 것은, 바로 '부녀의 이상한 복장을 금지
하는 것'으로 한참 시끄러운 때인 1935년 7월, 『뚜리핑룬(獨立評論)』에서
는 여성작가 천헝저(陳衡哲)의 『복고와 독재 세력하의 부녀자의 입장』이
란 글을 게제 하였는데, 여성의 사생활과 관련 예를 들면, 의복과 신발,
양말, 신체와 모발, 피부 등 용모와 관련된 문제에 대해서는 '어떠한 외
부 권력의 간섭도 결연히 반대'해야만 한다고 주장한다. 후쓰(胡適)가 거
기다 평하길 "우리들은 권력을 남용할 수는 없고, 무단적으로 표준을 제
시할 수도 없는 것이다. 여성 해방이라는 것은 전족을 풀고, 머리를 자르
는 데까지, 그리고 파마를 못하게 하고, 짧은 소매를 입지 못하며, 스타
킹을 신지 못하고, 무도회장에 가지 못하고, 화장을 하지 못하게 하는 것
들을 허락해 주는 것이다. 정부는 당연히 세금의 방법을 동원해서 외국
사치품과 화장품의 대량 수입을 금지할 수는 있지만, 그렇다고 정부가
무슨 문명의 최고 군자도 아니고, 결국에는 문화 재판관의 자격을 갖추
고 있는 것도 아니다."라고 평한다.16)

  도시의 한 여성은 위원장의 '성의'에 대단한 '탄복'해서 말하기를, "당
시 국난의 전환점에서 우리들 여성계의 복장과 두발이 관심을 끌었고,
게다가 그것의 모양 형식과 크고 작음, 혹은 길고 짧음이 제한되었는데,

---

16) 후쓰(胡適), 『試評所謂"中國本位的文化建設"』.

이는 '가을 터럭 하나까지도 자세히 살피는' 정신으로 분명히 어려운 일이다!" 동시에 "목전의 사안 중에 급한 것은 부녀자들의 복장과 두발 문제만이 아니고, 전체 민족의 해방의 문제이다"라는 식으로 비꼬아 찌른다. 여성들은 도대체 그들의 복장, 머리 모양과 국가, 민족 사이에 어떤 관계가 있는 건지, 정말로 "왜, 무슨 문제인 것인지?!"에 대해 받아들이지 않았다. 그러나 통치자, 혹은 민족주의는 오히려 생각나면 종종 그들의 의복을 들어다 '문제'라고 이야기한 것이다. 상하이의 유행을 따르는 여성에 대한 '공소'는 이미 이렇게 되었고, 또한 필연적으로 상하이 도시 자체에 대한 비평에도 영향을 미치게 된 것이다. 사실상 상하이 도시의 식민화 형상인 '마도(魔都)'는 줄곧 역사적으로, 회화화 되어 불려진 '마꺼(魔鴿)'(Modern Girl의 음역)라는 명칭의, 유행을 따르는 여성과 연결되어서, 여성의 '타락'이 상당 정도 도시의 죄악을 상징하게 되었다. 만약 5·4시기에 '신여성'을 사람들이 민족 신생의 희망으로 기탁한 것이었다고 한다면, 이 시기 '모던여성'이 짊어져야만 했던 국가의식은 종종 부정적인 측면을 담지하고 있었다. 신생활 운동의 배경과 내함은 그다지 복잡함과는 멀지만, 여성의 복장 문제가 '애국' / '매국'의 문제라는 고도의 문제로 비화된 사실은, 오히려 우리들에게 민족주의와 국가, 그리고 식민주의와 도시 여성 간에 얽혀 있는 그 복잡성을 다시금 보여주고 있다고 할 수 있다.

❛번역__이보고❜

제 4 부

인도네시아

일본의 인도네시아 점령시기에 나타난
선전문학(1942~1945)
이슬람교 이야기를 중심으로

토미 크리스티

1. 일본 점령하의 인도네시아 문학

1942년 3월 8일, 반 스타르켄보르흐 네덜란드 총독과 그의 지지자들은 일본 군대에 항복함으로써 수세기에 걸친 식민지 수익사업을 하루아침에 포기할 수밖에 없었다. 또한, 네덜란드와 연관된 모든 이미지가 바뀔 운명에 처하게 되었다. 네덜란드에 억압받던 이슬람교도들과 인도네시아인들에게는 앙갚음할 수 있는 때가 온 것이다. 그러나 불행하게도 소설 『일본의 꽃들』(실라도, 2003)에 드러나 있듯이 일본의 식민통치로 인해서 이슬람교도들은 메카가 있는 서쪽 방향이 아닌 북쪽으로 절을 해야만 했다.

사토 시구로는 '경제 군인들'에 대한 분석에서 자바의 모든 자원이 군사적 목적으로 어떻게 이용되었는지를 기술하고 있다.

"사실, 인도네시아의 민족주의자들에게는 그들의 대의를 구현할 수 있는 기회였지만 점령지의 일반 대중들에게는 '공동번영권'이라는 구호가

'공동불행권'으로 변질되어버렸다(사토, 2005)."

억압과 기아로 허덕이는 시기에 어떤 종류의 문학이 쓰일 수 있을까? 일본 식민지배에 관한 문학에 이슬람교도들의 목소리는 어떻게 드러나 있는가?

이러한 질문들은 다음과 같이 요약될 수 있다.

일본 식민지 시기의 소설 작품에는 어떤 종류의 이슬람교도들의 목소리가 담겨져 있는가?

이 지면을 통해서 일본 식민지 시기 중 1942~45년경 발표된 시와 단편소설에 등장하는 이슬람교도들의 목소리를 살펴보고자 한다.

일본 통치하의 이슬람교도들의 모습이, 19세기부터 식민지 엘리트들을 교육시킨 네덜란드의 영향에서 완전히 벗어날 수 없었던 것은 너무나 당연한 일이었다. 식민지배 이전의 인도네시아 이슬람교도들은 아라비아 문자에서 차용한 문자를 사용했으며, 이를 말레이어로는 자위(Jawi), 자바어로는 페곤(pegon)이라고 불렀다. 이후에 네덜란드가 자위나 페곤 대신에 공용어로 로마자를 사용하도록 하자 이슬람교도들은 문맹이 되고 만다. 이와 함께, 네덜란드는 기독교 선교학교를 위한 지원책을 펼쳤다. 마에카와에 따르면, 이러한 상황에서는 이슬람교도들에 비해서 기독교인들이 서구의 담론에 보다 용이한 접근을 할 수밖에 없었다. 네덜란드 식민지배 정권이 부패와 지역 주민들의 교육 기회를 박탈한다는 비판에 직면하게 되자 기독교인들에게는 서양식 교육의 기회를 제공했다. 하지만 이러한 교육은 귀족들과 부유층에만 국한되었다(마에카와, 2005).

아체의 저항운동에서 알 수 있듯이 1910년까지도 이슬람교도들과 네덜란드의 싸움은 계속되었다. 그러나 네덜란드는 분열과 통치라는 정책을 사용함으로써, 귀족 사회에 영향력을 갖고 있던 성직자 울라마(ulama)와 풀뿌리 집단들 간의 힘의 균형을 통해서 오랜 이슬람 저항운동에 마침내 종지부를 찍을 수 있었다(벤다, 1958 ; 아맛, 2002). 이 시기의 이슬람

문학은 새로운 정체성을 창조하고 식민지배에 저항하는 것을 투쟁의 주제로 삼았다. 이는 동인도의 부패에 관한 글을 쓴 네덜란드 작가 도베스 덱케르 같은 비인도네시아 작가들에게도 해당하는 것이다. 당시 대부분의 문학작품들은 텍스트를 만들어낼 능력은 없었으나 자문과 기술적인 문제에만 관여하는 인도네시아인 편집자들을 고용한 발라이 푸스타카에 의해서 통제를 받았다. 네덜란드가 검열 장치를 통해서 사람들의 '입맛'과 '표현'을 지시하는 상황에서 현실적인 내용보다는 낭만적인 장르의 글이 많았다.

  3년 여의 일본 식민통치로 인해서 언어와 이민 정책에 상당한 변화가 이루어졌다. 오늘날 네덜란드 비평가들 사이에서는 네덜란드의 식민지배 시기와 비교해볼 때, 당시 많은 계층에서 공용어인 바하사 인도네시아어 사용이 증가했음을 지적하며 이 시기를 '문화혁명'의 단계로 보고 있다(테이우, 1980). 유명한 인도네시아 비평가 야신에 따르면 3년 반 동안의 일본 식민통치는 인도네시아의 문학적 스타일의 변화 시기였다. 일본의 혹독한 차별대우와 검열을 겪으면서 정신력을 약화시킬 수도 있는 감정에서 나오는 감상이 함께 폐기처분되었다. 그러나 야신에 따르면 작가들은 인도네시아 문학의 '사춘기'를 극복할 수 있었다(H. B. 야신, 1954). 네덜란드 식민지배 동안에는 글을 쓸 기회가 없었지만 동기가 무엇이든 간에 일본 식민지배 동안의 작품 활동을 통해서 작가들은 인도네시아 문학의 '청년기'를 살찌울 수 있었다. 그러나 탁디르 알리샤하바나가 지적했듯이 몇몇 경륜 있는 작가들은 일본의 식민지배를 찬성하지 않는다는 이유로 절필했다.

  3년 반 동안의 일본 통치 기간에 인도네시아에서는 상당한 분량의 시와 단편소설들이 『판지 푸스타카』, 『자와 바루』 그리고 『아시아 라야』 등을 통해서 정기적으로 발표되었다. 그 중에서 『판지 푸스타카』는 네덜란드인이 발행한 문예지였으나 일본의 필요에 맞게 재편성되었다. 『자와

바루』와『아시아 라야』는 일본 정부가 자바에서 발행한 새로운 잡지였
다. 이 기간 동안에는 종이 부족으로 인해서 소수의 장편소설만이 발행
될 수 있었다.

몇몇 이슬람 작가들은 각기 다른 관점에서 '이교도인 네덜란드인들'을
다룰 수 있었다. 네덜란드의 정책과 군사 전략에 대한 증오가 이슬람교
도들 사이에 널리 퍼져 있었고, 일본인들이 인도네시아에 도착하기도 전
에 이슬람 지도자인 다웃은 1942년 2월 19일, 말레이시아에 머물고 있
던 일본인들에게 먼저 접근해서 그들이 수마트라 북부 아체 지역에 상륙
할 수 있도록 도와주었다. 일본군이 상륙하기 단 몇 개월 전에 네덜란드
는 자바 섬에서 저명한 정치인이자 이슬람 지식인인 후스니 탐린을 구속
하였다. 이후에 옥사한 그의 죄명은 네덜란드에 반감을 조장했다는 것이
었다. 그 후 일부 이슬람 지식인들과 지도자들은 일본의 선전 기관에 흡
수되고 만다. '민족주의'라고는 부를 수 없겠지만 '복수심'은 당시의 작
가들뿐만 아니라 일본 식민지배자들에게도 유용한 웅변 수단이었다.

2. 팔굉일우

일본의 선전 활동에는 인도네시아 작가들의 생각이 드러날 뿐 아니라
그들의 관점과 생각을 변화시키려는 부단한 노력이 있었음을 보여준다.
660년 전 초대 천황이었던 진무천황의 등극을 축하하는 기념행사에서는
초대 천황이 대일본제국의 기초를 다졌다고 했다. 또한 편집자는 "대일본
제국이 인류역사상 지금까지 존재해온 그리고 앞으로도 영원히 지속될
가장 강력하고도 뛰어난 제국(『판지 푸스타카』 No.4/XXII, 1944)"이라고 언급
하고, '팔굉일우'라는 천황의 가치에 대해서 다음과 같이 설명했다.

대일본제국의 필수적인 기초가 된 진무천황의 중요한 비전 가운데 하
나는 그 어떤 시대의 인류와도 조화를 이룰 수 있는 그의 순결함과 고귀
함에서 찾을 수 있다. 그것은 바로 대 일본제국의 중요한 임무로서 세계
의 모든 사람들과 의사소통을 하는 것이다. 이는 곧 온 세상이 형제라는
'팔굉일우'이다. (1944)

쿠시네르의 말을 빌리자면 '선전물'은 사람들의 행동을 변화시키려는
당국의 이데올로기를 전달하는 가공의 세계를 만드는 것이다(쿠시네르,
2005). 인도네시아에서 일본은 팔굉일우라고 알려진 '가상의 공간' 형식
에 그들의 메시지를 담았다. 팔굉일우는 지역 주민들의 상상에 강요된
공동번영의 비전이었다. 일본의 선전은 두 가지 메시지를 담고 있었다.
하나는 일본을 오랫동안 순수한 전통을 유지해온 형제로 묘사하는 것이
고, 나머지 하나는 미국과 영국이 이러한 가족의 한 구성원이 아니라고
주민들에게 설명하는 것이다. "미국과 영국은 아시아 사람들을 악용하고
자 하는 집단이다"라고 편집자는 설명했다.

세계에서 이슬람교 인구가 제일 많은 국가인 인도네시아에서 종교적
인 경험이 식민지배 세력과 피지배민들 사이에서 어떻게 다루어지는가
를 살펴보는 것은 중요하다. 여기서는 이스칸다르와 『랑쿠티』의 작품에
초점을 맞추도록 하겠다. 이스칸다르는 1893년 11월 3일 미낭카바우 지
역으로 알려진 서수마트라의 수마테라에서 태어난 경륜 있는 뛰어난 작
가이다. 네덜란드 통치하에서는 정부 통제를 받는 문예지들을 발간하는
발라이 푸스타카에서 일하기도 했다. 대표작으로는 미낭카바우의 이야기
를 다룬 『훌루발랑 라자(Hulu Balang Raja)』와 귀족이 되고 싶어하는 순다
지역 하급 노동자의 삶을 다룬 낭만적인 이야기 『소가 되고 싶은 개구리』
등이 있다. 그는 일본 통치 기간에 선전 기관과 긴밀히 협력하면서 문예
지들을 발행하였다. 1919년 8월 7일 서수마트라에서 태어난 『랑쿠티』는
수피교와 이슬람 연구에 관심이 많았으며, 일본 통치하에서는 이슬람교

도들이 성전(jihad)에 동참하도록 촉구하는 시를 썼다.

여기서 문학작품들이 이슬람교 이야기와 이미지를 활용함으로써 식민 지배를 다루는 데 사용한 방법들을 알아보는 것이 필요하다.

3. 지역 영웅들에 관한 이야기

13세기부터 인도네시아 열도의 전설적인 이슬람 영웅들은 사람들의 상상력을 사로잡아왔다. 그것은 성스럽고 축복받은 인물들을 포함해서 1511년 말라카 술탄 왕국에 대한 포르투갈의 공격과 수마트라와 자바 지역 등에서 네덜란드와 영국의 공격으로 발생한 성전에서 이교도들과 맞서 싸우는 전사들에까지 이른다. 이러한 영웅적인 활약상은 일본의 식민통치 기간에 새롭게 포장되었다. 일본은 서구 세력과의 투쟁을 확대시키기 위해서 이러한 이야기들이 지닌 강력한 힘을 인식하고 있었다.

자신의 단편소설 「텡쿠 맛 아민」(『판지 푸스타카』)에서 보여주듯이, 서수마트라 출신의 저명한 작가이며 발라이 푸스타카의 편집위원으로 활동했던 이스칸다르는 독자들이 네덜란드의 식민통치를 반대하는 전쟁을 하도록 설득하려고 노력했다(Th. XXII, No.4, 15 February, 1945). 그는 티로의 전설적인 영웅인 텡쿠 샤익 사만의 이야기에 아체에서 네덜란드인들에 대항하는 성전을 촉구하는 내용을 담았다. 주인공은 이슬람 성전의 깃발 아래 6만 명의 군사를 거느리고 전쟁터로 향한다. 이러한 인물을 통해서 작가는 "네덜란드인과 성전을 벌이는 그는 모든 아체 사람들을 통합시켜서 적들과 맞서 싸운다."고 강조한다.

그의 작품 주제는 전쟁을 위한 최대의 희생이다. "모든 사람들은 조국과 이슬람교를 지키기 위해서 뿐만 아니라 성전을 위해서 그들의 목숨과 재산을 기꺼이 희생해야 한다. 모든 아체인들이 전쟁에서 죽음과 정면으로 마주했을 때 그 어느 누구도 죽음을 두려워하지 않았다. 많은 순교자들이 생겨났다."

작가들은 그들의 작품을 통해서 '조국'과 '이슬람교'라는 두 가지 공간적인 개념을 발전시킬 수 있었다. 여기서 그들이 이슬람교 이야기들을 현실적 상황에 접목시킴으로써 이슬람교뿐만 아니라 일본의 선전 활동에도 즉각적인 힘을 제공했다는 명백한 증거를 찾아볼 수 있다.

1943년에는 이러한 분위기가 소설뿐 아니라 다른 예술 장르 등을 통해서도 부분적으로 퍼져나가고 있었다. 물론 이것은 정치적인 기관들을 통해서 이루어졌다. 수마트라의 이슬람 의회를 통해서 공표되었으며 말레이인들은 그 단체를 '수마트라와 말레이시아의 종교 지도자들'로 규정지었다. 1943년 4월 5일에는 "현재의 동아시아 전쟁은 영국, 네덜란드 그리고 미국 등에 의해서 억압받는 다양한 민족들의 독립을 위해서, 그리고 새로운 아시아의 질서를 확립하기 위한 성전이다……."라고 선언했다(아맛, 2002). 바꾸어 말하면 이슬람교 이야기를 전파하는 일이 작가들과 지지자들에게 합법적인 수단이 된 것이다.

똑같은 전략이 여성 단체들에도 적용되었다. 작가들은 과거의 영웅적인 이미지들을 빌려와서 동시대 장면에 적용시켰으며, 남성들을 기술하는 대신에 아체의 전설적인 여성 영웅들을 이용했다. 이스칸다르의 단편소설인 「여성 영웅들」에도 나타나듯이 아체 지방은 네덜란드인들과 싸우는 춧 냑 디엔과 그의 딸 같은 많은 여성 영웅들을 배출한 것으로 유명하다. 그의 단편소설에서는 어린 두 딸의 어머니이자 전쟁의 현실에 직면한 주인공이 다음과 같이 말한다. "아체의 여성들 역시 성전을 위해서 싸웠다."

어머니로 등장하는 중심 화자는 자신의 딸들이 과연 격농의 상황에 대처할 수 있는 능력을 갖추고 있는지 의심을 갖기 시작한다. 어머니가 두려워하는 것은 딸들이 서양식 교육을 너무 많이 받았다는 점이다. 어머니는 딸들의 자존감과 이상주의를 북돋아주기 위해서 1910년 아체 전쟁 시기에 있었던 춧 냑 디엔과 그 딸의 영웅적인 이야기를 들려주면서 그들에게 귀중한 '선물'을 준다.

화자에 의하면 아체의 여성들은 네덜란드인들과 결코 타협하지 않았다. 아체의 여성들은 언제나 "이교도들을 죽이든지 아니면 그들의 손에 죽겠다"는 다짐을 했다(『판지 푸스타카』, Th. XXII, No. 6, 15 March, 1945, 185면). 이는 매우 간단한 논리로, 1910년 아체의 이슬람교도들이 네덜란드인들을 상대로 전면전을 일으킬 수 있었다면, 일본에 의해서 네덜란드의 영향력이 급격히 약화되는 시기에는 왜 그러한 일을 할 수 없겠냐는 뜻이다.

이러한 주제들을 뒷받침하기 위해서 잡지들은 공동번영구역과 연관이 있는 공장과 군사지역에서의 일본 여성들의 활동을 다루었다. 예를 들어 해군의 함상전투기 정면 근처에서 찍은 일본 여성들로 가득 찬 전면 사진을 통하여 전쟁을 위해서 일하는 부지런한 여성들을 보여주었다. 또 다른 사진에서는 조금의 두려움 없이 침착하게 낙하산 의자에 앉아 있는 조작된 여성의 모습을 보여주고 있다.

이스칸다르는 자신의 이야기를 통해서 대표적인 아체 여성의 모습을 나타내는 일에 자신감을 가지고 있었다. 그는 "그들 가문은 네덜란드인들에게 겨눈 칼과 단도(rencong)를 결코 내려놓지 않았다"고 적었다. "아체 전쟁 동안에는 티로에서 울라마 가문의 영향력이 가장 컸다. 전쟁이 종국으로 치달을 때까지…… 그들은 적인 네덜란드인들에게 게릴라전술을 효과적으로 사용하였다." 그의 말대로 티로의 주민들이 네덜란드인들에게 겨눈 단도를 결코 내려놓지 않았다면 일본의 통치하에서도 네덜란드와 그들의 동맹들과 싸우는 일이 마찬가지로 합리적이라는 가정이 전제되어 있다.

『판지 푸스타카』의 편집자가 그의 칼럼 「우리들의 기록」에서 서술하듯이, 일본의 선전기관은 1944년 새로운 선전 주제를 공표하면서 전쟁에 유용하고 도움이 되는 어떤 일이라도 추진할 수 있는 실제 행동을 촉구하고 나선 상황이었기 때문에 이러한 이야기들을 매우 반겼다. 편집자는 지역의 모든 사람들이 '실제 행동'을 실천할 수 있도록 촉구할 필요성에 대해서 강조하였다. 식민지배자들은 맥아더가 파푸아뉴기니와 필리핀 루트를 이용해서 일본에 반격을 가한 후에도 침착한 분위기가 계속되자 혹시나 주민들이 상황 판단을 제대로 못하지 않나 노심초사하였다. 당시, 자바와 수마트라는 일본의 병참기지로 사용되고 있었다. 편집자에 의하면 행동 촉구는 외부와 내부 두 가지 영역으로 나누어볼 수 있다. 외부 행동은 전쟁에서 이기기 위해 바쳐지는 것이다. 이 경우에는 편집자가 독자들에게 적들에 의해 이용될 수 있는 정보나 정보원들에 대하여 경고를 해줄 필요가 있었다. 내부 행동은 아시아 전체를 위한 전쟁 목표에 관한 주민들의 열정과 믿음을 강화시키는 것이다. 또한 편집자는 독자에게 간청할 필요도 있었다. "이번 전쟁에서는 다른 아시아인들과 손에 손을 잡고 10억 인구가 다함께 정의를 지켜내고 적을 물리칠 것이다. 지금이야말로 우리가 전선(자바)에 있을 때이다(『판지 푸스타카』, No. 4, XXII, 101면)." 그러나 일본은 노동력 제공처인 자바가 기근에 휩싸이고 기술력 부족으로 대규모 노동력을 활용할 수 없게 되자 좌절하고 만다.

이스칸다르는 주인공 아민 선생을 통해서(『판지 푸스타카』, Th. XXII, No.4, February 15, 1945) 이러한 주제들을 의도적으로 옹호하고 나선다.

"아민 선생님, 당신의 전투를 계속해서 하십시오. 슬픔과 어려움이나 고통, 어떤 일이 닥치더라도 우리는 당신을 실망시키지 않겠습니다. 결코 네덜란드인들에게 항복할 생각은 하지 마십시오……. 우리는 조상들의 정신을 살려나가야 합니다. 우리의 꿈과 목표로 알라의 적을 쫓아낼 것입니다."

이스칸다르에게 태평양전쟁은 이교도를 추방함으로써 조상들의 정신을 실현시키고 영속시킬 수 있는 기회였다. 작가는 이 점을 다시 한 번 확인한다.

"나의 아들들아, 모든 살아 있는 것은 죽게 된다는 것을 기억하라 ……. 그러나 네가 선택할 수만 있다면 전장에서의 죽음을 택하도록 하여라. 신의 영광을 위해서 싸우는 사람들은 전쟁에서 보상을 얻는다."

선전의 또 다른 목표는 공간과 시간에 관한 상상력을 만들어내는 것이다. 이를 위해서 일본은 공간, 시간과 연관된 은유적 표현인 국민, 대동아, 신체제, 신자바 등을 즐겨 사용했다. 또한 아시아인들의 영광스러운 신화들을 활용하기도 했다. 1920년대에 활동했던 뛰어난 이슬람 작가였으나 그의 작품에 나타난 범이슬람적인 주제 때문에 네덜란드인들에게 과소평가된 함카는 그의 시 「항 투아」와 「말라카 왕국」 등을 통해서 말레이인들의 옛 영광을 강조하는 방식으로 저항하였다. 그의 시는 위대한 과거가 존재했지만 모든 것이 소멸되고 말았으며, 이제는 과거의 영광을 되찾아야 할 때가 왔다고 암시한다. 일본은 자신이 이야기의 주인공이자 동시에 그들에게 도움을 줄 수 있다는 생각에서 이러한 신화적인 수사에 매우 만족했다.

4. 울라마를 말하다

수마트라의 경우와 비교해볼 때 일본은 자바에서 다른 종류의 전쟁 선전 활동을 펼쳤다. 역사적으로 이슬람교에서는 종교지도자를 포함한 모든 사람들이 정치와 같은 세속적인 활동에 참여하는 것을 허락하기 때문에 울라마, 군대 그리고 관료조직이 항상 조화를 이루기는 어렵다.

주민들은 이미 일본 군대와 권력을 두고 협상을 벌이기 시작했다. 일본은 '이교도들'과의 전쟁을 지원할 목적으로 울라마의 영향력을 이용하여 그들의 추종자들을 규합할 필요가 있었다. 벤다에 따르면, 1942년 12월 7일 일본의 이슬람교에 관한 정책에 네덜란드인들과 구별되는 매우 특별한 움직임이 나타난다. 그의 표현에 의하면 "네덜란드의 지배 아래로 들어간다는 생각을 떠올리게 했을지도 모를 일인" 울라마의 바타비아 지사 궁 초대가 이루어지게 된다. 결과적으로 일본은 울라마와 연결된 지역 지도자들과의 직접적인 채널을 확보할 수 있게 되었다(벤다, 1958). 네덜란드인들이 통치하던 시절에는 종교지도자나 울라마보다 귀족들의 마음을 사로잡으려고 애썼기 때문에 울라마는 단 한 번도 지사 궁에 초대받지 못했다.

그러나 울라마의 강한 종교적 신념은 일본의 종교와 맞지 않았기 때문에 타협을 해도 여전히 어려움이 도사리고 있었다. 일본은 군대에서 뿐만 아니라 민간인의 정신세계에서도 천황을 숭배하고 있었다. 이러한 제국주의 종교는 우상숭배와 인간의 신격화를 엄격하게 금하는 이슬람교와 충돌할 수밖에 없었다. 천황만이 인간 이상인 신의 대접을 받을 수 있었다. 결국, 울라마는 천황을 존경하기 위해서 일본으로 머리를 숙이는 의식을 피했다. 이러한 상징적인 불화는 내재적인 갈등을 불러 일으켰고 양측 간에 의심이 일었다. 마을 주민들은 이슬람교의 아침 의식을 마치고 나서 천황이 거처하는 방향으로 고개를 숙이는 일을 거부했을 때 학대와 괴롭힘을 당했다.

일례로 타식말라야의 싱가파르나 마을에서 전해진 이야기에 따르면, 1944년 2월 마을 울라마인 자이날 무스타파가 기숙학교의 케레이의식 거부행위를 옹호하고 나서자 그날 아침 일본군대의 전면적인 군사작전이 벌어지는 비극적인 사건이 발생했다. 케레이의식을 거부하는 기숙학교가 군대의 공격을 받은 것이다. 기숙학교 학생 5백 명 이상이 사망하고 주동자들은 안촐에서 처형당했다. 싱가파르나의 공격이 있은 후 종교와 군대가 어떤 방향으로 나아가야하는지를 보여주는 시 한 편이 순다어로 쓰였다.

> 기도를 통해서 축복을
> 축복을 얻읍시다
> 하느님에게 복종하는 사람들인
> 울라마로부터
> 우리 모두가 축복받을 수만 있다면
> 울라마는 진정한
> 이 땅의 안내자이며
> 우리의 믿음을 굳세게 만듭니다
>
> 군인은 무엇입니까?
> 바로 국가의 사람입니다
> 군인이나 장군이 없다면
> 국가는 존재하지 않습니다
> 한 가지 분명히 알아두어야 할 점은
> 군인과 울라마가 힘을 모아야 한다는 것입니다
> 이들이야말로
> 국가를 유지시키고 영혼을 살찌우며
> 우리의 몸과 정신을 굳세게 해줄 것입니다

__노래이야기 『라마야나(Ramayana)』 중에서

이 노래에서는 군인과 울라마의 역할 구분이 뚜렷하게 나타난다. 울라마는 축복을 가져다주고 정신적 길잡이가 되어주지만 군인은 질서를 유지시키는 역할을 한다.

『라마야나』를 쓴 마르타나가라는 귀족들 사이에서 큰 인기를 누렸다. 그의 교훈적인 어법은 사회의 세 가지 부류의 사람들을 대상으로 한다. 그의 관점에서 볼 때 울라마와 군인은 각기 다른 역할을 맡고 있다. 또한 그는 자신과 같은 계층인 귀족들에게 직위에 걸맞은 행동을 거듭 요구하며 부패에 빠지지 말 것을 당부한다. 그는 아라비아나 이슬람교 상징 대신에 인도의 서사시인 『라마야나(Rāmāyaṇa)』에 쓰인 은유를 사용하고 있다. 『라마야나』와 『마하바라타(Mahabharata)』는 자바의 일부 귀족들에게는 도덕과 철학적 영감의 근원이었다.

당시의 독자들은 이러한 교훈적인 메시지들이 누구를 위해서 쓰였는지 쉽게 알 수 있었다. 식민지 백성들이 천황의 전사들을 비난하는 일은 지배구조상 불가능했기 때문에 일본 군인들을 대상으로 쓰인 것은 아니다.

따라서 이러한 전통시의 부활은 모든 사람에게 유용한 일이었다. 벤다에 의하면, 귀족들에게는 네덜란드 식민지 기간 동안에 상승된 신분을 이용해서 쌓아올린 자신들만의 특권을 위협하던 울라마에 대한 의견을 표출할 수 있는 기회였다(벤다, 1958). 즉 울라마 집단에 대한 자신들의 주도권을 다시 한 번 행사할 수 있게 된 것이다. 일본에게는 귀족들과 울라마 양측에 접근할 수 있는 기회가 생긴 셈이었다. 여기서 분명한 점은 문학이 일본의 선전 도구였을 뿐만 아니라 지역 주민들 간에 사회적 영향력을 행사하는 데도 이용되었다는 것이다.

5. 이슬람교 전통을 말하다

문학작품에서 선전의 방식은 단순히 이슬람 전쟁(sabil)을 위한 메시지와 비상시 울라마의 역할뿐만 아니라 보다 더 상징적이고 은유적인 요소를 담아내는 것을 포함하는 다양한 모습을 취한다. 이슬람의 이미지를 활용한 작품의 특징은, 이슬람교 초기 전파 시절의 전통과 밀접하게 연관된 이미지뿐 아니라 장소나 인물 등을 포함하여 예언자 무함마드의 아라비아에서의 초기 선교 모습을 재구성한 것이다. 작가들은 이야기와 주제를 굳이 당시의 식민지 현실과 분명하게 연결 지을 필요는 없었다. 이

전의 방법과 유사하게 아라비아에서 초기 이슬람교 전파 당시에 일어났던 일을 암시하면서 이슬람 전쟁의 개념을 신자들에게 알리려고 애썼다. 단편소설에서는 이슬람교로 개종한 후에 카피르인(남아프리카의 반투어족 중 한 부족)과 맞서 싸워야 했던 소수 신흥 이슬람단체들의 운명을 재구성하고 있다. 그들은 자신이 처한 상황에서 이교도로부터 신념과 정체성을 온전히 지키기 위해서 투쟁하는 모습을 보여준다.

이러한 이야기들은 『아미르 함자전(Hikayat Amir Hamzah)』과 같은 전통 문학뿐 아니라 현대 인도네시아에서도 인기를 얻고 있다. 아체와 인도네시아 군대 간에 갈등이 고조됐을 당시, 1991년 11월 8일 자카르타의 한 신문은 각기 다른 지역에서 약 2백만 명의 아체인들이 반다아체에 있는 바이투라하만 대사원의 이슬람 사원에 모여서 국민투표를 요구했다고 보도했다. 시위대는 그들의 요구 사항을 주장하고 아체에 전해 내려오는 유명한 <성전이야기>에서 따온 구절들을 함께 구호로 외쳤다. 그것은 1873년에서 1913년에 걸친 네덜란드와의 전쟁에서 군인들의 사기를 고조시키기 위해 노래로 부른 이야기였다. <성전이야기>의 중심 주제는 경이로운 영웅담이며 이슬람교 전통에서 차용한 것이다. 화자와 청중은 이 이야기를 용기와 희생을 위한 도덕적 영감으로 받아들인다.

『랑쿠티』역시 코란에 적힌 대로 이슬람교 전파 초기에 소수의 이슬람교 개종신자들이 수많은 이교도 적과 맞서 싸우는 바다르의 전투에 나오는 이야기 가운데 하나를 다루고 있다. 『판지 푸스타카』를 통해서 「상념」(1942), 「나의 신」(1943), 「하늘과 신천지」(1944), 「바다르 전쟁」(1944), 「영적인 전사」(1944)와 『푸장가 바루』를 통해서 「그리움」(1941)을 출간한 이슬람 작가인 『랑쿠티』는 전통적인 시의 형식인 샤이르를 이용해서 성전의 정신을 함양시켰다.

「바다르 전쟁」은 전쟁의 세 가지 에피소드인 준비, 전투 그리고 승리로 구성된 서사에 바탕을 둔 시 작품이다. 준비 단계에서는 작은 이슬람교도 마을을 공격하려는 적군인 아부 자할을 묘사하고, 적군보다 숫자가 적은 모하메드의 추종자들이 전투를 위해서 동원된다. 전투 단계에서는 가장 극적인 장면들이 등장하는데 예언자의 편에 선 소수의 군인들이 보잘것없는 무기로 수많은 적군을 물리친다. 중요한 순간에 화자는 다음과 같이 말한다.

> 하느님 안녕, 우리는 당신이 약속을 지켜주길 간청합니다
> 이슬람교가 파괴된다면
> 어느 누가 당신에게 복종하겠습니까
>
> ＿『랑쿠티』, 1944

오늘날 평범한 이슬람교도조차 위의 표현들이 너무 자극적이며 지나치다고 할 수 있다. 보수적인 관점에서 볼 때 '안녕'이나 '알라신 안녕' 등은 알라신에게 사용하기에는 매우 부적절하다. 하지만 다른 차원에서 볼 때 작가가 고의적으로 편안한 어투를 사용해서 알라신을 지칭했다고 할 수 있다. 화자는 신에게 앞으로 일어날지도 모를 일을 도와달라며 이렇게 말한다. "이슬람교가 파괴된다면 어느 누가 당신에게 복종하겠습니까."

이슬람교는 인도네시아의 모든 사회적 역학관계에서 중요한 역할을 해오고 있다. 네덜란드의 식민지배는 오랫동안 어려움을 겪었다. 특히, 아체는 네덜란드가 지배하는 인도 지역이 일본에게 함락되기 30년 전에야 비로소 네덜란드인들의 손에 넘어가게 된다. 스노우크 휘르흐로네는 식민지배 세력들이 이슬람교를 다룰 수 있는 유용한 조언을 제시했다. 그의 유명한 제안은 "이슬람교도들이 정치와 거리를 두게 만들 것" 그리고 "지역 문화가 이슬람교 활동과 조화를 이루게 할 것"이다. 네덜란드는 그의 조언을 받아들여 지역 귀족들과 협력하여 마을의 울라마 같은 이슬람 조직을 탄압하면서 식민지배력을 키우려고 했다. 네덜란드는 이

슬람교 의식이 지역 문화와 융합할 수 있도록 허락했지만 1942년 모든 것이 바뀌고 만다.

자바와 수마트라는 정책적인 목표를 이루기 위해서 이슬람교의 감정을 이용하기에 알맞은 지역이었다. 일본에 의해서 문학작품들이 그러한 목적에 맞게 쓰였다. 그러나 독자들과 작가들은 다양한 배경을 가지고 있기 때문에 선전 텍스트들은 독자들에 의해서 그 의미가 해석되고 받아들여질 수 있다. 예를 들면 인도네시아 작가들은 작가일 뿐만 아니라 텍스트 구성의 대상이 되는 독자들이다. 다시 말해서, 그들은 일본인들이 가져다준 선전 지침서를 읽으면서 식민지배자들을 위해서 그리고 자신의 상상력을 위해서 글을 써야 했다.

따라서 문학 텍스트는 일본에 의해서 사람의 행동을 변화시키기 위해 만들어진 대부분의 선전 담론에서 찾아볼 수 있는 닫힌 문화 유물로서만 존재하지는 않았다. 「바다르 전쟁」에서 찾아볼 수 있듯이 문학 텍스트는 이슬람 작가들에게도 어느 정도 공개되어 있었다. 이러한 상황에서 일본에게도 유용한 담론으로 기여를 했던 이슬람교 신자들의 진실한 길인 이슬람 전쟁의 개념이 양측에서 활용되었다. 이는 전쟁에 대한 이슬람의 관점을 제공했을 뿐 아니라 지역 이슬람교도들의 감정도 전달해주었다. 이러한 감정은 아라비아에서의 초기 이슬람교 전파 시기의 이야기들을 이용함으로써 강화시킬 수 있었다. 그러나 인도네시아가 사회적으로 여러 단체로 분열되어 있었기 때문에 일본은 귀족들과 울라마를 이용해서 천황에게 도움이 될 수 있도록 이슬람교의 감정을 다루려고 노력했다.

네덜란드 지배하에서 자바의 귀족들은 정치제도권의 중요한 동맹이 되었다(벤다, 1958). 이슬람교 지도자들은 귀족들 그리고 다른 세속 정치지도자들과 경쟁하기 위해서 변화할 필요가 있었다. 이슬람교 지도자들의 가장 큰 이점은 네덜란드의 친구로 간주되던 귀족들보다 많은 추종자들을 거느리고 있었다는 것이다.

6. 인도네시아 작가들의 이슬람 이야기의 활용

일본은 인도네시아 작가들이 무함마드가 이슬람교를 전파한 이야기를 주제로 활용하고 지역 이슬람 영웅들을 내세워서 반서구 감정을 영속시키도록 활용했다. 인도네시아 작가들이 이교도로부터 자신들의 종교를 지키기 위한 전쟁의 중요성을 역설하는 작품을 쓰도록 허락함으로써 보다 강력한 정치적 정체성을 만들어낼 수 있었다.

이후 사토 시구로가 지적한 대로, 일본은 '야심찬 목표를 이루기 위한 구체적인 계획'의 부재로 인해 식민지 백성들을 효율적으로 동원시킬 수 없었다는 허점이 드러나기도 한다(사토, 2005). 즉 일본은 지역 주민들의 평화를 방해하지 않고서는 그들의 군사적 필요를 위한 충분한 병력을 동원할 수 없었던 것이다. 사토에 의하면 "이 점이 명백한 실수였다"(사토, 2005). 전쟁으로 인해서 천연자원과 다른 경제적인 요소들 그리고 「아민 선생」에서 나타나듯이 감정과 상징적인 장치들이 더욱더 필요해지는 상황에서, 일본은 문학 선전을 통해 이슬람 독자들에게 호소하는 일이 중요하지 않을 수 없었다. 또한 이슬람 작가들은 네덜란드 식민통치 시기에 대한 글을 쓰는 작가들에게서는 좀처럼 찾아보기 힘든 주제인 이슬람 전쟁과 성전 같은 종교적인 표현들을 그들의 작품에 활용하였으며, 이는 1945년 절정에 달했다.

저자 소개

김재용	圓光大學校	오오무라 마쓰오	早稻田大學校
박수연	忠南大學校	서영인	民族文學研究所
류슈친	臺灣淸華大學校	송승석	仁川大學校
오카다 히데끼	立命館大學校	키시 요코	早稻田大學校
하시모토 유이치	千葉大學校	왕샹위엔	北京師範大學校
천훼이펀	上海社會科學院	토미 크리스티	인도네시아국립대학

식민주의와 문화 총서 10

제국주의와 민족주의를 넘어서

초판 인쇄 2009년 9월 5일
초판 발행 2009년 9월 20일

편저자 김재용 · 오오무라 마쓰오
펴낸이 이대현
편 집 추다영
펴낸곳 도서출판 역락
　　　　서울 서초구 반포4동 577-25 문창빌딩 2층
　　　　전화 02-3409-2058(영업부), 3409-2060(편집부)
　　　　FAX 02-3409-2059
　　　　이메일 youkrack@hanmail.net
　　　　등록 1999년 4월 19일 제303-2002-000014호

ISBN 978-89-5556-722-9 93800
정 가 14,000원

* 잘못된 책은 교환해 드립니다.